anagramma

762

Delle stesse autrici

Un bastardo perfetto
Bastardo fino in fondo

Titolo originale: *Playboy Pilot*

Traduzione dalla lingua inglese di Daniela Sacerdoti
Prima edizione: maggio 2019

ISBN 978-88-227-3057-2

www.newtoncompton.com

Realizzazione a cura di The Bookmakers Studio editoriale s.r.l.s.
Stampato nel maggio 2019 da Puntoweb s.r.l., Ariccia (Roma)

Penelope Ward - Vi Keeland

Il mio bastardo preferito

Newton Compton editori

Money can buy a lot of incredible things…
But they can't buy me love

THE BEATLES

Capitolo uno

Kendall

"Chris Hemsworth".

Girai la pagina del catalogo della American Airlines, fino alla sezione dedicata all'Australia. Le pagine erano piene di fotografie pittoresche: canguri, acque turchesi, quell'enorme edificio bianco che sembra un mucchio di vele che soffiano nel vento. Bello. Ma non esattamente quello che cercavo.

"Liam Hemsworth. L'accento australiano. Oddio. Ce ne sono due".

Nella pagina seguente c'era una mappa del mondo. Seguii la linea tratteggiata, tracciando con il dito la rotta da Miami a Sydney. "Merda. Un viaggio interminabile".

Sospirando, andai avanti con la lettura.

La pagina seguente: Londra.

Robert Pattinson.

Theo James.

Altri accenti sexy, e con un terzo di ore di volo. Piegai l'angolo della pagina e ripresi a sfogliare la rivista.

Italia. George Clooney. "Che importa se ha praticamente la stessa età di mio padre? Quest'uomo è come una buona bottiglia di cabernet: migliora con l'età ed è fatta per essere gustata". Un altro angolo di pagina piegato.

Il barista interruppe la mia ricerca della destinazione successiva e indicò il bicchiere, ora mezzo vuoto. «Ti porto un altro Appletini?»

«Non ancora. Grazie».

Annuì e se ne andò all'altro capo del bancone, che era pieno di gente. Era già il mio secondo drink e non avevo idea di quante ore sarei rimasta nella lounge dell'aeroporto. Meglio decidere dove avrei trascorso i prossimi dieci giorni prima che l'effetto dell'alcol cominciasse a farsi sentire.

Santorini. Mmm.

Le foto erano splendide. Case bianchissime con porte e persiane di un blu brillante. Eppure… Non avevo idea di dove volessi andare. Non mi saltava all'occhio nulla; neppure un'isola tropicale mi attirava veramente.

Sospirai profondamente, notando che lo spesso catalogo era quasi giunto alla fine. Portai il mio drink alle labbra e brontolai sottovoce: «Dove dovrei andare?».

Non mi aspettavo una risposta.

«Casa mia non è lontana», disse qualcuno accanto a me, una voce profonda, baritonale. Sussultai: non mi ero accorta che qualcuno aveva occupato lo sgabello accanto al mio; inclinai il bicchiere e ciò che era rimasto del cocktail finì tutto sul mio nuovo top.

«Merda!». Mi alzai e afferrai un tovagliolo dal bancone il più in fretta possibile, cercando di asciugarmi la camicetta nuova. «Questa è una creazione di Roland Mouret!».

«Scusa. Non volevo spaventarti».

«E allora non avvicinarti di soppiatto alla gente».

«Tranquilla. Ti pago la lavanderia. Va bene?»

«Resterà la macchia».

«Te ne comprerò una nuova, tesoro. È solo una camicetta».

Alzai la testa di scatto. «Mi hai sentito? È una Roland Mouret. L'ho pagata *ottocento* dollari».

«Per *quella* roba? È una maglietta».

«È firmata».

«Resta comunque una maglietta. Non mi fraintendere, ti sta parecchio bene. Ma ti hanno fregata. Hai mai sentito parlare di Gap?»

«Stai scherzando?», sbottai, e rinunciai ad asciugarmi per dare un'occhiata a quell'uomo *insolente*.

Merda.

Era veramente insolente. Il tipo di insolente *alto, moro e bello*. *Splendido*, a dire la verità.

Mi allontanai un attimo per riprendermi e andai a cercare dei tovaglioli. Non ne trovai. Quando tornai al mio sgabello, Mister Splendido chiamò il barista. «Ehi, Louie. Mi porti un bicchiere di acqua frizzante e dei tovaglioli?»

«Certo, Trip».

"Trip?".

«Ti chiami Trip?»

«A volte».

«Sono in un caspita di aeroporto con un tipo che si chiama Trip?». Mi venne da ridere.

«E tu, chi sei?».

Ma sì, tanto non l'avrei più visto. Lanciai un'occhiata furtiva al catalogo di viaggi che stavo leggendo, e il mio sguardo si fermò sulla copertina. «Sono...». Esitai, poi mentii. «Sydney».

«Sydney», mormorò, scettico.

"Esattamente".

Deglutii e rivolsi lo sguardo altrove. Anche senza guardarlo, sentivo il peso dei suoi grandi occhi nocciola su di me. Il profumo muschiato della sua colonia impregnava l'aria. La sua presenza imponente, potente, accanto a me, mi impediva di concentrarmi su qualsiasi altra cosa.

Il barista tornò e gli porse un bicchiere e dei tovaglioli.

Trip alzò un sopracciglio. «Ti tolgo la macchia?».

Annuii, e un formicolio mi percorse la pelle mentre si sporgeva verso di me. In qualche secondo, passai dal caldo al freddo, scioccata dalla sensazione di bagnato che passava attraverso la stoffa della camicetta, mentre quell'uomo mi versava piano, e deliberatamente, l'acqua sul seno.

«Ehi! Che... che stai facendo?», gridai, guardando la mia camicetta firmata tutta bagnata.

«Volevi togliere la macchia, no? Le bollicine dell'acqua frizzante sono smacchianti. Deve solo restare bagnata per un po'».

«La macchia era piccola e tu mi hai bagnata tutta!».

«Non ho potuto evitarlo».

«Potevi semplicemente *non* farlo!».

«Ma non sarebbe stato divertente».

Mi guardai il petto. Attraverso la stoffa bagnata, si vedevano i capezzoli. «Ora la camicetta è trasparente».

«Mi fa male ammettere che sì, l'ho notato». Inspirò, lo sguardo incollato al mio seno. «Cristo, non hai il reggiseno?»

«A dir la verità, no».

Finalmente alzò lo sguardo. «Posso chiederti come mai sei in un aeroporto senza reggiseno?».

Schiarendomi la voce, dissi: «Volevo stare comoda in viaggio. E... sono... sono soda. Non ho bisogno di reggiseno in generale. Be', almeno finché non mi hai versato un seltzer addosso! Non mi aspettavo che un estraneo mi assalisse con l'acqua frizzante».

I suoi occhi fissarono il mio petto. Di nuovo. «Soda, eh?»

«Potresti smettere di guardarmi così?». Incrociai le braccia sul petto.

«Scusa. Non mi aspettavo…».

«Di vedermi praticamente nuda? Non mi dire…».

Rise, colpevole. «Che ti devo dire? Senti, sono venuto qui a mangiare e ho trovato più di un semplice pasto! Hai delle tette fantastiche. Sono sode… come te! Sei una donna di spirito».

Improvvisamente, si tolse la giacca di pelle e me la mise sulle spalle. «Copriti con questa». Era pesante e mi sembrava un caldo abbraccio, intriso del suo profumo di sandalo. Se già questa sensazione era così piacevole, potevo solo immaginare come sarebbe stato il suo corpo contro il mio. Scossi la testa al pensiero. Mentre tiravo su la cerniera, notai una spilla a forma di ali.

«Cos'è? Ti hanno dato una spilla perché sei stato un bravo bambino sull'aereo?»

«Diciamo di sì».

Quando sorrisi, mi porse la sua grande mano. «Ricominciamo. Ciao, sono Carter».

Carter.

Oh.

Effettivamente, sembrava proprio un Carter.

Presi la sua mano e rabbrividii al suo tocco potente. Lo scrutai. «Carter. Pensavo ti chiamassi Trip».

«No. Hai pensato mi chiamassi Trip perché Louie mi ha chiamato così. Trip è il mio soprannome».

«Come mai Trip?»

«Storia lunga».

«E come mai ti conoscono qui? Viaggi molto per lavoro?»

«Diciamo di sì».

«Sei strano, lo sai?»

«E tu sei adorabile. Come ti chiami?»

«Ti ho già detto il mio nome».

«Ah, già. Sydney... E il cognome è Opera House. Sydney Opera House». Rise e sollevò il giornale con la Sydney Opera House sulla copertina. «Perché mi hai mentito, Soda?».

Scrollai le spalle. «Non so. Non mi piace dire il mio vero nome agli estranei».

«No, non è per quello. Non sei timida. Non indossi neanche il reggiseno in pubblico, per l'amor di Dio! E ti ci è voluto un minuto per coprirti le tette dopo che ti sei accorta che le vedevo. Non sei riservata, e non sei cauta».

«Quindi, secondo te, come mai ho mentito?»

«Penso che ti abbia eccitato fare finta di essere qualcun'altra. Pensavi che non mi avresti mai più rivisto, quindi perché no? Ho ragione?»

«Credi che sia una scapestrata in cerca di emozioni? E mi conosci da... quanto, dieci minuti?»

«Lo sono anche io, perciò ti ho riconosciuta».

«Ah, sì?»

«Sì. Io vivo così. Cerco sempre nuove emozioni e non sto mai fermo». Dopo un momento di silenzio, strinse gli occhi e prese a scrutarmi. «Non sai dove andare».

«Come lo sai?»

«Quando ti ho vista per la prima volta stavi parlando da sola, ti chiedevi dove andare. Ricordi?»

«Ah. Hai ragione. Sì. Voglio fare un viaggio. Un trip... *Trip*».

«Hai già un'idea?»

«Nessuna idea, no».

Mi fece sussultare quando mi mise una mano sulla spalla. «Da cosa stai fuggendo, Kendall?».

Il cuore mi batté forte. Feci un passo indietro, lontano da lui.

«Come sai il mio nome?».

Infilò una mano nella tasca interna e tirò fuori un passaporto. «Devi stare attenta, viaggiando da sola. Ti allontani un attimo e qualcuno potrebbe metterti qualcosa nel drink o rubare le tue cose».

«Quello è il mio passaporto? Com'è possibile?»

«Quando sei andata a cercare un tovagliolo, è caduto fuori dalla tua borsa. L'ho raccolto e ho visto il tuo nome. Kendall Sparks. Mi piace. Per fortuna di me ti puoi fidare».

«Non ne sono tanto sicura», bofonchiai, prendendogli il passaporto di mano. Rimanemmo così, fissandoci negli occhi. La sua bocca si piegò in un sorriso e per la prima volta notai che aveva una fossetta sul mento.

«*L'ho vista là in piedi*», disse.

«Cosa?»

«La canzone dei Beatles. *I saw her standing there*. L'ho vista là, in piedi».

«Come ti è venuta in mente?»

«Ho una teoria. Che se pensi a qualsiasi momento nella vita, c'è una canzone dei Beatles che lo descrive».

«E questa è la canzone di questo momento?»

«Esattamente. Ti ho visto, sono venuto da te e ho interrotto il tuo processo decisionale. Quindi, ti offro un altro drink, e possiamo scoprire insieme dove andrai. *Possiamo sistemare tutto*».

Rise, e ripetei ciò che aveva detto.

«*We can work it out*, possiamo sistemare tutto».

"Dio, è un po' pazzo".

Scossi la testa. Non potevo crederci. «*We can work it out*. Un'altra canzone dei Beatles».

«Brava. Eppure, sei troppo giovane per conoscerli bene».

«Mia mamma li ascoltava. E qual è la tua scusa?»

«Mi piace la buona musica, anche se appartiene a un tempo passato». Guardò l'orologio. «Visto che parliamo di tempo. Non ne ho molto. Quel drink?».

Quando sorrise di nuovo, mi sentii sciogliere. Era solo un altro drink, e dopotutto non avevo ancora deciso dove andare. «Va bene, perché no?».

Carter mi condusse a un tavolo, e mi lasciò per ordinare al banco.

«Spero non ti dispiaccia, ho ordinato uno spuntino per entrambi».

«Grazie».

«Allora, Kendall, che tipo di viaggio è il tuo?»

«Devo valutare delle cose importanti. Ho bisogno di allontanarmi dalla vita reale per farlo».

«Spero siano cose belle… Sembri tesa, è per questo che ho dedotto tu stia fuggendo da qualcosa».

«Solo da una decisione importante».

«Posso aiutarti?»

"No, a meno che tu non possa mettermi incinta".

Se solo avesse saputo.

«No, è un problema che devo risolvere da sola».

«Be', non può essere una cosa seria. Sei sana, vibrante… bella, e mi sembra che non ti manchino i soldi. Sono certo che si risolverà tutto».

«Credi di aver capito tutto di me, vero?»

«Sei giovane. Qualsiasi cosa sia, hai tempo per risolverla».

"Vorrei che fosse così".

«Quanti anni mi dai?».

Si grattò il mento. «Ventidue?»

«Sto per compierne venticinque».

"E questo è il problema. Cazzo, venticinque". «E tu? Dati i tuoi gusti musicali, direi cinquantatré. Ma dall'aspetto, ventotto».

«Quasi. Ventinove».

Il cameriere ci portò gli stuzzichini. Carter aveva ordinato mozzarella fritta, ali di pollo in salsa Buffalo e panini all'uovo sodo. Sentii che il mio stomaco brontolava. «Meno male che non sono a dieta».

«Già. Qua non hanno nient'altro di buono. Col fritto vai sul sicuro».

Notai che non aveva ordinato un drink. «Non bevi?»

«Non posso».

«Perché no?»

«Se mi dici qual è il tuo dilemma, ti dico perché».

Presi un pezzo di mozzarella e cambiai argomento. «Non c'è tempo. Per ora devo solo prendere una decisione su dove andrò. E tu? Dove vai?»

«Aspetta», disse, ignorando la mia domanda e tirando fuori il telefono.

«Cosa fai?»

«Ho una lista dei voli internazionali che partono nelle prossime tre ore». Mi mostrò lo schermo, e presi il suo telefono.

«Okay… Madrid. Iberia Airlines, 8:55».

«Non andare in Spagna».

«Perché?»

«È luglio. Fa caldissimo. Suderai da pazzi. E non puoi neanche toglierti la maglietta perché non indossi il reggiseno».

Sentendo che stavo arrossendo, ripresi a leggere la lista.

«Okay… Messico? American Airlines, 10:20?»

«No».

«No?»

«C'è un nuovo virus intestinale che gira».
«Cosa?»
«Gesù, donna, non guardi le notizie?»
«No, sono troppo deprimenti».
«Fidati. Meglio non mangiare cibo messicano in questo momento».
«Va bene. Amsterdam? KLM, 9:45».
«Non mi sembra una scelta saggia. La prostituzione lì è legale. Giri senza reggiseno, ti scambierebbero per ciò che non sei».
Spalancai gli occhi. «Dici che mi scambierebbero per una prostituta?»
«Le prostitute di Amsterdam hanno parecchia classe».
«E tu come lo sai?»
«Be'… non pago per fare sesso, se è questo che intendi». Fece una risata profonda. «Semmai ho il problema opposto».
«Aspetta. Le donne pagano *te* per fare sesso?». Mi coprii la bocca. «Oddio! Sei un gigolò! O un escort! È per questo che frequenti le lounge degli aeroporti!».
Tirò la testa indietro, ridendo. «No».
«Quindi le donne si lanciano su di te. Stai dicendo questo».
«Sto dicendo che a volte è divertente essere il cacciatore. Ed è da tanto tempo che non lo faccio. Non ho trovato nessuno che varrebbe la *pena* cacciare. Pagare per fare sesso è l'ultima cosa che farei».
Non mi sorprese. Non riuscii neanche a trovare una risposta arguta. Quell'uomo era stupendo e carismatico da pazzi. Le donne adoravano gli uomini come lui.
Quando riprese il telefono, il tocco veloce della sua mano fu piacevole. *Troppo piacevole.*
«Sei mai stata in Brasile, Kendall?»

«No».

«È bellissimo, in questa stagione. È inverno, ma fa ancora abbastanza caldo da stare bene». Sbatté il telefono davanti a me. «Rio. International Airlines. 10:05».

«Che altro c'è da fare laggiù?»

«Le spiagge sono meravigliose. Ci sono locali e bar a Copacabana e Ipanema. Ci si diverte da pazzi».

«È sicuro viaggiare da sola?»

«Devi semplicemente stare attenta, come da qualsiasi altra parte. E magari comprati un reggiseno». All'improvviso, Carter girò il telefono per controllare l'ora. «Merda, devo andare. Sono in ritardo», disse, alzandosi dalla sedia e gettando una mazzetta di banconote sul tavolo.

Non mi aveva lasciato il tempo per chiedergli cosa facesse di lavoro, o dove stesse andando. Non sapevo nulla di quell'uomo, ma un fastidioso senso di delusione a vederlo andare via era la prova che volevo saperne di più.

«Ehm… okay. Grazie per lo spuntino».

Dopo una lunga pausa, disse: «Lasciamo che decida il destino. Ma per la cronaca, io voto per Rio. Abbi cura di te, Kendall».

Mentre se ne andava, mi accorsi che avevo ancora la sua giacca di pelle addosso. «Aspetta! La tua giacca!», lo chiamai.

«Tienila. Ti terrà le tette al caldo!».

Era una cosa stranamente carina da dire. «Okay». Ridacchiai e lo salutai con la mano. «Credo sia un addio».

«*Ciao, addio*».

«Cosa?»

«Canzone dei Beatles». Strizzò l'occhio.

«Oh». Levai gli occhi al cielo. «Dovevo immaginarlo».

Sorrise, e mi resi conto che probabilmente era l'ultima volta che avrei visto quella fossetta sul mento. Mentre andava via, ammirai il suo sedere, che non avevo ancora visto. Improvvisamente, si fermò e si voltò.

«Kendall...».

«Sì?»

«Se non scegli il Brasile, buona vita». Prima che potessi rispondergli, si girò di nuovo e camminò più in fretta di prima.

Uno strano senso di solitudine mi invase. Lo guardai finché non girò l'angolo e scomparve.

Che strana affermazione.

"E se non scelgo il Brasile... *buona vita?*".

Era stupido ascoltare i consigli di uno sconosciuto? Non mi restava molto tempo. Dovevo scegliere. Quindi... Rio de Janeiro? E se fossi finita ammazzata, la colpa sarebbe stata di Rio. "Ma non è un film?".

La colpa è di Rio?

Cominciai a sudare nella sua giacca. Dio, ero ancora tutta calda e agitata.

"La colpa è di Carter".

Capitolo due

Kendall

Non potei fare a meno di sentirmi delusa quando l'assistente di volo chiuse il portellone, anche se era ridicolo sentirsi così. Ero in prima classe, ma invece di sorseggiare il mio champagne prima del volo e godermi le noccioline calde tostate, mi ritrovai a scrutare ogni passeggero che entrava, speranzosa.

Ero sicura che Carter sarebbe stato su quel volo, anche se non aveva detto esattamente che stava andando in Brasile. L'altoparlante cominciò a trasmettere gli annunci di sicurezza, e un'assistente di volo iniziò a mostrare l'uso delle maschere a ossigeno e delle cinture. Dopo aver finito la dimostrazione in inglese, passò al… brasiliano? No, un attimo. Non mi pareva. Portoghese? Credo. "Merda". Stavo andando in un Paese che non conoscevo affatto, e di cui non parlavo neanche la lingua.

Una volta in volo, un'altra assistente venne a prendere il mio ordine per la cena e un drink. Somigliava un po' alla sagoma usata per la dimostrazione della cintura di sicurezza: alta, magra, con un bel viso truccato in modo impeccabile, anche se non ne aveva bisogno. Sia la sagoma, sia lei, avevano i capelli neri tirati indietro in uno stretto chignon. Arrivò un'altra assistente, e per la prima volta mi resi conto che si assomigliavano tutte. Era come se qualcuno avesse creato l'assistente di volo ideale, e poi l'avesse clonata.

Dopo circa dieci minuti, l'aereo aveva preso quota. Visto che il sedile vicino a me era vuoto, mi tolsi le ballerine firmate Tory Burch e chiusi gli occhi. Naturalmente, proprio in quel momento il capitano decise di trasmettere il suo messaggio di benvenuto.

«Buonasera signori e signore, qui è il vostro comandante supremo che vi parla, ovvero il capitano Clynes. Vorrei darvi il benvenuto qui, nella mia seconda casa: questo bellissimo Boeing 757. Voleremo per circa otto ore e mezza da Miami a Rio de Janeiro. Prevediamo un viaggio tranquillo…».

"Santo cielo! Quella voce! Non può essere…".

In quel momento, l'assistente di volo arrivò con il mio Appletini. «Scusi, sa mica come si chiama il capitano?»

«Ma certo», rispose, alzando la mano e mostrando un enorme diamante sull'anulare. Mi fece l'occhiolino e si sporse verso di me. «Gridavo quel nome, ogni tanto. Ma ora sono fidanzata e non lo faccio più. Si chiama capitano Carter Clynes, comunque. Quell'uomo dà un significato tutto nuovo all'espressione "volare alto"».

Capitano Carter Clynes. Ora era tutto chiaro. Le ali sulla giacca, conoscere il personale della lounge, e anche gli orari dei voli sul suo iPhone. Come avevo potuto non accorgermene? Be', ero stata distratta dal suo aspetto e dall'atteggiamento insolente.

Dopo quella rivelazione, non potevo certo rilassarmi. Sapere che Carter era a bordo, che la mia vita sarebbe stata nelle sue mani per le prossime otto ore, mi rendeva ansiosa, a dire poco. Anche se non era proprio il tipo di ansia che si provava dal dentista, era più l'apprensione che si sentiva quando si chiudeva il sedile sulle montagne russe, sapendo che o sarebbe stato meraviglioso, oppure ci si sarebbe sfracellati a terra.

Qualche ora dopo, ci fu un altro annuncio. La voce di Carter era bassa e roca. «Qui è il capitano Clynes. Stiamo volando sul Mar dei Caraibi. Spegnerò le luci in cabina e potrete farvi un sonnellino». Un minuto dopo, le luci si spensero e la cabina si oscurò, a parte i faretti da lettura sopra i sedili. Decisi di provare a dormire e reclinai il sedile, avvolgendomi nella coperta e chiudendo gli occhi. Una musica di sottofondo cominciò a suonare; all'inizio non capivo da dove venisse, ma poi riconobbi la canzone: *Lucy in the Sky with Diamonds*. E il cantante: non era John Lennon, ma Carter attraverso l'altoparlante.

Era davvero matto. Eppure, per qualche motivo, continuai a sorridere per tutta la durata della canzone.

Ero un po' confusa quando aprii gli occhi, la mattina dopo. O almeno pensavo che fosse mattina. Mi ci volle un minuto per capire che ero ancora su un aereo – stavo veramente andando in Brasile, o avevo sognato? Il sedile accanto al mio non era più vuoto, c'era un'assistente di volo che beveva un caffè e leggeva un giornale. Premetti il bottone per raddrizzare il sedile e le sorrisi. Non era la stessa assistente che mi aveva mostrato l'anello di fidanzamento e aveva cantato le lodi di Carter.

«Buongiorno. Spero non le dispiaccia se mi siedo, è il mio turno per una pausa ed è molto più comodo qui, su questi sedili morbidi, che sul nostro sedile contro la parete».

«Immagino». Esitai un attimo prima di farle una domanda, perché avrebbe pensato che ero pazza. «Posso chiederle una cosa?»

«Certo».

«Dove stiamo andando?».
Alzò un sopracciglio curatissimo. «Rio de Janeiro. Perché, non è dove deve andare lei?»
«Sì, devo andare a Rio. È che ho cambiato i miei piani all'ultimo minuto la notte scorsa, e per un secondo ho pensato di aver sognato di andare a Rio».
«No. Dovremmo arrivare fra un'ora. Meno male che ha dormito».
Annuii. Tanto pensava già che fossi un po' strana, per cui mi buttai: «Il pilota... ha davvero cantato *Lucy in the Sky with Diamonds* la notte scorsa?».
Fece una risatina. «Sì! Canta sempre nei voli notturni. Non so perché».
«È un po' strano».
«Il capitano Clynes è così. Un po' pazzo, ma bello e... divertente».
«In effetti, l'altra assistente di volo ha accennato a del *divertimento*».
«Sono sicura che sono in parecchie a dire che con lui... ci si *diverte* un sacco».
«Ma non lei?».
Scosse piano la testa. «Uomini così non sono il mio tipo, di solito».
Sconfitta, dovetti trovarmi d'accordo. «Neanche il mio, credo».
Qualcosa nel suo volto cambiò e si fece più vicina.
«Sai qual è il mio tipo?»
«Quale?»
«Biondine con grandi occhi azzurri e labbra morbide. Sono in permesso a Rio per due giorni, se vuoi compagnia».
Che cosa caspita...? Erano tutti pazzi su quell'aereo? Forse non c'era abbastanza ossigeno a trentacinquemila

piedi d'altezza. «Ehm... grazie. Ma io non... ehm... no, grazie, ecco».

Mi sorrise educatamente e piegò il giornale che stava leggendo. «Peccato. Ma goditi il volo. Vado a servire la colazione in seconda classe prima dell'atterraggio».

Quando toccammo terra, attesi mentre tutti scendevano, aspettando che si aprisse la cabina del pilota. Non so neanche perché lo stessi facendo, o cosa avrei fatto se quella porta si fosse aperta, ma volevo vedere Carter almeno un'ultima volta. Non era un po' curioso di vedere se ero su quel volo?

La risposta mi fu chiara dieci minuti più tardi. Erano scesi tutti, e io ero ancora seduta come un'idiota, lanciando occhiate alla cabina che non si apriva. «Ma cosa sto facendo?», brontolai tra me e me. Avevo conosciuto un uomo a caso nella lounge, le sue prime parole erano state un invito ad andare a casa con lui, mi aveva bagnato la camicetta per vederci attraverso e aveva fatto commenti sulle mie tette. Quindi, naturalmente, avevo fatto l'unica cosa logica che qualsiasi donna al mio posto avrebbe fatto: avevo acquistato un biglietto di prima classe da tremila dollari per seguirlo in Brasile. Come se la mia vita non fosse già abbastanza incasinata. Quello doveva essere un viaggio per trovare delle risposte (e magari per scovare anche delle belle scarpe), non per diventare una tacca in più sulla testiera del letto di Capitan Amore libero, anche se era favolosamente sexy. Mi alzai prendendo la mia borsa Venus di Louis Vuitton, aggiustai la camicia e feci un respiro profondo.

"Ci vediamo, capitano Clynes".

Ci misi più di un'ora a trovare le valigie e ad aspettare un taxi. Era inverno in Brasile, ma faceva un caldo opprimente, e sentivo gocce di sudore formarsi sulla schiena. Avevo bisogno di una doccia fresca, una tazza gigante di caffè ghiacciato (magari alla vaniglia o alla nocciola) e un'ora e mezza di massaggio nella spa di qualche hotel. Non vedevo l'ora di infilarmi nel taxi con l'aria condizionata, mentre l'autista infilava le valigie nel bagagliaio ed entrava in macchina.

«*Ola. Onde gostaris de ir?*»

"Merda". «*No habla* portoghese!». Un attimo, *no habla* era spagnolo, o si diceva lo stesso in portoghese?

L'autista si fermò a guardarmi. «Parli inglese, sì?»

«Sì».

«Dimmi dove vuoi andare, capisci?»

«Oh. Scusi. Mi dia un momento». Cercai *Hotel di lusso con spa a Rio* su Google. La connessione internet era lenta, ma alla fine apparvero diversi hotel e ne cercai uno che conoscessi almeno di nome. Fui interrotta dalla portiera che si apriva.

L'autista si mise a gridare in portoghese, e da come agitava il dito dedussi che stava dicendo all'intruso che il taxi era occupato. Ma l'uomo non lo ascoltò. Improvvisamente, lo trovai seduto accanto a me.

Indossava un'uniforme.

Il capitano Carter Clynes in persona.

Si girò a guardarmi con un sorriso malizioso. «Il mio permesso a terra si sta rivelando interessante». "Dannazione". Gli era cresciuta un'ombra di barba durante la notte.

«Com'è stato il volo, Soda? Ti ho fatto viaggiare bene?»

«La camicetta è asciutta. E non chiamarmi così».

Mi guardò i seni, e ovviamente i miei capezzoli si erano messi sull'attenti dopo essere passata dal sudore sulla schiena all'aria condizionata.

Carter si passò una mano sul viso. «Accidenti. Non scherzavi quando dicevi che i tuoi seni erano sodi. Mi hai appena svegliato. Sono contagiosi, mi sento ringalluzzito anche io».

«Non mi sembra una cosa appropriata da dire a una donna che hai appena conosciuto».

«Non ci siamo appena conosciuti. Questo è il nostro terzo appuntamento».

«Terzo appuntamento?»

«Ti ho offerto la cena in un ristorante elegante al nostro primo appuntamento, e un biglietto aereo per il secondo. Devi ammettere che non è male. Altre donne potrebbero uccidere per tanta generosità. Mi sembra giusto che al terzo appuntamento andiamo in un hotel». Mi fece l'occhiolino.

Non so se fosse il jet lag, la stanchezza (in aereo avevo fatto giusto un sonnellino), o se quell'uomo potesse dire *qualsiasi* cosa senza scandalizzarmi. "Perché non mi scandalizzo?".

Quando non risposi, continuò. «Sono contento di averti rivista. Pensavo non ci saremmo rivisti mai più».

«Non mi hai cercata».

«Non pensavo che mi avresti ascoltato e saresti venuta in Brasile».

«Neanche io», mormorai. L'autista ci interruppe chiedendo: «Dividete taxi, sì?».

Carter mi sorprese rispondendo. In *portoghese*. La stessa lingua che mi era sembrata strana e frustrante un momento prima, ora mi appariva sexy e romantica.

Carter si voltò verso di me e mi chiese, in inglese: «In quale hotel alloggi?»

«Stavo cercando di deciderlo con l'aiuto di Google. Ne hai uno da consigliarmi?»

«Ti fidi di me al punto da lasciarmi scegliere dove dormirai stanotte?».

Ci pensai un attimo. Non aveva senso, lo sapevo, ma sì, mi fidavo. Dio sa perché. «Credo di sì».

Con quella risposta mi guadagnai un altro sorrisetto sexy che mi eccitò più di quanto non mi avesse eccitata nient'altro nell'ultimo anno.

Quasi mezz'ora dopo, lasciammo l'autostrada e giungemmo in un'area residenziale. «*Barra de Tijuca*», lessi il nome della strada ad alta voce.

«Brava. Ti devo mettere in guardia, però: non è il classico hotel a cui sei abituata».

«Che vuol dire?»

«Sembri il tipo da catena di lusso con una spa, ecco».

Anche se era esattamente ciò che avevo cercato su Google, se lo diceva così sembrava una cosa brutta. Mi misi sulla difensiva. «E che male c'è? A volte una donna ha bisogno di un bel bagno e di un massaggio, dopo un viaggio».

«Be', non troverai né bagni né massaggi dove stiamo andando». Incrociò il mio sguardo. «A meno che non ti massaggi io».

Arrossii, e Carter rise. «Sei veramente adorabile. Non so cosa sia più sexy, che mi lasci portarti qui all'avventura, o che segretamente ti piaccia l'idea di farti fare un massaggio da me».

«Non è vero!». Il mio tentativo di difendermi servì solo a confermare che aveva ragione.

Si sporse verso di me. «Sì, invece».

«Ti sbagli di grosso».

«Peccato. Mi hanno detto che sono bravo con le mani». Le allungò di fronte a sé e le scrutò. *Mani grandi.* Che sembravano adatte al lavoro manuale, quando non pilotava un aereo.

"Dannazione".

Dovevo riprendere il controllo del mio corpo e della conversazione. «A dir la verità, ho saputo che... *sai usare bene le mani*».

Carter si accigliò.

«L'equipaggio. Hanno accennato qualcosa».

«Cosa?»

«Non ha importanza».

Carter stava per cercare di ottenere altre informazioni, ma il taxi si fermò. Mi guardai attorno. «Dove siamo?». Eravamo ancora nello stesso quartiere residenziale.

«Alla pensione Maria Rosa Rio».

«Tipo un bed & breakfast, intendi?»

«Più un *bed & dinner*. Maria Rosa non si alza prima di mezzogiorno. Ma cucina la migliore *feijoada* a sud dell'equatore».

Scese dal taxi e mi sorprese offrendomi la mano. «*Fei*... che?», chiesi mentre uscivo anch'io dalla macchina.

«Fidati. È buonissima. Mi diventa duro solo a pensarci».

«Sei un maiale, lo sai».

«Soda, non hai idea. Sto cercando di trattenermi, di essere un gentiluomo, visto che sei più raffinata delle mie solite ragazze».

Diede una mazzetta di banconote al tassista e sistemò la mia valigia sulla sua, che aveva le rotelle, trascinando entrambe sul vialetto. Suonò il campanello; il taxi se ne andò mentre aspettavamo sulla soglia. In quel momento, decise di darmi un consiglio.

«Non farti spaventare da Maria Rosa. Non è folle come sembra».

Carter era un bugiardo.

«*Meu filho Americano!*». Maria indossava un abito dai

colori brillanti, e prese il viso di Carter tra le mani, stampandogli un bacio sulle guance. L'aroma di zafferano, erbe e spezie riempiva l'aria.

Carter mi presentò: «*Maria, está é a minha amiga*, Kendall».

Dio, la sua voce era sexy, anche se avevo solo capito il mio nome. L'aveva pronunciato con l'accento portoghese, indugiando sull'ultima *L*.

Maria mi guardò dall'alto in basso, e i baffetti neri sul suo labbro superiore si allargarono mentre sorrideva.

«*Aha! Você nunca trouxe um amigo antes…*».

Mi girai verso Carter. «Cosa dice?»

«Che non avevo mai portato un'amica qui».

«Quanto spesso vieni?»

«Quasi ogni volta che vengo a Rio. È come una seconda casa per me».

Improvvisamente, sentii il verso di un animale, e un peso mi atterrò sulla schiena, facendomi quasi cadere. Poi sentii un liquido caldo colarmi sul collo.

Mi irrigidii e agitai le braccia. «Cos'è? Toglilo!», gridai. «Toglilo!».

La creatura lanciò una serie di versi acuti e cominciò ad affondarmi gli artigli nella pelle. Carter rideva istericamente, ma mi tolse l'animale dalla schiena.

Quando mi girai a guardarlo, scoprii che era una minuscola… scimmia. Maria Rosa scosse la testa e disse qualcosa in portoghese.

Carter non riusciva a nascondere il divertimento. «Maria chiede scusa. Le scimmie cappuccine pisciano sulla gente per marcare il territorio». La scimmia fece un verso come a sottolineare le parole di Carter.

«Ho piscio di scimmia sulla mia Roland Mouret. Fantastico».

«Dovevi lavarla comunque. Non ti preoccupare, dopo ti laverò io, per bene».

Le sue parole mi fecero correre un brivido lungo la schiena – ero turbata dalla situazione, ma non potevo fare a meno di essere attratta da Carter, lì in piedi accanto a me, così alto, con la sua uniforme di pilota. La scimmia era tranquillamente seduta sulla spalla di Carter.

Quando lui mi sorrise, notai ancora una volta la fossetta sul mento, e mi ammorbidii. «Come mai su di te non piscia, capitano?»

«Perché siamo vecchi amici. Vero, Pedro?». L'animale mostrò i denti. Avrei giurato che stesse ridendo, poi saltò dall'altro lato della stanza.

Maria disse qualcosa a Carter; sembrava un po' turbata.

«Cosa dice?»

«Che non sapeva che avrei portato qualcuno con me, e che l'altra stanza è affittata, per cui dobbiamo dividere la camera».

«Non mi sta bene».

«Sistemeremo tutto, vedrai», sussurrò.

«Non c'è nulla da sistemare, Carter».

«Andiamo in camera e rilassiamoci un po'. Voglio togliermi l'uniforme e fare un pisolino. Poi vorrei mostrarti la spiaggia prima di cena».

«Non funzionerà. Dividere la camera, intendo. Devo trovare un hotel».

«Soda, non mi hai seguito fino in Brasile per lasciarmi proprio adesso. Dici che vuoi un hotel, ma la verità è che non vuoi restare sola. Altrimenti non saresti qui. Adesso calmati e vieni a vedere la stanza. Credimi, anche se *volessi* molestarti, non ce la farei. Non dormo da diciotto ore, ho bisogno di stendermi».

Lo seguii in silenzio nel corridoio, verso la stanza all'angolo, maledicendo il fatto di non aver trovato una risposta adeguata. Aveva pilotato quell'aereo gigantesco fino in Brasile. La mia vita era stata nelle sue mani per tutto quel tempo. E aveva ragione – doveva dormire. A dir la verità, ero stanca anche io dopo il volo, e non avevo nemmeno pilotato un aereo.

La stanza era piccola ma carina, e una trapunta di lana rosso acceso con dei fiori viola copriva il letto a una piazza e mezza. Dalla finestra entrava una brezza fresca, e si vedeva il mare in lontananza.

C'era un bagno con una vasca di ceramica in stile vintage. Notai che c'erano fiori freschi sul lavandino e un assortimento di saponi.

«Che carino! Come hai trovato questo posto? È fuori dai circuiti turistici».

«Stavo esplorando Rio in macchina e ho sentito il profumo della cucina di Maria dalla finestra. In pratica, ho seguito il naso. Quando ho scoperto che affittava camere, ho cancellato la prenotazione all'hotel e sono rimasto qui. È molto meglio di un albergo».

«Hai detto che vieni qui quasi sempre. Quindi a volte vai in un grand'hotel?».

Esitò. «Vengo qui quando sono da solo. Vado in albergo quando...».

«Lascia stare». Alzai il palmo della mano. «Ho capito».

L'hotel era il suo terreno di caccia, probabilmente con l'hostess della settimana. Non volevo sapere altro.

«Come mai hai portato *me* qui, allora?»

«Volevo mostrarti la vera Rio. Sei venuta per me, quindi mi sembra il minimo farti da guida».

«Quanto starai qui, prima di ripartire?»

«Due giorni».

Mi caddero le braccia. Era così poco...

«Dove vai dopo?»
«Non lo so, non ho controllato l'itinerario».
«Solo due giorni...», ripetei.
«Sì. Quindi godiamoceli al massimo».
Carter cominciò a sbottonarsi la camicia bianca e immacolata dell'uniforme, e l'appese nel piccolo guardaroba. Il suo petto nudo era perfetto, proprio come l'avevo immaginato. Sentii l'improvviso desiderio di tracciargli con la lingua una linea diritta sulla pelle, dal petto all'ombelico, e seguire la peluria irsuta che terminava nei pantaloni dell'uniforme. Era più imponente della maggior parte degli uomini con cui ero stata. Potevo solo immaginare il peso del suo corpo contro il mio, così leggero. Volevo sentire il suo peso su di me, ma non avrei dovuto pensare a quelle cose.
Avevo quasi dimenticato che la ragione di quel viaggio era mettere a posto la mia vita, non complicarla ancora di più innamorandomi di un uomo con cui non potevo stare. Se fossi andata avanti con il mio piano, non avrei più potuto frequentare *nessuno* nel prossimo futuro.
Carter alzò un sopracciglio, mostrandomi che si era accorto che stavo sbavando per lui. Distolsi subito lo sguardo, ma ormai era tardi.
«Togliti i vestiti», disse.
«Come hai detto?»
«Torno subito».
"Cosa?".
Si infilò nel bagno e chiuse la porta. Sentii che faceva pipì. E poi sentii l'acqua del bagno che scorreva per un'eternità. Seduta sul letto, con la schiena coperta di urina di scimmia, mi chiesi come mai ci stesse mettendo tanto.
La porta si aprì e Carter uscì, senza camicia e adesso anche scalzo, nudo a parte i pantaloni neri, sbottonati.

Così sexy.

Mi schiarii la voce. «Hai fatto il bagno?»

«No, sto preparando un bagno per te. Qualsiasi siano le tue preoccupazioni, ti si legge in faccia. Sei molto tesa. È così da quando ti ho incontrata. Hai bisogno di un bel bagno, più di quanto ne abbia bisogno io». Si avvicinò e mi mise una mano sulla spalla. «Dimentichiamo tutto per un paio di giorni. E smettila di preoccuparti per la stanza. Ti do la mia parola che non ti toccherò. Non ci proverò con te, se la cosa ti mette ansia. A meno che non me lo chieda tu. Altrimenti, starò zitto e buono. Non sarò curioso come una scimmia. Visto che una scimmia ce l'abbiamo già».

Scoppiai a ridere. Era una bella sensazione. Ma come mi ero trovata in una tale situazione?

«Che ne dici? Ci rilassiamo assieme, Kendall?»

"Dio, voglio veramente rilassarmi e godermi questi due giorni".

Per la prima volta, gettai un'occhiata alla vasca e vidi ciò che aveva fatto. L'acqua era coperta di schiuma, e Carter aveva acceso due candeline e le aveva messe sul davanzale sopra alla vasca. Forse era un Casanova, uno che si faceva tutte le assistenti di volo... ma ci sapeva fare. Ed era dolce.

Senza aggiungere altro, si gettò sul letto a faccia in giù. I miei occhi erano incollati al suo sedere mentre affondava nel letto, quasi come se stesse facendo l'amore col materasso. «Cazzo, che bella sensazione...», mormorò. Fece un verso quasi orgasmico, allargò le braccia a forma di T, e la sua schiena si sollevava e si abbassava mentre si rilassava sul cucino.

Mi fermai un momento ad ammirare quella schiena scolpita; volevo salirci sopra, cavalcarla mentre si muoveva su e giù.

Quando capii che stava dormendo, mi girai verso il muro e mi sfilai la camicetta sporca, lanciandola a terra. Andai in punta di piedi in bagno, e mi tolsi il resto.

Immergendomi nell'acqua calda, chiusi gli occhi e respirai il vapore. Era come se fossi stata trasportata in un altro mondo. E in un certo senso era successo *davvero*: un posto strano con un uomo strano. E una scimmia. Non riuscivo a spiegarlo, ma in qualche modo, il qui e ora erano la cosa giusta.

Avevo lasciato la porta aperta perché credevo dormisse, perciò rabbrividii quando sentii la sua voce assonnata.

«Sono contento che tu abbia scelto Rio, Soda».

Capitolo tre

Carter

Sono sicuro che sia stato il mio cazzo a svegliarmi, come per dirmi: "Ehi, guarda cosa ti stai perdendo".

Le persiane erano chiuse, la stanza era buia, e io ce l'avevo duro.

Che ora era?

L'orologio diceva le 4:30 del pomeriggio. Avevo dormito per due ore. Guardai alla mia sinistra e capii subito perché avevo un'erezione. Il mio cervello aveva dormito, ma il mio corpo era consapevole del fatto che il culo di Kendall fosse appoggiato al mio fianco, e lei accoccolata al centro del letto.

"Cazzo".

Era stata accanto a me per tutto il tempo. Forse era vero che si fidava di me. E questo era il suo primo errore. Due giorni con questa ragazza e avevo promesso di fare il bravo? Figuriamoci.

Non sapevo nulla di lei, ma da quando l'avevo incontrata non riuscivo a smettere di pensare a lei.

Forse sarà difficile da credere, ma non avevo mai rimorchiato una donna in aeroporto prima di allora. Sì, mi ero fatto parecchie hostess, ma quello faceva parte del lavoro di pilota. I membri single dell'equipaggio facevano sesso gli uni con gli altri, tutto qua. Trascorrere i permessi con le colleghe mi era sembrato eccitante a inizio carriera, ma col tempo era diventato monotono; era troppo facile. A me piacevano le sfide, e mi piaceva che Kendall fosse la prima donna, dopo tanto tempo, difficile da conquistare... Era quello a *farmelo* venire duro.

Quando l'avevo vista in aeroporto, ero rimasto sciocсato; avevo pensato a lei per tutto il volo sperando segretamente che fosse sull'aereo, ma senza crederci veramente. Di certo non avrei mai pensato di finire a letto con lei.

Kendall Sparks.

"Chi cazzo sei? Perché ho tanto bisogno di saperlo?".

Era complicata; questo era sicuro. Proprio quando pensavo che fosse una donna ricca e presuntuosa, lei mi annunciava di non portare quasi mai il reggiseno. Più parlava, meno capivo chi fosse veramente. Sapevo solo che ero attratto da lei ed ero contento che mi avesse dato la possibilità di vederla di nuovo.

I miei occhi indugiarono sul suo corpo snello; avrei voluto appoggiare il viso sulla sua nuca e inspirare il profumo dei suoi capelli. Ma dovevo sbarazzarmi di quell'erezione prima che si svegliasse.

Mi alzai silenziosamente e andai in bagno per neutralizzarla. La prima cosa che vidi furono le sue mutandine bianche sul pavimento.

"Cazzo".

Le raccolsi e le tenni in mano per qualche minuto. Erano piccole e delicate, proprio come lei. Sentii l'impulso di annusarle. Inspirai a fondo il suo odore, e la mia reazione mi colse impreparato. Il suo profumo era inebriante e non fece che aumentare il mio desiderio.

Aprii l'acqua per lasciare che la vasca si riempisse. Sdraiandomi nella vasca, mi misi le sue mutandine sul viso, immaginandogliele addosso. "Non giudicatemi". Tirai fuori il pisello e cominciai a toccarmi. Se era sbagliato, a me non interessava.

Preso un altro respiro profondo del suo profumo femminile, mi toccai più forte.

Ero un pervertito?

Non mi interessava.

Mi ripetei che non stavo facendo del male a nessuno e che dovevo liberarmi del desiderio represso che mi aveva preso da quando avevo visto i suoi capezzoli all'aeroporto.

Continuai, e fu questione di pochi secondi. Mi venni addosso, respirando affannosamente e crollando nella vasca.

Dopo qualche minuto, ancora non riuscivo a muovermi. Fu allora che sentii la sua voce.

«Carter?».

Mi alzai di scatto e lanciai le sue mutandine dall'altra parte della stanza.

«Sto venendo! Voglio dire, arrivo subito, devo solo farmi un bagno veloce».

Dopodiché, mi lavai velocemente.

Quando tornai nella stanza, Kendall era seduta sul letto. Mi sentivo un po' in colpa per quello che avevo fatto, ma l'avrei rifatto ancora.

Mi tenni l'asciugamano attorno alla vita per evitare che cadesse.

«Pronta a esplorare la spiaggia? Meglio andare prima del tramonto». Non potei fare a meno di notare come mi stava guardando.

"Cazzo, sì, forse ho delle speranze".

«Sì, mi piacerebbe vedere la spiaggia».

Kendall andò in bagno a mettersi il costume. Quando uscì, indossava un prendisole sopra al bikini.

Io mi ero infilato il costume e una maglietta bianca.

Uscendo dalla stanza, dovemmo passare dal salotto di Maria Rosa; quando Pedro si lanciò su di me, Kendall si abbassò istintivamente e la scimmia saltò sulla mia spalla, iniziando a masticarmi i capelli prima di schizzare via.

Kendall fu presa alla sprovvista quando Maria le prese la mano e l'accompagnò ad un tavolo nell'angolo.

"Oh, merda, adesso non usciremo mai più".

«Cosa succede? Cosa sta dicendo?», chiese Kendall.

Siccome non volevo allarmarla, avevo scelto di non dirle che Maria era una medium e una veggente, e la maggior parte dei suoi clienti erano persone che venivano a farsi leggere il futuro. Tradussi quello che stava cercando di dirle.

«Maria è una medium, dice che sente dell'energia negativa attorno a te».

Kendall deglutì e vidi la paura nei suoi occhi. Maria le teneva le mani nelle sue; gli occhi dell'anziana donna erano chiusi mentre si concentrava. Continuai a decifrare quello che diceva come meglio potevo.

«Maria vede un bambino, e ha due teste», spiegai.

Kendall si girò di scatto verso di me.

«Cosa?».

Facevo fatica a capire quello che stava dicendo Maria, era tutto molto frammentato.

«Ti hanno lanciato una maledizione, una maledizione di cui non riuscirai a liberarti senza il suo aiuto. Dice che riguarda un bambino, e che tu e il bambino siete in pericolo se non togliamo la maledizione. Non so di cosa stia parlando quando dice delle due teste».

Dovevo ammettere che, per quanto amassi Maria, queste robe che tirava sempre fuori mi davano i brividi. Una notte, quando stavo per andarmene in aeroporto, mi aveva bloccato in un angolo e aveva cominciato a parlarmi di una donna morta che stava tornando dall'aldilà e voleva parlare con me. Mi ero spaventato così tanto all'idea che fosse Lucy, che avevo quasi pensato di non tornare più. Per fortuna, però, Maria non ne aveva più parlato.

Decisi di fare un po' lo stupido perché Kendall non si spaventasse.

«Dice che per rimuovere la maledizione devi baciarmi!».

«Sul serio?».

La mia espressione mi tradì, e Kendall levò gli occhi al cielo.

Prestai più attenzione a Maria.

«Okay, penso di aver tradotto male. Non vede un bambino con due teste. Vede un bambino, ma la testa del bambino è una moneta con due facce, testa o croce, capisci?».

Kendall impallidì. O Maria la stava spaventando, o quelle folli parole avevano un qualche significato per lei.

Continuai a tradurre. «Questo rappresenta una decisione che ha a che fare con i soldi, ma anche con un bambino nel futuro».

Kendall si prese la testa tra le mani; era turbata. Dovevo portarla via da lì.

Mi girai verso Maria. «*Vamos à praia. Podemos terminar mais tarde?* Dai, si sta facendo buio e le ho appena detto che saremmo andati in spiaggia».

Kendall rimase in silenzio per buona parte della breve passeggiata verso la spiaggia. Dovevo indurla ad aprirsi un po' o almeno aiutarla a rilassarsi. Tirandole scherzosamente la coda di cavallo, le chiesi: «Stai bene?».

Kendall forzò un sorriso. «Sì, sto bene».

«Quelle stronzate che stava dicendo Maria, avevano un senso per te?».

Sorprendendomi, lei annuì. «Più o meno».

«Vuoi parlarne?»

«No. Affatto. Vorrei solo provare a divertirmi un po' mentre siamo qui».

«Mi pare giusto».

Il sole cominciava a tramontare. Era già troppo tardi per godersi realmente la spiaggia. Quando ci avvicinammo a riva, la gente attorno a noi cominciò a battere le mani.

«Cosa succede?»

«Non stanno battendo le mani per noi!». Risi. «È una tradizione locale. Quando il sole tramonta all'orizzonte, la gente si ferma e applaude».

«Sembra una bella cosa».

«Che bello sarebbe se la gente apprezzasse più spesso la vita e la natura in questo modo, vero?»

«Sì». Sorrise. «Decisamente». Si guardò attorno, piena di meraviglia; e a me piacque moltissimo osservare il suo viso mentre vedeva tutto per la prima volta.

Un luogo familiare in un angolo della spiaggia richiamò la mia attenzione.

«Vieni, so cosa possiamo fare».

Un piccolo cartello conficcato nella sabbia diceva: "*Samba na Agua*".

«Che cos'è?»

«Fanno lezioni di samba sulla spiaggia al tramonto. Accettano le mance, ma è gratis. Una volta stavo passeggiando qui e una signora anziana mi ha fatto ballare. Vuoi provare?».

Un sorriso le illuminò il viso. «Certo». La poca luce rimasta brillò nei suoi occhi acquamarina. Vedendola sorridere così, mi accorsi di quanto fosse naturalmente bella, e quanto mi rendesse felice darle gioia. Non so perché farla contenta fosse così importante per me, considerando che la conoscevo appena, ma una voce insistente dentro di me sembrava sussurrare: "Stai attento, questa ragazza è importante". Non riuscivo a spiegarmelo, ma di certo non sarei andato a chiedere a Maria di indagare.

Le lezioni di samba non andarono esattamente come speravo. Dovevano essere una scusa per cercare il contatto fisico, ma assegnarono a Kendall un vecchio istruttore. E a me non restò altro da fare che ballare con la sua controparte femminile. Forse era ovvio, visto che non sapevamo cosa fare. Tuttavia, mi divertii a vederla inciampare e ridere mentre mi vedeva fare altrettanto.

Veloce. Veloce. Piano.

Veloce. Veloce. Piano.

Anche lontani l'uno dall'altra sulla sabbia, condividemmo quell'esperienza. Provai un brivido d'emozione pensando che quella sera avrei dormito di nuovo con lei. Poi mi rimproverai da solo per essermi emozionato per una ragazza che probabilmente non avrei visto mai più… e che comunque avevo promesso di non toccare.

Veloce. Veloce. Piano… "Piano, Carter!".

Avremmo avuto un altro giorno intero l'indomani, prima di dover tornare all'aeroporto. Mi accorsi che non sapevo neanche dove viveva. Avrei dovuto cominciare a usare il siero della verità, che in Brasile era altrimenti noto come caipirinha.

«Cosa c'è qua dentro? È forte, ma buono».

«Lime, zucchero e *Cachaça*».

Kendall ridacchiò. «Dillo ancora una volta!».

«*Cachaça*!». Sorrisi.

«Mi piace quando parli portoghese, capitano».

«Devo tenerlo a mente».

Ci eravamo fermati in un piccolo bar sulla spiaggia. Dopo un paio di drink, prendemmo dei bicchieri di plastica e continuammo il party seduti sulla sabbia.

«Quindi, Kendall Sparks, ti piace quando parlo portoghese. Cos'altro ti piace? Voglio saperne di più della mia compagna di viaggio».

«Cosa vuoi sapere?»

«Tanto per cominciare, non mi hai detto da dove vieni. Che cosa fai per vivere?»

«Vivo in Texas. Vengo da una famiglia di magnati del petrolio e lavoro per l'azienda di famiglia, ma non ho in mente una carriera ben precisa».

«Be', è stato così difficile dirmelo?»

«Non mi piace dire alla gente chi è la mia famiglia. Ci sono troppi pregiudizi nei confronti dei ricchi».

«Il tuo status economico non definisce chi sei, come essere un pilota non definisce me».

«Perché non mi hai detto che eri un pilota quando ci siamo conosciuti?».

Infilai i piedi nella sabbia e pensai alla mia risposta. «Non ti stavo nascondendo niente. Davvero. Non è venuto fuori. Alla fine te l'avrei detto, se avessimo passato più tempo insieme. Dentro di me speravo che tu scegliessi Rio, così da poterti fare una sorpresa. E comunque, perché l'hai fatto?»

«Perché ho scelto Rio?»

«Sì».

«Dovevo prendere una decisione».

«E neanche una piccola parte di te l'ha fatto pensando che sarei stato su quel volo? Mi sembrava di averti lanciato qualche indizio».

Anche se era sera, vidi che stava arrossendo.

«Cosa vuoi che ti dica? Che sono attratta da te e sono venuta dall'altra parte del mondo perché mi hai dato la tua giacca?»

"Sì".

«Sì, se questa è la risposta sincera, allora sì. Che male c'è a essere onesti? La gente passa metà della sua vita a raccontarsi bugie. Perché non possiamo semplicemente essere sinceri?».

Risi dentro di me. "Sì, certo. Allora perché non le dici che ti sei toccato con le sue mutandine sulla faccia?".

Certe cose era *meglio* mantenerle segrete.

«Chiedimi quello che vuoi. Non ti mentirò, Kendall».

Finì il suo drink. «Qualsiasi cosa?».

Guardandola dritta negli occhi, ripetei: «Qualsiasi cosa».

Kendall levò gli occhi al cielo. «Con quante hostess hai fatto sesso?»

«Tutte tranne una». Deglutii.

«La lesbica».

«Sì».

«È disgustoso».

«Perché disgustoso? Perché sono un uomo single a cui piace fornicare? Siamo tutti adulti e con lo stesso stile di vita. Sono una persona responsabile, uso protezioni, non prometto niente che non possa dare, e la maggior parte delle volte sono loro a venire da me».

Mi resi conto che dire così mi faceva sembrare freddo, ma era la verità.

«E non vuoi niente di più? Una connessione profonda con qualcuno?»

«Non ho detto questo, ma la situazione è stata questa finora». Prendendo il suo bicchiere di plastica e mettendolo dentro al mio, le chiesi: «E tu non hai un fidanzato?»

«No. Al momento no».

«Perché? Potresti avere chiunque tu voglia».

Sembrava turbata, e fece una pausa prima di dire: «Sono in un periodo di transizione».

«E questa è la ragione per cui stai scappando? Un uomo?»
«No, non è così».
«Puoi dirmi qualsiasi cosa, non ti giudicherò».
«Non puoi promettermelo se non sai di cosa si tratta».
«Quanto grave può essere? Hai commesso un omicidio?»
«No».
«Be', allora non c'è problema».
Rise, ed era così bella con il vento dell'oceano che le accarezzava i capelli biondi.
«Ti conosco appena. Non posso raccontarti tutto di me dopo averti conosciuto da meno di un giorno».
«Scommetto che basterebbe un solo minuto per sapere tutto ciò di cui ho bisogno, Kendall».
«Che cosa intendi?»
«Gli aspetti importanti della vita di ciascuno di noi possono essere riassunti in meno di un minuto. Le cose superficiali che ci succedono tra un episodio e l'altro sono insignificanti». Tirai fuori il telefono e glielo diedi. «Vuoi fare un test? Vai al cronometro e ti dirò tutto quello che vale la pena sapere di me in trenta secondi».
Lei aprì il cronometro. «Okay, vai», disse premendo il tasto verde.
«Carter Clynes, anche conosciuto come Tripla C, che vuol dire capitano Carter Clynes, a volte abbreviato in Trip. Ho quasi trent'anni, sono cresciuto in Michigan, ero il clown della classe. Famiglia cattolica, genitori ancora insieme, due sorelle, una ragazza. Le spezzai il cuore per andare al college: università del Michigan. Mi guardai attorno, mollai l'università, andai a scuola di pilotaggio. Ora volo a tempo pieno, a volte mi sento solo, ho un appartamento a Boca, un nipote e una nipotina. Sono onesto, mi piacciono la pizza e tutta la musica, mi piace fare sesso e sono seduto su una spiaggia a Rio».

Quello era più o meno tutto. Buffo come una vita potesse essere riassunta in una manciata di dettagli. Naturalmente, c'era una cosa che avevo deciso di omettere. Non che non glielo volessi rivelare, ma non era né il momento né il posto giusto per parlare di Lucy, così avevo deciso di tralasciare il nemmeno tanto piccolo dettaglio che aveva in realtà plasmato la mia persona.

«Wow. Trenta secondi esatti!».

«Adesso sai quasi tutto quello che devi sapere».

Strinse gli occhi. «Quasi?».

Ignorai la domanda e presi il telefono. «Ora è il tuo turno».

«Aspetta, devo pensarci».

«No, poi non funziona. Non devi pensarci. Devi dire la prima cosa che ti viene in mente. Sono questi i dettagli più importanti».

Inspirò a fondo e io feci partire il cronometro.

«Okay, Kendall Sparks, Dallas, Texas. Ventiquattro anni, figlia unica di genitori ricchi che hanno sperperato la maggior parte dei loro soldi. Sono cresciuta in un ranch, ero una cheerleader, mio papà è morto, mia madre è un'alcolizzata. Non sono andata al college, ho lavorato per l'azienda di famiglia. Vita da favola vista da fuori, ma non tanto da dentro. Non so quale sia il mio posto nel mondo, ho paura del futuro, e sono seduta su una spiaggia a Rio».

Quando distolse lo sguardo, le misi una mano sul mento, attirandola verso di me. «Quest'ultima parte è bella, però, no? È l'unica cosa che abbiamo in comune».

Chiudendo brevemente gli occhi, disse: «Sì, devo dire che è così».

«Grazie per aver condiviso con me questo momento, Soda».

Mi alzai in piedi, e lei mi seguì sulla strada per la pensione.
«Che cosa faremo domani?», chiese.
«È questo il bello di una vacanza... non dobbiamo decidere».
«Hai ragione».
Prima di risalire la collina, ci fermammo davanti ad alcuni negozi, e ne notai uno di biancheria intima. Questo mi fece venire un'idea. Non volevo lasciarla sola, ma non volevo neanche che vedesse che cosa avevo intenzione di fare.
«Stai qui un attimo, torno subito».
Quando tornai con una piccola busta, lei stava sorridendo.
«Che cosa hai fatto?»
«Ti ho preso un regalo». Glielo diedi e dissi: «È per domani».
«Posso aprirlo adesso?»
«Insisto».
Guardò dentro e scosse la testa, vedendo il reggiseno bianco, di cotone, che le avevo comprato. Il materiale era completamente opaco. Era il reggiseno meno sexy che avessi mai visto.
«Questo mi ricorda il reggiseno di mia nonna».
«Ho indovinato la tua taglia?»
«Quasi. Io sono una 34 B, e questa è una 36 B. Mi andrà». Se lo mise sul petto. «Be', sicuramente non vedrai niente attraverso questa stoffa».
«Esatto. Se devo comportarmi bene, il tuo seno non può saltarmi agli occhi ogni secondo. Mi tenta troppo».
«Ce l'ho un reggiseno, sai?». Rise. «Solo che non lo metto. Ma lo metterò, se ti sto distraendo».
«Questo regalo è uno scherzo, però dovresti mettere il reggiseno se viaggi da sola».

Che brutta sensazione, pensare a lei che continuava quel viaggio da sola. Di una cosa ero sicuro: non volevo lasciarla, di lì a due giorni.

«Grazie che ti prendi cura di me, capitano».

«Ma figurati».

Eravamo quasi arrivati da Maria quando le dissi: «Kendall...».

«Sì?»

«Voglio tenerti per mano». Sorrisi, e lei capì all'istante.

«*I Want to Hold Your Hand*, la canzone dei Beatles! Pensavo stessi parlando seriamente!».

Ridendo, le dissi: «A dir la verità, sono serio. Molto serio. Posso?». Allungai la mano.

Lei me la strinse. «Sì». Le sue dita erano così piccole in confronto alle mie.

Non la lasciai per tutta la strada. Il fatto era che volevo molto di più che tenerle la mano... Avrei voluto avvolgermi attorno a tutto il suo corpo.

Peccato non ci fosse una canzone dei Beatles intitolata *Voglio averti tutta*, avrebbe rappresentato molto meglio quello che le avrei voluto fare in quel momento.

Capitolo quattro

Carter

Se ero il genere di persona che annusava le mutande, potevo permettermi di ambire al titolo di più grande pezzo di merda dell'anno. Avevo appena finito la mia lunga pisciata mattutina, e mi ero dovuto praticamente piegare sul gabinetto per abbassare abbastanza il pisello duro come un pezzo di legno e centrare la tazza. Kendall stava ancora dormendo e il mio autocontrollo iniziava a mostrare segni di cedimento. Non che passassi buona parte della mia vita a cercare di darmi una controllata. Ma quella ragazza sembrava invitarmi a farlo.

La notte precedente, al momento di andare a dormire, avevo percepito il suo disagio. E anche io mi sentivo a disagio, soprattutto perché avevo un'erezione che cercavo di smorzare da un'ora, da quando si era cambiata indossando una camicia da notte sottile come carta velina e pantaloncini cortissimi. Quindi, da vero galantuomo che in genere non ero, avevo insistito per dormire sul pavimento. Adesso avevo un mal di schiena tremendo, per cui pensai che non sarebbe stato un gran problema se mi fossi sdraiato un po' sul letto e avessi riposato su un vero materasso. Erano le quattro del mattino e non mi avrebbe scoperto fino a quando non si fosse svegliata. E allora sarebbe stato troppo tardi. Quindi sollevai il lenzuolo e scivolai nel letto cercando di non farlo sobbalzare troppo.

Kendall era rannicchiata dall'altra parte e, quando il vecchio letto di legno scricchiolò, si girò verso di me. Mi bloccai e attesi di vedere se avrebbe aperto gli occhi. Dopo un minuto, era ancora nel mondo dei sogni, così mi concessi di studiarla attentamente. Fu in quel momento che notai che il bottone della sua camicia da notte si era slacciato. E lasciava intravedere tutto il seno sinistro. "Altroché se sono sode". E non solo il seno. Anche il capezzolo, della dimensione giusta per un seno perfetto da stringere in una mano, era sull'attenti e puntato verso di me. Sembrava *sfidarmi*. Sembrava invitarmi.

"Caaazzo".

Stavo praticamente sbavando. Volevo succhiarle quel capezzolo più di quanto avessi mai desiderato toccare una donna.

"Solo una leccatina".

Non si sarebbe neppure svegliata.

I miei occhi salirono a cercare quelli di lei. Dormiva profondamente. Non se ne sarebbe neanche accorta. Sarei stato molto delicato. Avrei passato la lingua su quel piccolo bocciolo gonfio, prendendomene un piccolissimo assaggio.

"Appena un assaggio".

Una minuscola leccatina.

"Caaazzzzzoooo". La mia testa si avvicinò di qualche centimetro al suo seno. Ero un pezzo di merda. Dovevo essere veramente impazzito per una frazione di secondo, perché ero sicuro ci fosse un diavoletto sulla sua spalla destra. Quasi lo potevo sentire e lo vedevo chiaramente. Naturalmente, il mio diavoletto non era la tipica creatura rossa, calva, minacciosa e con la coda. No, il *mio* demone era una donna bruna, alta, con i capelli raccolti, una provocante divisa da hostess e due graziose corna sulla testa. Mi fece l'occhiolino e mi sussurrò all'orecchio: *Fallo. Fallo, codardo. Tanto lo sai che lo vuole anche lei.*

La mia coscienza rispose: *Si fida di te, non essere un coglione come sempre. Sopporta, amico mio. Trovati un altro paio di mutande, disgustoso maiale.*

Kendall si mosse, sempre addormentata, e stavolta alzò un braccio sopra la testa. Ora il seno era completamente scoperto. La sua pelle era perfetta e il suo capezzolo di un rosa talmente profondo da rasentare la perfezione.

Qual è il tuo problema, codardo? Succhialo. Succhialo adesso. La diavoletta era ormai diventata due volte più grande.

Mi stropicciai gli occhi per cancellare il frutto della mia fantasia. Non servì a nulla. Neanche un po'. La mia diavoletta si stava sbottonando la camicia, seduta sulla spalla di Kendall.

"Cazzo, ho perso la testa".

Di punto in bianco, bloccando i miei pensieri peccaminosi, giunse in mio soccorso una canzone dei Beatles: *You Are Going to Lose that Girl*. Perderai quella ragazza. Le parole cominciarono a vorticarmi in testa mentre la diavoletta sorrideva e ballava a tempo.

"Accidenti a te, John Lennon".

Aveva ragione. John Lennon aveva *sempre* ragione.

Gettando via il lenzuolo prima che potessi ripensarci, indossai le scarpe da corsa e un cappello con la visiera e uscii.

Quando tornai, dopo due ore, Kendall non era a letto. Ero andato a correre per un'ora e poi avevo guardato l'alba sulla spiaggia. Il guaio era che avevo desiderato avere al mio fianco, seduta accanto a me mentre l'alba sorgeva sull'oceano, una ragazza che conoscevo appena, almeno quanto avevo desiderato quel capezzolo succulento.

Mi stavo rammollendo.

Anche se in sua presenza mi veniva sempre piuttosto duro. Mi sedetti sul letto e cominciai a togliermi le scarpe quando Kendall uscì dal bagno.

«Ehi, dove te ne sei andato così presto?»

«A fare una corsa».

«Dovevi svegliarmi, sarei venuta con te».

"Ti volevo svegliare, credimi".

«Eri così carina addormentata, sorridevi e avevi una mano nelle mutande. Non volevo rovinare il tuo momento», mentii e le strizzai l'occhio.

Spalancò gli occhi. «Stai mentendo», disse.

Feci spallucce. «Forse».

Mi diede un pugno nella pancia e rise.

«Attenta, ragazzina. Non vorrei che ti rompessi una mano contro i miei addominali duri come rocce».

«Sei così presuntuoso». Sorrise e scosse la testa, dirigendosi verso il letto. Dopo esserci salita sopra, si sedette con le gambe incrociate e prese un libro dal comodino. *Turisti in viaggio: Top 10 di Rio de Janeiro.*

«Dove l'hai trovato?»

«Era dentro al comodino».

«È in inglese?»

«No. Guardavo le figure».

"È così dannatamente carina". «C'è qualcosa che ti interessa, Sparks?».

Il suo viso si illuminò. «Tutto! A dir la verità, in genere la mia idea di turismo è scovare quei grandi centri commerciali con i negozi firmati e fare shopping tutto il santo giorno, e poi andare in un bel ristorante a esibire quello che ho comprato. Mia mamma mi ha insegnato per bene. La differenza fra me e mia madre è che in genere io non bevo otto whisky per poi cadere di faccia negli spaghetti. Non so cos'abbia di speciale questo posto, forse è questa pensione, ma voglio vedere tutto».

Fece una pausa e iniziò a sfogliare le pagine a cui aveva fatto le orecchie. «La funivia che va sul Pan di Zucchero, la statua del Cristo Redentore, la foresta di Tijuca, le cascate giganti, le favelas… voglio vedere tutto!».

«È un po' tanto per un solo giorno».

Il sorriso le morì sulle labbra. «Vorrei che avessimo più di un giorno».

Non avrei potuto negare nulla a quella donna, nulla che la facesse illuminare in quel modo.

Mi grattai il mento. «Sai che ti dico? Ho un'idea».

«Cosa?»

«Dovrebbe essere una sorpresa».

«Adoro le sorprese!».

"Allora forse non sarei dovuto uscire questa mattina".

«Va bene. Vuoi mettere la tua vita nelle mie mani?»

«Ci è già stata per otto ore di viaggio, quindi non vedo perché no».

Non mi sembrava il momento giusto per dirle che ero molto meno prudente quando non volavo. «Okay, vestiti. Hai bisogno di qualcosa di aderente. Niente vestiti morbidi. Se hai un paio di pantaloncini da ciclista e una canottiera aderente, ecco, sarebbero l'ideale».

«Okay».

«Vado in cucina a preparare *ovos picantes e salsicha*».

«Mmm. Sembra delizioso».

«Sì, vedrai che la mia salsiccia ti farà impazzire». Le feci l'occhiolino e la lasciai da sola.

Maria Rosa aveva una vecchia jeep malandata e senza tettuccio che gli ospiti potevano usare per settantacinque reali brasiliani al giorno, circa venti dollari. Adoravo quella macchina, e anche Kendall sembrava amarla. Non aveva mai smesso di sorridere da quando aveva messo gli occhi su quel vecchio trabiccolo. Una volta avevo affittato una Mustang decappottabile durante un permesso a Barcellona, e avevo pianificato di passare la giornata con una delle hostess che avevano frequentato il mio letto la notte prima. Mi fece alzare il tettuccio per evitare di rovinarsi i capelli. Quella fu l'ultima volta che provai a fare qualsiasi cosa con lei che non fosse sesso in hotel. Ma Kendall, la donna che indossava una maglietta che costava più del mio intero guardaroba, tirò fuori un elastico dalla borsa e si legò i capelli senza neanche pensare a quanto glieli avrebbe arruffati il vento. Questo ai miei occhi la rendeva ancora più sexy.

«Quanto manca ancora? Andiamo prima alla statua di Cristo Redentore?».

Stavamo guidando su una strada di montagna da dieci minuti, quindi aveva indovinato. Anche se non sapeva che da lì a qualche minuto avrebbe presto pregato Cristo di salvarla più che fare fotografie della statua da mettere su Instagram.

«Siamo quasi arrivati. Non ho ancora deciso cosa vedremo per prima cosa, ma la statua la vedremo di sicuro, prima o dopo».

Si accigliò. «Come fai a non aver deciso se siamo quasi arrivati?»

«Ah… È un indovinello. Io lo so e tu devi indovinare, Soda».

Levò gli occhi al cielo, ma ero sicuro che si stesse divertendo, anche se non eravamo ancora arrivati al più bello.

Mancavano un paio di minuti all'arrivo quando si accorse che non stavo indossando abiti aderenti, anche se a lei avevo detto di farlo.

«Dove sono i tuoi pantaloncini da ciclista?»

«Non ne ho».

«Non ti servono dei vestiti aderenti?»

«No».

«Come mai? Hai detto che ne avevamo bisogno».

«Ho detto che *tu* ne avevi bisogno. E non ho mai specificato che fosse per quello che dovevamo fare».

«Non capisco».

«Volevo semplicemente vederti vestita attillata».

I suoi occhi scintillarono, ma invece di arrabbiarsi, si mise a ridere tirando indietro la testa. «Sei un pervertito».

«Ti piacciono i pervertiti?», chiesi da bravo pervertito.

Sospirò. «Cominciano a piacermi».

Parcheggiai in una radura in mezzo a un prato sulla cima di una montagna. C'erano poche altre macchine, ma non poteva comunque vedere che cosa stessimo per fare, perché dovevamo scendere circa cento scalini per arrivare al dirupo che era la nostra destinazione. «Siamo arrivati».

Si guardò attorno. «Arrivati dove? Cosa c'è da vedere?».

Presi uno zaino dal bagagliaio della jeep e corsi ad aprirle la portiera. Dandole la mano, dissi: «Non siamo venuti a vedere nulla. Siamo qui per fare qualcosa».

Con cautela, uscì dalla macchina. «Fare cosa esattamente?».

Il tempismo non avrebbe potuto essere migliore, perché appena smise di parlare un aliante volò sopra le nostre teste, gettandosi dalla montagna. Era un aliante a tandem, proprio come quello che avremmo usato noi. Lo indicai, anche se lo aveva già visto. «Quello».

Capitolo cinque

Kendall

Carter era pazzo. Già lo sospettavo, ma pensare che mi sarei buttata da una montagna attaccata solo a un po' di metallo e un pezzo di poliestere confermava i miei sospetti.

«Ti guardo mentre salti».

Erano dieci minuti che litigavamo accanto alla jeep. «Sei una di quelli, eh?»

«Quelli che?»

«Quelli che fanno fare le cose agli altri».

«Spiegati».

«Stai seduta a bordo campo e guardi la tua vita come una spettatrice. Se non giochi, non puoi farti male. Gli spettatori vanno sul sicuro».

«In questo caso, preferisco essere una spettatrice che ammazzarmi a ventiquattro anni».

Carter si sfregò il collo e mi guardò per un lungo momento. «Tutti quelli che guardano lo sport *vorrebbero* giocare, ma non hanno il talento o il coraggio».

«Be', in questo caso effettivamente non so come volare con un aliante, quindi hai ragione, non ho talento».

«Non c'è *bisogno* di talento per farlo. Voleremo in tandem con un istruttore specializzato ed esperto. Non c'è bisogno di talento… Capisci cosa intendo dire?»

«Cosa?»

«Che evidentemente ti manca il coraggio».

«Ho tutto il coraggio di cui ho bisogno!». Alzai il mento.

«Ah, sì? Quand'è stata l'ultima volta che hai corso un rischio?»

«Due giorni fa, quando sono salita su un aereo per il Brasile su consiglio di un folle che ho incontrato in un bar».

«Okay, su questo hai ragione. In effetti ci voleva coraggio. Ma quand'è stata l'ultima volta che hai sentito l'adrenalina scorrerti nelle vene? Il tipo di sensazione che ti fa pulsare così tanto da farti credere di non aver mai realmente vissuto fino a quel momento?».

Conoscevo la risposta. "Quando sei entrato in quel taxi ieri". Ma non avevo il coraggio di dirlo. «Non mi ricordo».

«È un'esperienza che non dimenticherai mai. Te lo assicuro».

«Lo fai spesso?»

«Volare con un aliante? Non più tanto. Lo facevo spessissimo, però».

«Non parlavo dell'aliante. Intendevo fare cose adrenaliniche».

«Mi succede tutte le volte che piloto un aeroplano, quando mi lancio a 180 miglia all'ora sulla pista di decollo, gli faccio sollevare il muso e finalmente ci stacchiamo da terra... è come la prima volta, tutte le volte».

«Quindi sei un amante del brivido?».

Carter fece spallucce. «A volte, la vita senza brividi è noiosa, bella mia».

Mi piaceva quando mi chiamava "bella". Non potevo credere che stesse considerando di fare quello che mi diceva, ma aveva ragione. La mia vita era stata abbastanza noiosa negli ultimi anni, e questo viaggio mi avrebbe dovuta aiutare a ritrovare me stessa, delle risposte. Si accorse che ci stavo ripensando.

«Vieni a volare con me», disse e mi porse la mano.

«Questa è di Frank Sinatra, non dei Beatles. *Come Fly With Me*».

«Giusto, ma ho pensato che questa canzone sarebbe stata più convincente di *In Spite of All the Danger* dei Beatles». Sorrise, e a me venne la pelle d'oca sulle braccia quando gli presi la mano.

La lezione prevolo obbligatoria durò un'ora e mezza. Il mio istruttore sembrava davvero esperto, e questo mi calmò un po'. Be', per quanto fosse possibile visto che stavo per saltare giù da una montagna. E intendo veramente *saltare*. Forse era un bene che non avessi avuto la più pallida idea di dover davvero correre giù dal fianco di una montagna per spiccare il volo quando avevo acconsentito a questa follia. Stavo per osservare una di quelle corse folli quando Carter venne a sedersi vicino a me. Non aveva dovuto fare il training perché l'aveva già fatto parecchie volte.

«Nervosa?»

«Ho paura che non mi si muoveranno le gambe quando sarà ora di correre».

Sorrise e mi mise una mano sulla coscia. «Vedrai, funzioneranno. Ce la farai».

Mi piaceva *davvero* sentire la sua mano lì, quindi sorrisi anch'io. Assieme, ci sedemmo sull'erba a circa dieci metri da due persone che stavano per buttarsi. Quando scesero di corsa sette scalini e si buttarono letteralmente giù dalla montagna, scomparvero immediatamente alla vista, e io saltai in piedi per vedere se avessero commesso un errore. Carter rise. «Riappariranno tra un momento. Rilassati. Funziona così».

Trenta secondi dopo, i due stavano volando in alto sopra le nostre teste. Il mio istruttore mi chiamò con un gesto. «*Vêm aqui, mulher bonita*. Vieni».

«Sei pronta?», mi chiese Carter, improvvisamente serio.

Respirai profondamente e poi espirai. «Ora o mai più».

Sorrise. «Sono orgoglioso di te». Mi prese la mano e mi condusse verso il luogo in cui ci saremmo preparati. In quel momento, con Carter che mi teneva la mano e diceva di essere orgoglioso di me, realizzai che avrei fatto quasi qualsiasi cosa. Era un pensiero confortante, ma anche spaventosissimo.

Al posto dell'istruttore, mi aiutò Carter. Mi aiutò a mettere l'imbragatura e controllò le cinghie della mia tuta strattonandole un paio di volte. Quindi si vestì a sua volta. «Chi si butta per primo?».

Carter aggrottò le sopracciglia. «Per primo? Saltiamo insieme».

«Volerai tu con me». Avevo dato per scontato che sarei andata con l'istruttore che mi aveva preparata. Le coppie volavano sempre insieme, ma ognuno con il proprio istruttore.

Fece una specie di saluto militare con due dita sulla fronte. «Capitano Carter Clynes, al tuo servizio».

«Ma... ma... ma sei abbastanza esperto?»

«Sono molto esperto». Fece andare su e giù le sopracciglia.

«No, sul serio. È della mia vita che stiamo parlando».

«E stai per affidarla a me. Sei una ragazza fortunata».

Stavo quasi per andare nel panico. «Carter, fai il serio per un minuto. Sai veramente come far volare questa cosa? Hai mai volato da solo?».

Mi mise le mani sulle spalle, guardandomi negli occhi. «Non lascerei mai che ti succedesse nulla di male». Quindi mi sorprese attirandomi a sé per un lungo abbraccio. Non appena il mio respiro si calmò dopo essere stata fra le sue braccia, lui chiese: «Tutto a posto?»

«Penso di sì».

Mi baciò sulla fronte. «Voliamo, piccola».

Stavo ancora correndo, anche se non c'era più terra sotto i miei piedi, quando improvvisamente cominciammo a cadere e a perdere quota. Affondai le unghie nella pelle di Carter così a fondo che probabilmente gli ci avevo lasciato il segno. «Carter!».

«Tutto sotto controllo. Tieniti forte. Ci siamo». E all'improvviso, proprio come ci aveva spiegato l'istruttore, cogliemmo una raffica di vento e cominciammo a risalire. Il cuore mi batteva all'impazzata e stavo trattenendo il respiro. La mia imbragatura era più alta rispetto a quella di Carter, quindi ero appoggiata alla sua schiena ed ero aggrappata a lui, mentre lui teneva la lunga barra di metallo per guidare l'aliante.

Dopo qualche secondo, inspirai una tanto agognata boccata d'aria, e Carter cominciò a condurci in circolo, volando sempre più in alto sopra la montagna da cui ci eravamo lanciati. Cominciai ad allentare un pochino la presa mentre salivamo sempre di più. Planando su piccole correnti d'aria, volavamo dolcemente nel cielo.

«Oddio, Carter. Stiamo volando! Mi sento come un uccello».

Mi sorrise con tutto il viso. «È una sensazione incredibile, vero?»

«Sì!». Era una sensazione indescrivibile. Guardare l'Atlantico color turchese che brillava, miglia e miglia di spiagge sabbiose e le montagne verdi attorno a noi mi toglieva il respiro. Ero felice che Carter mi avesse convinta, e ancora più elettrizzata dal fatto che lo stessi vivendo *con* lui.

Mentre volavamo Carter cominciò a fischiettare. Anche se eravamo uno accanto all'altra, era difficile sentire perché il vento mi soffiava forte nelle orecchie, ma dopo un po' mi accorsi che stava fischiettando *Lucy in the Sky with Diamonds.*

«Hai cantato questa canzone dall'altoparlante dell'aereo dopo che hai spento le luci. Me n'ero quasi dimenticata.... è la canzone che canti quando voli?»

«Diciamo di sì».

Per più di due ore volammo nel cielo di Rio de Janeiro, e non smisi di sorridere neanche per un momento. Vedemmo tutto quello che volevo vedere: il Pan di Zucchero, la statua di Cristo Redentore, la foresta di Tijuca, le cascate giganti, le favelas, le spiagge, paesaggi straordinari. Non ci limitammo a *vedere* Rio, la vivemmo. Era come se potessi dipingere un quadro che rappresentava Rio con il mio stesso sangue.

Fu l'esperienza più incredibile ed entusiasmante della mia vita.

Una volta visto tutto quello che c'era da vedere e anche di più, il vento cominciò a scemare, e Carter disse che era il momento di scendere. Atterrammo su una spiaggia con appena un piccolo scossone. Quando tentai di muovermi sulla sabbia, le mie gambe tremavano.

«Stai attenta, hai un po' di mal d'aria. Ci vorranno un paio di minuti per riabituarti alla gravità». Dei ragazzi del club di volo vennero a liberarci dall'imbragatura e ci prepararono un drink sulla spiaggia.

Stavo ancora sorridendo mentre sorseggiavo la mia caipirinha da un ananas cavo. «Lo ammetto, ora capisco perché cerchi sempre questa sensazione. È così che ti senti quando siedi sul sedile del pilota?»

«È diverso, ma è comunque emozionante. Oggi ho sentito la solita adrenalina...», cominciò, ma esitò e sembrò ripensarci. «Sono felice che ti sia piaciuta».

«Cosa stavi per dire?»

«Nulla».

«Bugiardo».

Carter strizzò gli occhi e mi guardò in quel modo tutto suo. Poi trangugiò l'intero contenuto del suo ananas in una sola sorsata. Quando ebbe finito, mi si avvicinò. «Stavo per dire che non mi era mai piaciuto così tanto. Mi è piaciuto moltissimo avere le tue braccia attorno a me, e sentire le tue unghie affondare nella mia pelle, e i tuoi seni contro la mia schiena. Vederti sorridere sapendo che sorridevi grazie a me è stato molto meglio che pilotare un aereo o far volare un aliante da solo».

Deglutii. Ci guardammo negli occhi, e Carter sembrò cercare qualcosa nel mio sguardo. Poi si girò. «Pronta a venire, Amelia Earhart?»

«Cosa?».

Rise. «Forse ho scelto le parole sbagliate. Voglio dire, sei pronta ad andare?»

«Oh, sì. Sono pronta».

Sulla strada verso la pensione di Maria Rosa rimanemmo in silenzio. Carter sembrava perso nei suoi pensieri, e io mi stavo riprendendo dalla giornata trascorsa volando come un uccello. Non mi ricordavo neanche l'ultima volta che mi ero sentita così libera. Forse quando ero adolescente, a cavallo con Emilio. Scacciai in fretta quel pensiero e mi concentrai sul fatto che Carter e io avevamo solo mezza giornata da trascorrere assieme a Rio. La mattina dopo, Carter sarebbe partito per qualche destinazione esotica, e non riuscivo a smettere di domandarmi se l'indomani sarebbe andato in un hotel o in un posto come quello in cui stavamo noi. Sapendo che cosa voleva dire per lui andare in hotel, non volevo neanche pensarci.

E io... anch'io dovevo tornare alla realtà. La mia realtà. La situazione che avevo temuto negli ultimi due anni, e adesso avevo solo otto giorni per decidere in quale direzione sarebbe andata la mia vita. Ero a un proverbiale bivio e non ero ancora pronta a scegliere che strada imboccare. A dir la verità, non sapevo neanche se sarei mai stata pronta. Ma il problema era che se non sceglievo entro la settimana successiva... qualcun altro avrebbe scelto al posto mio. E non potevo più lasciare che accadesse: tutta la mia vita era stata contraddistinta da una serie di scelte fatte dagli altri. Era ora che facessi le mie, qualunque esse fossero.

Tornando nel quartiere residenziale, Carter si rese conto di quanto fossi silenziosa. «A cosa stavi pensando? Avevi la testa da un'altra parte».

«Alla vita in generale, credo».

«C'è qualcosa che vorresti dirmi?»

«A dir la verità, no».

Annuì. «Hai pensato a cosa fare domani, dopo che me ne sarò andato? Starai da Maria Rosa?».

Ebbi un tuffo al cuore. "Domattina se ne andrà davvero". «No, ma credo che andrò via. Non parlo portoghese, non conosco Rio. Senza di te, penso che non mi sentirei a mio agio».

Gli occhi di Carter si girarono verso di me e poi tornarono sulla strada.

«C'è un Westin vicino all'aeroporto. È carino, pulito, e sono sicuro che ha una spa. Possiamo dividere un taxi domani mattina, se vuoi».

Annuii.

Quando arrivammo alla pensione, Carter spense la macchina e si girò verso di me. «C'è qualcosa che ti andrebbe di fare stasera? Qualcosa che vorresti vedere prima che me ne vada domani?»

«No, vorrei soltanto cenare e rilassarmi un po', se a te va bene».

«Perfetto. Proprio quello che voglio fare anch'io».

Il nostro umore era decisamente cambiato rispetto a quel pomeriggio. La cena era buona, ma anche se io e Carter chiacchierammo per tutto il tempo, era come se sulla stanza fosse calata un'enorme tensione che entrambi cercavamo di ignorare. Quando finimmo, Carter mi chiese se volevo andare a fare una passeggiata sulla spiaggia.

Ci togliemmo le scarpe e le lasciammo sulla stradina che conduceva dal parcheggio alla sabbia. Mi fece davvero piacere quando Carter mi prese la mano.

«Sai dove andrai domani?»

«Dubai. Ho controllato l'itinerario mentre facevi la doccia».

«Te lo dicono solo qualche giorno prima?»

«No, mesi prima. Ma a me non piace saperlo».

«Non ti piace sapere dove vai?».

Scrollò le spalle. «Be', alla fine lo scopro, ovviamente. Devo saperlo prima di salire in aereo. Ma non ho motivo di saperlo prima».

«Non vuoi mai pianificare nulla quando sai che sarai in una certa città?»

«A dir la verità, no».

«Che strano, Carter. Lo sai che è strano, vero?»

«Non ho mai detto che sia normale».

Camminammo per un altro quarto d'ora, finché non trovammo due sdraio vicino al bagnasciuga. Non c'era nessuno, e Carter mise le sdraio una di fronte all'altra.

«Erano messe così per guardare il mare».

«Lo so... ma perché guardare il mare quando posso guardare te?».

Ci sedemmo. All'inizio i nostri piedi erano gli uni accanto agli altri nella sabbia, ma quando iniziammo a parlare, Carter cominciò a sfregare il suo piede contro il mio. Il suo calcagno mi massaggiava la caviglia. Era una bella sensazione, così restituii il favore. I nostri piedi rimasero incrociati mentre chiacchieravamo.

«Allora, dimmi, Sparks. Qual è il motivo di questo viaggio? Che cosa stai cercando?».

Mi imbarazzava ammettere la verità. Non volevo che Carter sapesse quanto ero superficiale e disperata. Quanto la mia vita girasse attorno ai soldi.

«Se te lo dicessi, penseresti che sono orribile. Che ho bisogno di andare da uno psicanalista per quello che sto per fare».

«Sono sicuro che non è così».

«E invece sì».

«E invece no».

«Siamo tutti incasinati in qualche modo. Tutti abbiamo segreti da nascondere e una croce da portare».

Feci una risata cinica. «Forse sì... ma io sono più incasinata della maggior parte della gente».

«Ne dubito».

«Be', sono più incasinata di te. Tu hai un ottimo lavoro, una casa in Florida, e sai come divertirti».

«La pensi così? Che la storia che stai vivendo tu è più incasinata della mia e che penserò male di te?».

Annuii. «Forse sì».

Carter guardò il cielo e poi cominciò a parlare, piano piano. «Avevo sedici anni quando conobbi Lucy Langella. Aveva lunghi capelli neri, grandi occhi azzurri e scriveva poesie. Siamo stati insieme per più di due anni. È stata la mia prima ragazza e per tanto tempo ho pensato che sarebbe anche stata l'ultima... credevo di essere innamorato. Le ho anche detto che l'amavo.

«All'ultimo anno di scuola cominciò a cambiare. Non voleva mai uscire, dormiva troppo. Io volevo godermi l'ultimo anno di superiori, tra feste, amici, sport, viaggi, volevo fare tutto. Per un po', riuscii a convincerla a fare alcune cose con me, ma più passava il tempo, più stare con lei diventava difficile. Cominciò ad avere degli sbalzi di umore folli. A un certo punto, non sapevo più quale Lucy mi aspettava quando andavo a trovarla a casa sua. Quindi cominciai a non farlo più tanto spesso. Fondamentalmente, avevo diciott'anni e pensavo che stesse diventando noiosa. Aveva voti migliori dei miei, e quando cominciammo a uscire assieme pensavamo che entrambi saremmo andati all'università del Michigan. Ma quando fu il momento di mandare le iscrizioni, lei non fece domanda. Finita la scuola, non usciva mai e stare con lei era deprimente. L'estate prima dell'università capii che avrei dovuto lasciarla, visto che stavo traslocando a tre ore da casa. Quando lo feci, pianse per una settimana. Mi sentii malissimo perché continuava a dirmi: "Mi hai detto che mi amavi. Mi hai detto che mi amavi"»

Carter smise di parlare per un momento. Poi si schiarì la gola e continuò. «Il primo giorno di università, avevo appena finito le lezioni, portai una ragazza che avevo appena conosciuto nella mia stanza. Finimmo a letto, ma il mio telefono continuava a suonare mentre facevo sesso con una ragazza appena conosciuta. Quel giorno pensai che l'università fosse la cosa più divertente del mondo». Rise amaramente e scosse la testa. «La mattina dopo vidi che era Lucy che mi chiamava. Non la ricontattai. Passò un altro giorno e quando il telefono ricominciò a squillare ero a letto con la mia nuova ragazza. Lessi il nome sullo schermo e notai che era mia mamma. Sapevo che se mi stava chiamando così insistentemente doveva esserci un problema, quindi risposi. Era isterica e piangeva». Carter si fermò di nuovo, lo sguardo sui nostri piedi intrecciati sulla sabbia. «Lucy si era uccisa. Io pensavo fosse noiosa, invece soffriva di una terribile depressione».

Rimasi a bocca aperta. «Oddio, Carter. Non potevi saperlo».

«Comunque, oggi mi hai chiesto come mai canto *Lucy in the Sky with Diamonds* quando volo. Canto i Beatles per la mia ex ragazza ogni volta che volo. E pensi di essere *tu* quella che è incasinata?»

«Mi dispiace. È terribile che tu abbia dovuto vivere una cosa simile».

«Grazie, ma non te l'ho raccontato per farmi compatire. Adesso è il tuo turno, Soda. Ti farà bene condividere qualsiasi cosa ti stia preoccupando. Inoltre, voglio sapere come mai una bella donna come te è così incasinata da viaggiare in terre straniere con uno come me».

«Non mi vedrai diversamente?». E anche se erano rimaste solo dodici ore da passare insieme, ero comunque turbata all'idea.

«Neanche per sogno».

«Okay». Feci un respiro profondo e cominciai dall'inizio. «Mio nonno, Rutherford Sparks, era un uomo molto ricco. Era anche arrogante, eccentrico, razzista e omofobo, e voleva controllare tutto. Era anche un maschilista. Fortunatamente per lui, ebbe solo due figli maschi e nessuna figlia, ma il primo figlio morì a quattro anni di polmonite. Il secondo era mio padre, Rutherford Sparks III.

Rutherford Sparks Junior era il fratello maggiore di mio padre, che morì prima che lui nascesse.

«Mio padre è morto cinque anni fa per un attacco di cuore, quindi mio nonno ha seppellito entrambi i suoi figli, coloro che portavano il suo nome. Anche se avevo solo diciannove anni quando mio padre è morto, mio nonno ha cominciato a cercare di convincermi ad avere un figlio. Mi ha letteralmente assillata dal giorno del funerale di mio padre, esigendo che gli dessi un nipote il prima possibile, un maschio naturalmente, per essere sicuro che il suo prezioso nome sopravvivesse. Non avevo alcun desiderio di avere figli, quindi ho continuato a ignorarlo, anche se è sempre stato lui a finanziare il mio stile di vita lussuoso da quando sono nata.

«Comunque, senza annoiarti con tutti i dettagli, mio nonno è morto due anni fa. Ho un fondo fiduciario con cui pagare tutte le mie spese, ma mi sarà interdetto non appena compirò venticinque anni. C'è un altro fondo a mio nome, e vale milioni di dollari. Ma mio nonno ha messo una piccola condizione. Se voglio accedere a quel fondo, devo avere un figlio prima dei ventisei anni, e il bambino si dovrà chiamare Rutherford Sparks».

«Ma è legale?»

«Pare di sì. I miei avvocati hanno studiato le pratiche. Le restrizioni su questi tipi di fondi sono consuete. Un tribunale può farle cadere solo quando sono illegali o vanno contro gli interessi dello Stato».

«E costringere qualcuno ad avere un figlio non è illegale?»

«Pare di no».

«Capisco. Quindi stai pensando di fare un figlio, ed è per questo che sei partita?»

«A dir la verità, è questa la parte che mi fa vincere la

nostra piccola gara a chi è più incasinato. Ho scoperto un cavillo nel testamento di mio nonno. Devo partorire un maschio, ma non *devo* tenerlo. La maggior parte della gente normale darebbe per scontato che quando hai un bambino poi lo tieni con te, ma io non sono pronta ad avere un figlio. Tuttavia, ci sono molte coppie gay che vorrebbero dei figli e non possono averli, quindi ho un appuntamento fra nove giorni con una coppia gay sposata in Germania. Verrei inseminata con lo sperma di entrambi gli uomini, geneticamente modificato, per essere sicuri che avremo un maschio. Dopo aver partorito, il piccolo Rutherford Sparks diventerebbe figlio loro. I Paesi stranieri sono meno restrittivi con la modificazione genetica degli embrioni pre-impiantati. Ecco perché lo farò fuori dagli Stati Uniti».

Carter sorrise. «Cazzo. Non pensavo che l'avrei mai detto, ma in effetti siamo quasi pari».

Strano ma vero, per quanto mi disgustassi da sola e mi vergognassi profondamente di quello che stavo per fare, dicendolo a Carter mi ero tolta un peso dalle spalle. Non sembrava giudicarmi. Si limitava a fissare il mare. «Carter, a cosa stai pensando?».

Rise. «Se te lo dico, potrei vincere la gara».

«Dimmelo».

«Ti stavo immaginando incinta, e stavo pensando che sarai molto sexy con il pancione e le tette gonfie».

«Ovviamente».

Restammo in silenzio per un po'. Anche Carter sembrava essersi tolto un peso dopo la nostra conversazione.

«Okay, c'è qualcos'altro che dovrei sapere di te, Kendall Sparks?»

«Ti ho detto una cosa, tu mi hai detto una cosa. Siamo pari, capitano».

«Voglio saperne di più».
«Cosa vuoi sapere?»
«Sei sicura di non avere un ragazzo a casa?»
«Sono sicura».
«Ne hai avuti tanti?»
«Non ragazzi seri, no».
«Ti sei mai innamorata?».
Guardando le onde, una familiare sensazione di vuoto sbocciò nel mio petto. Era la seconda volta quel giorno che pensavo ad Emilio e alla fine risposi. «Una volta».
«Cosa è successo?».
Era da anni che non cercavo di dimenticare quella vecchia ferita. Stavamo scavando troppo in profondità e non sapevo se potevo sopportarlo. Ma volevo dire a Carter tutto quello che era importante per me, anche se non sapevo perché sentissi questo bisogno.
«Emilio lavorava nel nostro ranch quando ero adolescente. Cominciammo a passare molto tempo insieme, specialmente quando i miei genitori non erano a casa. Andavamo a cavallo, parlavamo di cose normali, da ragazzi… Le nostre speranze e i nostri sogni. Era piacevole stare con lui, perché nessuna delle nostre conversazioni riguardava i soldi o lo stile di vita aristocratico che mi era stato imposto da quando ero nata. Con Emilio ero semplicemente Kendall, non una ragazza ricca e con un sacco di aspettative sulle spalle. Parlando con lui e andando a cavallo nel vento… Questi sono i miei ricordi più belli. Quando ero con lui, mi sentivo me stessa. Mi sentivo libera».
«Dalla tua espressione, direi che le cose non sono finite bene».
Scuotendo la testa, continuai. «Emilio era un emigrante irregolare. Lui e la sua famiglia erano scappati dal Messico. A un certo punto, scoprii che stava aiutando un'amica

di famiglia che era malata. Anche lei era clandestina. Non mi chiese mai di aiutarlo, Carter. Dovetti implorarlo per potergli dare una mano».

«Cosa hai fatto?»

«Era una donna di mezza età. Si chiamava Wanda. Era affetta da rene policistico e aveva costantemente bisogno della dialisi per sopravvivere. Si stava indebolendo sempre di più. Noi avevamo una vecchia pensione nel nostro ranch, e la feci stare da noi, dandole in pratica un tetto e del cibo, e cercando di prendermi cura di lei meglio che potevo. In realtà, quello di cui aveva bisogno era un trapianto di rene. Un suo parente era disposto a donarglielo, ma non potevano permettersi l'operazione».

«È stato generoso da parte tua prenderti cura di lei».

«Be', per la prima volta avevo uno scopo. Inoltre, mi stavo innamorando di Emilio. Avrei fatto qualunque cosa per lui in quel momento».

Quando cominciai a piangere, Carter mi mise una mano sulla guancia. «Cos'è successo, Kendall?»

«Un giorno, i miei genitori tornarono a casa presto e mi scoprirono nella casetta con Wanda ed Emilio. Io implorai mio padre, a un certo punto mi feci prendere dall'emozione e gli dissi che ero innamorata di Emilio. Mio padre minacciò di farli arrestare e rimpatriare».

Carter ne fu disgustato. «Veramente?»

«Quando scoprì che Wanda era malata si calmò un po'. Ma non poteva accettare che fossi innamorata di Emilio. Cercò di trovare un accordo: disse che avrebbe pagato per l'operazione di Wanda a patto che lei ed Emilio non mettessero più piede nella nostra proprietà e io ed Emilio non ci vedessimo più».

Carter espirò profondamente. «Penso di sapere com'è andata a finire».

«Sì. Non potevo negare a Wanda la possibilità di sopravvivere per l'egoistico desiderio di stare con quel ragazzo. La coscienza non me lo permetteva. Emilio ed io fummo d'accordo sul fatto che separarsi era l'unica cosa da fare. Mio padre organizzò tutto, pagò l'operazione e io non vidi Emilio mai più».

«Hai fatto la cosa giusta, Kendall».

«L'ho cercato, ma dato che era un clandestino, non ci sono documenti della sua presenza o di quella della sua famiglia negli Stati Uniti. Avevo un indirizzo, ma quando andai a cercarlo dopo l'operazione di Wanda la casa era abbandonata». Guardai il cielo. «E questa è la fine della mia storia».

«Mi dispiace, Soda. Grazie di esserti fidata e di avermela raccontata».

«Be', questa esperienza ha avuto una grandissima influenza sulla mia vita, mi ha reso riluttante ad aprirmi con qualcun altro per paura di ferire o di restare ferita. Negli anni seguenti, ho imparato a reprimere i miei sentimenti e a non farmi trascinare dalla corrente».

«Sei stata in grado di aprirti questa sera, ma penso che ora abbiamo bisogno di distrarci». Si alzò in piedi e mi offrì la mano. «Che ne dici se andiamo a ubriacarci?»

«Direi che è la degna conclusione a questa serata di confessioni».

Eravamo entrambi abbastanza ubriachi quando ci trascinammo nella stanza alla pensione. Carter era a letto con le mani dietro alla testa quando io uscii dal bagno dopo essermi cambiata.

«Stasera dormirò io sul pavimento», dissi.

«Pensavo che potremmo dividere il letto stanotte. Mi comporterò bene, giuro. Ma vorrei che tu mi stringessi fra le tue braccia mentre dormiamo. Non mi interessa se non è una cosa molto virile da dire, perché è la verità».

Non dovetti neppure pensarci. «Mi piacerebbe molto».

Carter aprì le braccia e io mi arrampicai sul letto, appoggiandogli la testa sul petto. Mi strinse forte e mi aggrappai a lui. Era così bello sentirsi stretta a lui. Ma avevo sentimenti contrastanti. Il pensiero che se ne sarebbe andato mi provocava un dolore fisico. Dovetti ingoiare le lacrime rendendomi conto di quanto fossi felice tra le sue braccia. Non parlammo più, e sembrava giusto tacere nella nostra ultima notte. Il battito del suo cuore mi fece addormentare.

La mattina dopo, dormimmo entrambi troppo a lungo. Di fretta, e scontrandoci mentre giravamo per la stanza, facemmo una doccia veloce e preparammo i bagagli. Carter doveva essere all'aeroporto per le nove, erano già le otto, e con la macchina ci avremmo messo un'ora. Piuttosto che rischiare chiamando un taxi, fu Maria Rosa a portarci all'aeroporto.

Quando arrivammo al terminal delle partenze, a stento trattenni le lacrime. Stava veramente accadendo. Il pensiero di non rivedere mai più Carter mi faceva stare male.

Avevo passato solo due giorni con lui, ma mi sembrava che mi conoscesse meglio di chiunque altro. Scesi dall'auto insieme a lui per salutarlo. Disse qualcosa in portoghese a Maria e le diede dei soldi.

Dopo aver preso i bagagli, rimanemmo in piedi l'uno davanti all'altra dietro alla macchina. «Maria ti porterà al Westin. Sa dov'è. Mentre eri nella doccia, ho preso il tuo telefono e ho salvato il numero di Maria. Se hai bisogno di qualsiasi cosa, chiamala. È un po' pazza, ma ha un cuore d'oro».

«Okay».

Mi prese il viso tra le mani. «Non andare in giro senza reggiseno e non parlare con gli estranei qui in Brasile. Hai capito?».

Annuii.

«Adesso baciami, dannazione. Ho fatto il bravo per due giorni, ma col cavolo che ti lascio andare senza almeno un piccolo assaggio».

Prima che potessi dire una parola, e naturalmente avrei detto "Sì, grazie", la sua bocca si chiuse sulla mia. Le ginocchia mi vennero a mancare e il mio cuore iniziò a battere all'impazzata mentre mi stringeva a sé. Gemette quando lo strinsi forte quanto lui stringeva me. Le nostre lingue si incontrarono, e nessuno dei due voleva sprecare un solo secondo prima che fosse troppo tardi. Avevamo *bisogno* di sentire il sapore l'uno dell'altra, di *sentirci*, di *dire* tutto quello che avevamo da dire con un solo bacio. Quando cominciò a scostarsi, gemetti anch'io e riprendemmo a baciarci. Stavolta eravamo ancora più affamati. Non ho idea di quanto durò. Sapevo solo che quando sarebbe finita ne sarei stata devastata.

Carter appoggiò la fronte contro la mia. «Grazie di tutto, Soda».

«Sei tu che ti sei preso cura di me per due giorni. Dovrei essere io a ringraziarti».

«Non devi ringraziarmi… il piacere è stato mio. Vorrei restare con te. Odio doverti lasciare. Specialmente dopo questo bacio».

Una lacrima mi rigò la guancia e Carter la asciugò con il pollice. «Qualsiasi decisione tu prenda, sappi che sarà la scelta giusta. E non lasciare che nessuno ti faccia cambiare idea. Promettimelo».

«Lo prometto».

Ci baciammo ancora. «Devo volare via, tesoro. Abbi cura di te».

Lo guardai entrare in aeroporto. Si girò e mi salutò con la mano un'ultima volta prima di scomparire. Scoppiai a piangere come una bambina.

Capitolo sei

Carter

Appena passata la porta automatica, sentii che averle detto addio era stata la cosa più sbagliata – innaturale – da fare.

"Dannato idiota".

Vidi alcune assistenti di volo che si avvicinavano, e il rumore delle rotelle delle valigie sul pavimento mi sembrava sgradevole come quello delle unghie su una lavagna. Due assistenti stavano chiacchierando in un angolo: una mi fece l'occhiolino e le rivolsi un segno di saluto.

Nel vedere la folla, sentii una sensazione di vuoto. Per la prima volta dopo tanti anni, non volevo essere lì, non volevo volare via. Non volevo fuggire verso la prossima destinazione. Volevo soltanto tornare alla macchina, andare da Maria Rosa e tenere Kendall tra le mie braccia. Persino dopo tutta quella storia assurda dell'eredità che mi aveva confessato, era l'unica cosa che volevo.

Mi mancava già, e me n'ero andato solo da cinque minuti. Avevo salvato il suo numero nel mio telefono, così impulsivamente la chiamai. Nessuna risposta.

Con il cuore in gola, le mandai un messaggio.

Ricordami perché ci siamo salutati?

Ne mandai un altro.

Perché ti giuro che non riesco a pensare a una sola buona ragione.

E un altro.

Cosa mi risponderesti se ti dicessi che non sono pronto a lasciarti andare?

Dopo qualche minuto, ancora nessuna risposta. Sudando nella mia uniforme, decisi di agire d'impulso.

Andai al banco della mia compagnia aerea e le prenotai un posto sul mio volo. Non avevo la sua mail, quindi mandai la prenotazione all'indirizzo mail del sito di Maria Rosa. C'erano poche possibilità che funzionasse. E sicuramente non sarebbe riuscita a tornare in tempo dall'hotel. Ma non sarei riuscito a perdonarmi se non ci avessi almeno provato.

Non ho idea se lo riceverai in tempo, ma ti ho mandato un biglietto aereo sul mio volo. Chiedi a Maria di controllare la sua mail, l'ho mandato a lei. Partiamo fra un'ora. Devi prendere la tua roba e venire qua. Non voglio metterti sotto pressione, ma mi piacerebbe tanto poter continuare la nostra avventura. Se dici di no, lo capisco.

Risi fra me al mio tentativo di apparire disinvolto. "Non voglio metterti sotto pressione", avevo scritto, intendendo dire: "Kendall, torna da me perché non riesco a respirare senza di te".

Cercai di chiamarla ancora una volta, ma non ci fu risposta.

Andai nella lounge dei piloti per fare il check-in, controllare le condizioni climatiche e gli estremi del volo. Ancora nessuna replica da Kendall, ma non avevo scelta:

dovevo rispettare l'itinerario, perché l'aereo non poteva pilotarsi da solo.

Controllai costantemente il telefono mentre incontravo l'equipaggio. A quel punto, iniziava a sembrarmi impossibile che Kendall potesse salire su quel volo. Come ultima spiaggia, feci una cosa che non avrei mai pensato di fare in tutta la mia carriera: trovai un diversivo per causare un ritardo.

Come pilota, l'ispezione dell'aereo era mia responsabilità. Mi inventai che uno degli strumenti non era calibrato bene e doveva essere controllato, quindi un ingegnere venne a fare dei test. Anche se questo ritardò la partenza di un'ora, non servì a nulla. Kendall non arrivò.

Chiusi la cabina e quando finii di riempire i moduli mi diedero il permesso di partire.

Dieci minuti più tardi, feci decollare l'aereo senza alcun problema, mentre una visione di capelli biondi, sinceri occhi azzurri e il più bel sorriso che avessi mai visto mi compariva davanti. Mi chiesi se ci saremmo mai rivisti.

Appena raggiungemmo quota, decisi di mettere alla prova la mia ultima speranza. Il biglietto che avevo acquistato era il 12C. A volte i ritardatari entravano all'ultimo momento. Forse non l'avevo vista?

Quando un'assistente entrò nella cabina di pilotaggio, le chiesi: «C'è qualcuno al posto 12C, per caso?»

«Vado a controllare».

Le vite di quasi duecento persone erano nelle mie mani, e questo non mi rendeva per nulla nervoso; ma attendere che quella assistente mi venisse a dare una risposta? Quella sì che era una tortura. La porta si aprì. «No, capitano. Il 12C è vuoto».

«Grazie, Cammie».

Avuta la conferma che Kendall non era sul mio volo, mi

concessi di respirare. Fino a quel momento avevo trattenuto il fiato. Decisi di accendere l'altoparlante per fare quello che facevo sempre quando ero giù di morale.

Ma quella canzone era per Kendall.

Capitolo sette

Kendall

Cercai di rilassarmi, anche se ero nervosissima. L'assistente di volo disse di spegnere i telefoni, ma il mio era scarico comunque. Nella fretta di prepararmi, quella mattina, avevo lasciato il caricatore attaccato alla presa a casa di Maria.

Subito dopo aver lasciato Carter all'aeroporto, mi era parso di aver avuto un attacco di panico nella macchina di Maria. L'idea di continuare quel viaggio da sola sembrava insopportabile.

Eravamo quasi arrivati all'hotel quando improvvisamente divenne tutto chiaro.

Non sapevo neanche parlare portoghese, quindi feci del mio meglio per comunicare il mio pensiero a Maria.

Indicando la strada alle nostre spalle, dissi: «*Aeropuerto*!».

Lei annuì e continuò a guidare verso il Westin.

«Maria, devo tornare all'aeroporto!».

Mi capì, perché d'un tratto girò la macchina e cominciò a guidare nella direzione opposta. Il mio cuore batteva all'impazzata e, quando finalmente arrivammo al parcheggio, le gettai le braccia al collo. «*Muchas gracias*!». Mi resi conto che era spagnolo, ma non avevo abbastanza tempo per chiedermi qual era il modo giusto di ringraziarla. Più tardi le avrei mandato un biglietto in portoghese insieme a dei soldi per togliere la maledizione che a quanto pareva gravava su di me.

Correndo verso il banco della International Airlines, quasi inciampai nella mia valigia. «È partito il volo per Dubai?».

L'assistente di volo controllò. «A dire la verità, è stato ritardato a causa di problemi tecnici».

"Grazie, Gesù".

«Sono ancora in tempo per salire a bordo?».

Fece una telefonata prima di rispondermi. «Deve sbrigarsi, ma ho detto al gate di aspettarla. Mi dia la sua carta di credito e le prenoto un biglietto».

Stampò la mia carta d'imbarco e corsi più velocemente che potevo. Per fortuna, superai in fretta i controlli di sicurezza e salii sull'aereo.

Non mi aveva chiesto di andare con lui. Stavo correndo un rischio enorme.

Anche se mi sentivo sempre più insicura, mi aggrappai al ricordo dell'espressione che aveva avuto negli occhi quando si era girato a salutarmi l'ultima volta. Il suo sguardo mi era sembrato pieno di rimpianto e dubbi. Era come mi sentivo anche io.

Ci sarebbero volute quattordici ore prima di scoprire se era stato un grosso errore. La cabina di pilotaggio era già chiusa quando mi feci strada verso la parte posteriore dell'aereo.

"Ora cercherò solo di rilassarmi". Be', per quanto fosse possibile, sapendo che tutte le brunette dalle gambe lunghe che camminavano su e giù probabilmente erano andate a letto con Carter.

Mentre l'aereo accelerava sulla pista, chiusi gli occhi e sentii la sua presenza in ogni movimento del velivolo che saliva verso il cielo. Riportai alla memoria il nostro volo sull'aliante. Il pensiero che era Carter a controllare quell'aereo era confortante, e mi eccitava. Non c'era niente di più potente di avere la vita di decine di persone nelle tue mani. Secondo me, era un eroe.

Quando l'aereo fu in quota, il cuore quasi mi si fermò sentendo la sua voce profonda e rilassante che parlava dagli altoparlanti.

«Buon pomeriggio, signori e signore, qua è il vostro comandante supremo che vi parla, ovvero il capitano Clynes. Benvenuti su questo volo e nella mia casa lontana da casa, questo meraviglioso Boeing 757. Voleremo per quattordici ore da Rio de Janeiro a Dubai. Prevediamo qualche turbolenza nei primi quaranta minuti, ma poi dovrebbe essere tutto tranquillo. Ancora una volta, benvenuti sul volo della International Airlines 237».

Quindi, senza preavviso, Carter si mise a cantare. Mentre i passeggeri sembravano sorpresi, le assistenti che erano abituate al pilota cantante non ci fecero caso.

La canzone dei Beatles che aveva scelto stavolta era *Ticket to Ride*. Non potei fare a meno di notare due cose: che la canzone parlava di una ragazza insensibile che scappava da una relazione, e il fatto che stesse cantando quella al posto di *Lucy in the Sky with Diamonds*. Aveva sostituito la sua canzone preferita con una che ero sicura si riferisse proprio a me.

"Se volevi che restassi, perché non me l'hai chiesto?".

Non potevo neanche immaginare la sua reazione quando mi avrebbe visto a Dubai.

Ero stanca dopo quella giornata. In genere non dormivo bene sugli aerei, ma il fatto che stesse pilotando Carter mi faceva sentire sicura, e finii per dormire per un paio d'ore.

Quando mi svegliai, ebbi una brutta sorpresa. Alcune

assistenti stavano spettegolando nella zona dove preparavano le vivande e, visto che il mio sedile era proprio davanti, riuscii a sentire tutto.

«Tu e Trip vi siete visti a Rio?»

«No, non ci vediamo più. E non ti azzardare a dirmi te l'avevo detto».

«Be', sei durata più a lungo delle altre che sono uscite con lui».

«Sì, due mesi». Rise. Mi girai per vedere chi stava parlando: era quella che si chiamava Jolene ed era alta e bruna. Ma che sorpresa.

«Due mesi è una vita per Trip. Speravo che funzionasse fra di voi, ma sapevo che c'erano scarse possibilità visto che ci sono passata anche io, purtroppo».

«Avrei dovuto ascoltarti».

«A volte dobbiamo scoprire le cose da soli».

«Mi dispiace di aver rischiato la nostra amicizia per lui».

«Quando mi hai detto che facevi sesso con lui, io stavo già con Brian. Un giorno anche tu incontrerai la persona giusta. Carter può andare a farsi fottere».

«Devo dimenticarlo».

Non potevo sopportare oltre, quindi mi misi le cuffie per ascoltare della musica.

Ero impazzita?

C'erano talmente tante ragioni per sapere che mi stavo solo illudendo. Prima di tutto, Carter era un bastardo con le donne, specialmente quelle *attraenti*. E sarei stata io quella che l'avrebbe cambiato? Una ragazza che stava per restare incinta di un altro uomo?

Non sapevo se ridere o piangere e mi sentivo in trappola. Sia perché ero veramente intrappolata su quel volo e sia perché il mio cuore mi aveva tradito. Perché anche se sapevo che dovevo sfuggire a quella situazione, il mio cuore non me lo permetteva.

"E se.

E se.

E se.

E se ciò che c'è tra di noi fosse diverso da tutto il resto?".

Quando Jolene venne a prendere il mio ordine per il pranzo, non riuscii a resistere. «Posso chiederle una cosa?»

«Certo». Sorrise, con quei suoi denti perfettamente bianchi. Mio Dio, era completamente diversa da me, sembrava un'amazzone. Tutte loro sembravano amazzoni. Cosa voleva Carter da me se era attratto da quel tipo di donna?

«Ho notato che il pilota canta le canzoni dei Beatles. Sono stata su un altro volo con lui e aveva cantato *Lucy in the Sky with Diamonds*».

«Sì, in genere canta quella, non so come mai oggi ha cambiato».

«Mio papà me la cantava sempre», mentii. «Sa come mai canta proprio quella canzone?».

Senza esitare, scosse la testa. «Non so, penso semplicemente che gli piaccia».

La guardai intensamente per vedere se mentisse. «Okay, grazie».

Sapevo che stava dicendo la verità, perché a quel punto non aveva ragione di proteggerlo, anzi, probabilmente sarebbe stata contenta di raccontare tutti i suoi segreti. Non le aveva detto il significato della canzone.

Mentre ordinavo il pranzo, il mio cuore fece una specie di danza della vittoria. Il fatto che fosse uscito con Jolene per due mesi e non le avesse mai raccontato il significato della canzone mi dava un po' di speranza. Ma il mio lato cinico aveva semplicemente concluso che forse mi aveva raccontato quella storia perché sapeva che non mi avrebbe mai più rivista.

Il resto del volo lo passai a rimuginare. Pregai Dio di mandarmi un segno che essere lì non era un grandissimo errore. A un certo punto, riuscii a riaddormentarmi.

Appena mi svegliai di nuovo, il sole brillava attraverso i finestrini, ed eravamo appena arrivati a Dubai. Non avevo idea neanche di che ora fosse.

Notai che l'uomo seduto nella fila opposta alla mia aveva un caricatore e per fortuna acconsentì a prestarmelo.

Quando la voce di Carter risuonò dall'altoparlante, mi fece rabbrividire, non solo perché non l'avevo sentito per un po', ma anche perché sembrava triste e stanco.

«Signore e signori, siamo quasi arrivati all'aeroporto internazionale di Dubai. Sono le 13:30. Questo è il periodo dell'anno più caldo negli Emirati Arabi. La temperatura a terra è di trentatré gradi. Restate al fresco, e grazie per aver volato con l'International Airlines. Speriamo di rivedervi presto».

Chiudendo gli occhi, pregai per un atterraggio tranquillo. Mi si tapparono le orecchie mentre cominciava la discesa e il mio cuore iniziò a battere follemente anticipando l'incontro con Carter.

L'atterraggio fu perfetto; quando i motori si spensero, accesi finalmente il telefono, e restai scioccata nel vedere tutti i messaggi che mi aveva mandato Carter.

"Oddio. Mi ha comprato un biglietto. Voleva che fossi qui. Deve aver pensato che lo stessi ignorando".

Cominciai a sudare. Il cuore mi scoppiava.

Non riuscivo a vedere oltre la fila di persone che attendevano di uscire dall'aereo, così allungai il collo per sbirciare oltre le loro teste.

E lui era lì, alto e orgoglioso, dall'altra parte dell'aereo, con le mani l'una sull'altra mentre i passeggeri lo ringraziavano per aver fatto atterrare l'aereo in sicurezza.

Non sembrava il Carter che conoscevo: aveva uno sguardo scuro e vuoto mentre faceva cenni con la testa ai passeggeri che lo ringraziavano, senza emozione.

Mi ci volle un'eternità per arrivare da lui, e a ogni passo il mio cuore batteva sempre più forte. Ancora pochi passi.

Qualcuno gli fece una domanda. Mentre stava rispondendo, si fermò improvvisamente, e quando alla fine si girò e mi vide lì, rimase di sasso per qualche secondo, sotto shock. Il petto gli si alzava e abbassava mentre cominciava a respirare affannosamente e la sua espressione triste si trasformò in un grandissimo sorriso.

Era uno di quei momenti nella vita in cui non c'era bisogno di parole. Carter scosse la testa come se non ci potesse credere, ma sembrava immensamente felice. Avevo ancora dubbi sulle sue intenzioni? Sì. Ma ero sicura che in quel momento non avrebbe potuto fingere quell'espressione di genuina felicità.

Rimanemmo lì a guardarci per parecchi secondi. Erano scesi tutti dall'aereo, ma le assistenti erano ancora in giro.

Carter mi sussurrò: «Vedo che hai ricevuto i miei messaggi».

«No».

«No?»

«No. Il telefono mi si è spento subito dopo averti lasciato all'aeroporto. Li ho visti soltanto adesso. Ero già corsa a comprare il biglietto».

Gli ci volle un attimo per trovare le parole. «Soda…», si interruppe.

«Cosa?». Gli sorrisi.

«Non so cosa stia succedendo».

«Neanche io. Io…».

«Lasciami finire», mi interruppe. «Non so cosa cazzo stia accadendo, ma quando pensavo che tu te ne fossi andata, mi sono sentito molto peggio di quanto avrei dovuto dopo aver lasciato una persona che conoscevo solo da due giorni... quindi, non so che cosa stia succedendo. So solo che non voglio che finisca».

Si guardò attorno e mi prese per la vita, quindi mi trascinò nella cabina e chiuse la porta.

«Non posso credere che tu sia qui». In un istante, mi ritrovai contro la parete mentre premeva le labbra su di me e gemeva contro la mia bocca. Mi abbandonai a lui e gustai il suo sapore, che avevo sentito solo una volta prima di allora, e che pensavo non avrei sentito mai più. Le nostre lingue si esplorarono mentre gli intrecciavo le dita nei capelli.

Si allontanò un po' per dirmi: «Ne avevo talmente voglia».

«Queste quattordici ore non passavano più», risposi, ansimando.

Mi mise una ciocca di capelli dietro all'orecchio. «Ascolta... parte del motivo per cui ti sono saltato addosso in questo modo e perché siamo qui, capisci?»

«Non capisco».

«Quando siamo in pubblico non possiamo toccarci».

«Cosa intendi dire?»

«Le cose sono molto diverse qui a Dubai. Non possiamo mostrare affetto in pubblico. Potremmo essere arrestati. Anche le coppie sposate possono solo tenersi la mano. Baciarsi e abbracciarsi in pubblico è considerato indecente».

«Stai dicendo una cazzata».

«E non puoi neanche dire parolacce. È un crimine».

«Gesù. Ho bisogno di un drink».

«Pure quello. Puoi bere solo negli hotel e nei club». Mi squadrò dalla testa ai piedi. «Devi coprirti prima di uscire. Spero tu ti sia portata dietro il reggiseno che ti ho regalato».

«Ce l'ho in valigia».

Si tolse la giacca. «Prendi questa per ora. Dobbiamo uscire da qui».

Mi mise una mano sulla schiena e mi condusse fuori dalla cabina di pilotaggio.

«Dove andiamo?».

Strizzò l'occhio e mi fece un sorriso impertinente. «Forse conosco un posto in cui possiamo nasconderci».

Capitolo otto

Carter

Il posto dove andavo di solito era strapieno. Il proprietario, Amari, mi propose di dormire gratis su un divano fino a che una delle sue tre stanze da letto non fosse stata disponibile. Se fossi stato da solo, avrei accettato, visto che mi sarei addormentato non appena toccato il cuscino, ma Kendall si meritava di meglio di un divano da condividere con me, e in un posto pieno di estranei che andavano e venivano. Inoltre, il solo pensiero che qualcuno la vedesse nella sua sottile camicia da notte mi faceva infuriare. Invece di correre il rischio di prenotare un posto che non conoscevo, decisi di prendere una stanza all'hotel dove in genere dormiva l'equipaggio. Non era l'ideale, ma almeno eravamo sicuri di dove saremmo finiti, e avevo un disperato bisogno di dormire.

Fuori dall'aeroporto, condussi Kendall lontano dal pullman che avrebbe portato l'equipaggio all'Hilton Dubai Jumeirah Resort. Non volevo esporla ai miei errori passati più di quanto non fosse già successo. Riuscimmo a trovare un taxi senza dover attendere troppo – era un furgoncino, e ci sedemmo dietro assieme a della gente che mi sembrava parlasse Farsi.

Nella tasca del sedile di fronte a noi c'era una scheda plastificata con le regole di Dubai in tante lingue diverse.

Io le conoscevo, ma sapevo che Kendall le avrebbe trovate divertenti. Trovai la versione inglese e gliela mostrai. Puntai l'indice sulla prima regola: "Vietate le dimostrazioni d'affetto in pubblico. Questo include baciarsi, abbracciarsi, e tenersi la mano". La mano di Kendall era sul sedile e, dopo aver controllato che nessuno ci guardasse, la presi, intrecciando le mie dita con le sue. Mi guardò con gli occhi che le brillavano.

Lasciando la mano sinistra nella mia, con la destra prese la scheda. "Seconda regola: i vestiti devono essere modesti. Le donne devono evitare vestiti trasparenti, scollati o troppo corti. Le spalle, la schiena e la pancia devono essere sempre coperte. Gli uomini devono coprirsi il petto e non mostrare la biancheria intima". Guardando davanti a sé, e assicurandosi che nessuno ci stesse osservando, cominciò ad alzarsi il vestito. Sapendo che era illegale e seguendo il movimento lento e sensuale della sua mano mentre lo tirava su piano piano, dovetti sforzarmi per trattenere un gemito. Quando raggiunse la parte superiore della coscia, dovetti spostarmi. L'avevo vista in bikini, ma vederla fare così di nascosto, quando c'era gente attorno a noi, era puro erotismo.

Tenendomi la mano e con la gonna che a stento le copriva la biancheria intima, mi restituì la scheda. Siccome non volevo attirare l'attenzione su di noi comportandomi in maniera strana, e visto che dovevo far calare la mia erezione, passai qualche minuto a guardare fuori dal finestrino, facendo finta di interessarmi a qualcosa che non fossero le sue cosce e la sensazione della sua pelle sulla mia. Poi le indicai la regola numero sei: "Non si possono dire parolacce né fare gesti osceni". Attesi che il guidatore fosse concentrato sulla corsia d'entrata dell'autostrada e che la famiglia davanti a noi si mettesse a chiacchierare, poi le sussurrai all'orecchio: «Il mio cazzo è duro come la pietra perché ti sta reclamando: se ti sollevassi un pochino di più la gonna, mi fermeresti?».

Rimase a bocca aperta, e per fortuna nessuno se ne accorse. Qualche minuto dopo stavamo già uscendo dall'autostrada, e sapevo che mancava poco al nostro hotel. Kendall osservò la scheda delle regole e mi rivolse un sorriso diabolico, come se si stesse chiedendo quali altre leggi avremmo potuto infrangere. Guardò la lista ancora una volta e si mordicchiò il labbro inferiore, indicando la regola numero nove: "Il sesso fuori dal matrimonio non è permesso a Dubai e questo vale anche per i turisti, a prescindere da dove vengano". Non c'era una sola regola che non volessi già infrangere.

Sfortunatamente, l'eccitazione sessuale che avevamo provato nel taxi non durò a lungo. La lobby dell'hotel era quasi vuota, ma c'erano delle assistenti di volo che avrei preferito evitare. Volevo abbracciare Kendall, tenerla stretta e rassicurarla, ma non volevo metterla nei guai con la legge. La gente nei Paesi arabi non prendeva queste cose alla leggera; qualche mese prima, due assistenti di volo di un'altra compagnia britannica erano stati imprigionati per tre mesi perché avevano mandato dei messaggi di natura sessuale. *Tre cazzo di mesi*.

«Trip», mi disse Jolene in tono suadente. «Non ero sicura che saresti stato di permesso qui». Ora che ero con Kendall, avevo la sensazione che la mia relazione con Jolene fosse successa una vita fa, ma in realtà avevamo fatto sesso in quello stesso hotel solo un mese prima.

Kendall si irrigidì quando Jolene si avvicinò a me, mi infilò una chiave in tasca e, parlando piano, ma abbastanza forte perché entrambi capissimo le sue parole, disse: «Se vuoi compagnia, sono nella stanza 4030. C'è Lana nella stanza vicino a me, quindi almeno stavolta nessuno protesterà per i rumori e lo sbattere contro la parete». Feci un passo indietro per allontanarmi da lei, e Jolene notò Kendall. «E tu chi sei? Eri sul volo, vero?».

Kendall fissò Jolene. All'inizio pensai che fosse turbata, ma poi vidi il fuoco nei suoi occhi. Era *furiosa*, ma si stampò un falso sorriso sulle labbra, le offrì la mano e con un accento texano che non le avevo mai sentito usare disse: «Kendall Sparks, felice di conoscerti».

Con riluttanza, Jolene allungò una mano. Appena Kendall ebbe la mano di Jolene nella sua, la strinse e si avvicinò a lei. «Sono la psicanalista di Carter. Mi spiace doverti dire che si sta prendendo una pausa dallo sbattere contro il muro e rumori simili, perché sta soffrendo di impotenza a causa dello stress».

Kendall mi prese la chiave dalla tasca e la restituì a Jolene. «Non credo verrà a trovarti nella stanza 4030». Ci allontanammo, lasciando Jolene a bocca aperta.

«Lo sai che adesso devo dimostrarti che quello che hai detto non era vero. Che non sono impotente».

«Forse, se ogni tanto lo tenessi nei pantaloni, potresti dimostrarmelo».

«Siamo d'accordo, Soda. Siamo d'accordo».

Avevo tre giorni di permesso a Dubai questa volta, ma dissi a Kendall di prenotare una stanza solo per un giorno. Detestavo il fatto che non avremmo diviso la stanza come da Maria Rosa, ma almeno sarebbe stato solo per una notte. Una volta andati da Amari, l'indomani, saremmo stati tranquilli.

Le nostre stanze erano all'ottavo piano, a tre porte di distanza. Giunti alla stanza di Kendall, cercai di convincerla a farmi entrare.

«Grazie per aver deciso di continuare questo viaggio con me, Soda. Non ero pronto a lasciarti andare. Non so come mai, ma è la cosa più bella della mia vita in questo momento, e non voglio perderla».

«Anche io sono felice di essere venuta».

Quando aprì la porta, cercai di entrare, ma mi fermò piantandomi un palmo sul petto.

«Ci sono le telecamere nel corridoio», mi disse. Da Amari saremmo stati al riparo da occhi indiscreti.

«Andrei in prigione per un bacio in questo momento. Accetterei i lavori forzati solo per poterti toccare le tette».

Scosse la testa, ma sorrise. «Sei un pervertito».

Alzai un sopracciglio.

«Devi dormire un po'», continuò. «Sei esausto. Stasera voglio che mi porti fuori. Andiamo a ballare».

Aveva ragione, avevo bisogno di dormire perlomeno per qualche ora, ma era fuori discussione che andassi a dormire senza gustarla ancora un po'. L'avevo fatto due volte e ora era come una droga. La spinsi dentro la stanza prima che si chiudesse la porta. Quando mi vide così determinato, lasciò che la porta si chiudesse dietro di me.

«Carter… finiremo nei guai».

«Allora almeno facciamo in modo che ne valga la pena».

Dieci minuti dopo, lasciai la stanza duro come la roccia.

Non mi ero neanche reso conto che stavo canticchiando fino a quando non feci la doccia e mi infilai sotto le lenzuola. I Beatles, naturalmente: *I Want To Be Your Man. Voglio essere il tuo uomo.*

Ero veramente nei guai.

Capitolo nove

Kendall

Ero ancora immersa nella vasca dopo aver dormito per un bel po', quando il telefono in camera cominciò a suonare. Per fortuna era vicino alla vasca e dovetti semplicemente distendere la mano e prenderlo.

«Ho sognato che eri accanto a me». La voce di Carter era ancora roca dal sonno, e il suono passò dal ricevitore alle mie orecchie e fino al mio basso ventre. «Ero così deluso quando mi sono girato e il letto era vuoto».

Mi lasciai sprofondare nella vasca, tenendo solo i capezzoli al di sopra dell'acqua calda. Tra l'aria fresca e la voce di Carter, erano sull'attenti. Mi spruzzai un po' di acqua calda sui seni per riscaldarli, ma senza risultato. «Mi stavi sognando?»

«Ti sogno da quando ti ho vista nella lounge dell'aeroporto, anche se non sono sicuro che alcune delle cose che ho sognato possano veramente chiamarsi sogni. Diciamo che sono fantasie».

«Davvero?»

«Sì».

Presi un po' d'acqua e me la feci sgocciolare sui capezzoli mentre continuavamo a chiacchierare.

«Oh, e quei sogni ti hanno impedito di rilassarti?»

«È stata dura. Ma sì, ho dormito per qualche ora. E tu?»

«Ho dormito un po'. Avevo male dappertutto dopo il volo, quindi ho pensato che un bagno mi avrebbe aiutata a rilassarmi».
«Sei nella vasca?»
«Mmm mmm».
Carter gemette. «Mi stai uccidendo, Soda. Finalmente ho ammainato le vele e ora mi dici che sei nuda nel bagno mentre parli con me?»
«È una bellissima sensazione, dovresti provarla».
«Non devi chiedermelo due volte. Arrivo subito».
Risi. «Non ricordi che sei impotente?»
«Okay, ti faccio vedere quanto sono impotente...».
«Comportati bene, avrei potuto dirle che avevi una qualche malattia, sai. Poi sarebbe stata dura ingraziarti le tue sciacquette di volo, anche in mia assenza».
«Sciacquette di volo, eh?».
Sospirai. «Parliamo di qualcos'altro. Non mi piace pensare a... quello. Sembri... così *diverso* quando sei con me».
«Sono diverso quando sono con te».
Rimasi in silenzio per un minuto. "Può una persona avere due personalità diverse?". Non pensavo fosse possibile. Molto probabilmente, una delle due personalità era una finzione. Non volevo neanche pensarci... Forse quello che vedevo *io* non era il vero Carter.
«Sei silenziosa. A cosa stai pensando?»
«A dir la verità, mi sto chiedendo quale Carter sia quello vero. L'uomo che a Rio ha dormito sul pavimento senza che glielo dovessi chiedere, perché sapeva che ero a disagio, o l'uomo che fa sesso con un'assistente di volo diversa tutte le settimane».
«Anche io sono un po' confuso al riguardo, ma so quale dei due mi piace di più. *Io* mi piaccio di più quando sono

con te. Tiri fuori il meglio di me, Kendall, un lato che non ho visto per tanto tempo. Avevo addirittura dimenticato che quella parte di me esistesse ancora fino a che non sei salita sul mio aereo».

«Questa è la cosa più dolce e più sincera che qualcuno mi abbia mai detto. Anche a me piaci, capitano Clynes».

Per qualche minuto, ascoltammo il respiro l'uno dell'altra. Stranamente, quei momenti mi rilassarono più del sonno e del bagno caldo messi insieme.

«Vuoi ancora andare a ballare stasera? Capisco se non ti va. Hai volato per quattordici ore e hai fatto solo un breve pisolino».

«Non ho bisogno di dormire più di tanto. Sarò pronto fra un'ora».

«Ho guardato in valigia. Non ho chissà cosa da mettermi per coprire tutte le parti che devono essere coperte».

«Hai una giacca?»

«Sì».

«Metti i vestiti più sexy che hai e la giacca sopra, per coprirti. Le regole non valgono nei club e non vedo l'ora di vedere un po' della tua pelle».

«Okay. Allora vedrai la mia pelle, capitano».

Vestita così avrei potuto finire nei guai anche in Texas, non solo a Dubai. Mi girai a sinistra e a destra, osservando il mio vestito nello specchio un'ultima volta, per assicurarmi che tutte le mie parti importanti fossero adeguatamente coperte... e lo erano, appena appena. Da davanti sembrava un semplice vestitino nero, anche se era molto, molto corto. Ma solo quando mi giravo da un lato si poteva vedere che da entrambe le parti c'era solo stoffa trasparente. Una striscia di materiale impalpabile che teneva insieme la stoffa nera; era impossibile indossare biancheria intima sotto quel vestito. Non indossare il reggiseno per me era normale, ma andare a ballare senza mutande no. Ecco perché non avevo mai indossato quel vestito, anche se l'avevo preso in un mercatino quattro mesi prima.

Per avere un look trasgressivo ma sofisticato, avevo arricciato i capelli per dare più volume alle onde e mi ero truccata gli occhi di grigio tendente al viola. C'era una sottile differenza tra l'essere sexy e sembrare una puttana, e speravo di essermi mantenuta nei limiti. Quando sentii bussare alla porta, avvertii le farfalle nello stomaco.

«Un minuto!».

Mi guardai un'ultima volta allo specchio e respirai a fondo prima di andare ad aprire la porta, barcollando sui tacchi alti. A quanto pareva, il look da *puttanella* d'alto bordo piacque molto a Carter, perché i suoi occhi sembrarono uscirgli dalle orbite, e imprecò sottovoce.

«Gesù, Maria e Giuseppe. Stai cercando di uccidermi».

Mi girai per fargli vedere tutto. «Ti piace?»

«Non indossi reggiseno o mutandine, vero?»

«Vero… è trasparente, non posso. Dici che è troppo?»

Carter rimase in corridoio, tenendosi così stretto al bordo della porta che le nocche gli diventarono bianche. Mi guardava in maniera talmente intensa che sentii la pelle bruciarmi.

«Sei bellissima, Kendall. No, non è troppo. È che detesto l'idea che qualcun altro ti veda con quel vestito».

«Hai detto che volevi vedere la mia pelle, quindi l'ho indossato per te».

«Grazie. Mi hai reso felice. Anzi, mi hai reso estatico. Ora prendi la giacca e copriti prima che faccia qualcosa che potresti rimproverarmi».

Il cappotto era sul letto. Lo infilai e, annodando la cintura, fui felice del fatto che fosse lungo fino alle ginocchia.

Nessuno avrebbe potuto immaginare cosa indossavo sotto. Carter mi tenne la porta aperta, ma io mi fermai a mormorare: «Non riesco a pensare a niente che potresti farmi e che io potrei rimproverarti».

Il club Boudoir era il posto più alla moda che avessi mai visto, compresi i club di New York nei quali ero stata con le amiche negli ultimi anni. C'era una lunga fila per entrare, ma Carter mi sorprese perché superò tutti e quando diede il suo nome ci fecero entrare subito. Aveva prenotato un tavolo e una costosa bottiglia di champagne.

«È bellissimo...».

Mi offrì una sedia. «Sono contento che ti piaccia, perché non credo che nei prossimi giorni potrò pagare la cena dopo questo!». Stava scherzando, ma sapevo che gli era costato una fortuna pagare una bottiglia di American Dom ed entrare senza fare la fila. Dividemmo gli stuzzichini e bevemmo tutta la bottiglia di champagne, osservando la gente attorno a noi. Era così naturale trascorrere del tempo con Carter, nella nostra stanza da Maria Rosa o muovendomi a tempo di musica, seduta in un club lussuoso nel cuore di Dubai. Più ci pensavo, più mi rendevo conto di quanto fosse strana la situazione.

«Non riesco a credere che qualche giorno fa una scimmia mi ha pisciato addosso in una pensione a Rio, e ora sono seduta in un club di Dubai pieno di bella gente a bere champagne con te».

«Quale preferisci?»

«Non lo so. Non mi hai ancora fatto vedere come balli. Sai ballare, capitano Clynes?»

Ingoiò le ultime gocce di champagne. «Forse».

Mi alzai e gli offrii la mano. «Fammi vedere cosa sai fare, bocconcino».

Inarcò un sopracciglio. «Bocconcino?».

Lo champagne mi dava coraggio, e allacciai le braccia attorno al collo di Carter. «Sei bello, sicuro di te, spiritoso, e sei un pilota. L'unica cosa che potrebbe renderti ancora migliore è se avessi il senso del ritmo».

Carter si sporse verso di me, lentamente, sfregando la sua guancia contro la mia, e mi mormorò in un orecchio mentre mi faceva scendere le dita lungo il corpo: «Ho un gran senso del ritmo, ma lo vedrai più tardi, in privato. È una promessa».

Quando si scostò, avevo le labbra socchiuse e stavo ansimando. Lo volevo così tanto che mi faceva quasi male. «Forse potremmo evitare di ballare?»

«No. Voglio sfregarmi contro di te, sulla pista da ballo. Sarà il nostro antipasto. Perché non sono sicuro di quanto durerò quando ti toglierò questo vestito».

Carter gemette nella mia bocca. Quando uscimmo, gli infilai una mano nella tasca dei pantaloni. Eravamo nel corridoio vicino al bagno, tutti sudati, dopo aver ballato per ore. Avevamo riso e ballato, ondeggiando su canzoni lente e scatenandoci su ritmi R&B. Dio, Carter Clynes sapeva ballare. Il modo in cui ancheggiava, premendomi contro la sua erezione, sarebbe quasi stato sufficiente a farmi avere un orgasmo.

Negli ultimi dieci minuti, però, le cose erano cambiate; mi baciava più urgentemente, e il desiderio era così forte che mi sembrava che se non ci fossimo spogliati entro pochi istanti sarei svenuta per mancanza di sesso.

Stavano di nuovo suonando una canzone lenta. Non sapevo le parole, ma Carter canticchiava mentre ondeggiavamo attaccati nella privacy del corridoio in penombra.

«Mi stai facendo impazzire. Dobbiamo andare», dissi.

C'era un'uscita di emergenza in fondo al corridoio. Non importava che non avessimo alcuna idea di dove portasse. L'unica cosa che importava era che *fuori* saremmo stati più vicini al nostro hotel. Lo trascinai, e mi seguì fuori dalla porta. L'aria fresca era meravigliosa dopo aver sudato tanto, e mi fece pizzicare la pelle. Non riuscivo a ricordare di essermi mai sentita così viva, tanto che perfino la mia pelle era eccitata. La porta stava per chiudersi quando Carter disse: «Cazzo, ho dimenticato la mia carta di credito nel club, devo andare a riprenderla. Dobbiamo tornare dentro».

Era una meravigliosa notte d'estate, e sentivo il profumo del sale nell'aria. La brezza era fantastica, la strada era silenziosa e non c'era nessuno. «Aspetto qui».

«No, non ti posso lasciare qui da sola».

Mi tolsi le scarpe. «Non posso tornare dentro. Dai, sbrigati». Cercò di protestare, ma io gli gettai le braccia attorno alla vita, alzandomi sulle punte. «Se non fai in fretta... comincio senza di te».

Carter gemette. «Non muoverti. Torno fra due minuti».

Sentivo ancora la musica, anche con la porta chiusa. Chiudendo gli occhi, sorrisi, sentendomi più libera e felice di quanto avrei mai potuto immaginare. La canzone di Beyoncé, *Dangerously In Love*, cominciò a suonare e danzai, pensando a quanto io e Beyoncé fossimo sulla stessa lunghezza d'onda. Ero libera, anche se l'uomo per cui stavo facendo tutto questo era pericoloso. Alzando le braccia, ballai cantando. Ero persa nella musica, così felice, così innamorata, che non mi accorsi di quello che stava succedendo attorno a me. Probabilmente fu per quello che non vidi la macchina della polizia fino a che le sirene non cominciarono a suonare.

L'interprete diceva cose che non avevano senso.

«Ma non era fra le regole. Ballare in pubblico non può essere illegale! Nessuno me l'aveva detto, e non stavo neanche danzando. A dir la verità, stavo più che altro ondeggiando».

«È considerato un atto indecente. Ma non ti preoccupare, andrai davanti a un giudice e dirai che sei innocente. Non andrai in prigione per più di novanta giorni, visto che è la prima volta».

«Novanta giorni! Non posso andare in prigione per novanta giorni, non ho fatto niente di sbagliato. Dov'è Carter? Ho bisogno di Carter e del mio avvocato. Posso chiamare il mio avvocato in America? Lui saprà cosa fare».

«Senti, parlerai con il giudice, ti porteranno in prigione, ti sistemerai lì e dopo qualche giorno potrai telefonare».

«No, non può essere! Non capisci, non ho fatto niente di male!». Il cuore mi batteva all'impazzata e le braccia mi prudevano. Continuavo a grattare e grattare, ma il prurito non andava via. Mi era venuta l'orticaria, proprio come quando ero bambina.

"Non può essere vero. Come può essere vero? È una follia!".

«Signorina, devi calmarti. Il giudice non sarà contento se ti comporti così in tribunale. Devi rimanere in silenzio a meno che non ti interpellino».

"Rimanere in silenzio finché non mi interpellano". Non ero più in America.

Poco dopo, il mio interprete scomparve e mi lasciò in una stanza che mi ricordava un po' gli interrogatori di *CSI*. Non aveva finestre, ma solo una sedia e un vecchio tavolo sporco. Volevo piangere, tuttavia avevo paura che non sarei più riuscita a smettere. Cominciai a rendermi conto della realtà. Una donna sola in un Paese arabo, dopo aver infranto le loro regole. *Spaventata* non era la parola giusta per descrivere come mi sentivo.

Avevano preso il mio telefono e non c'era un orologio sul muro, quindi non sapevo quanto tempo fosse passato. Appoggiai la testa sul tavolo, ma non riuscii ad addormentarmi. Il mio interprete se n'era andato; qualche ora dopo, un ufficiale in uniforme e non una, ma *due* pistole, entrò. Aveva un piatto con un panino, e me lo lanciò. Al rumore del piatto sul tavolo, sussultai e mi alzai di scatto. Non sapevo se non parlasse inglese o se facesse finta, ma ignorò le mie domande e se ne andò.

Forse mi addormentai, perché un altro ufficiale sbatté la porta e mi svegliò. Asciugandomi la saliva dal viso, mi alzai. «Devo fare una telefonata».

«Ora vedrai il giudice».

«Ma non ho parlato con il mio avvocato, né chiamato nessuno. Non posso chiamare prima di vedere il giudice?».

A quanto pareva, no. Mi misero le manette, legandomi a una dozzina di altre persone, e fummo tutti condotti in un lungo corridoio. Alla fine, giungemmo a una porta e ci fecero entrare. Una volta dentro, mi resi conto che c'erano delle sbarre dall'altra parte della stanza, e oltre le sbarre un'aula vuota. Mi sentii come un animale in gabbia, processata per un crimine che non avevo commesso.

Qualche minuto dopo, due ufficiali in uniforme aprirono le porte dell'aula e la gente cominciò a riempire la stanza. Mi aggrappai alle sbarre cercando freneticamente un viso fra la folla… "Carter! Grazie a Dio!".

«Carter!». Alzai la mano per fargli un segno, trascinandomi dietro il braccio della persona che era incatenata accanto a me.

Carter cercò di raggiungermi, ma una delle guardie lo

fermò. «Non dire nulla, ho cercato un avvocato! Sistemerà tutto».

Mi sentii meglio per la prima volta dall'inizio di quell'incubo; cominciai a piangere, ma non potevo neanche asciugarmi le lacrime senza dare fastidio alla persona incatenata a me, quindi lasciai che cadessero.

Dopo un po' cominciò il processo. Il giudice indossava un tradizionale vestito bianco chiamato *Kandura* che gli arrivava fino alle caviglie, e un copricapo rosso e bianco a quadretti. Si sedette in cattedra, parlò velocemente in arabo e quasi non ci guardò. C'erano così tante cose che stavano succedendo allo stesso tempo: il giudice parlava a una persona, mentre altri due o tre tizi conversavano in lingue straniere, alcune delle quali non riconoscevo nemmeno.

Continuavo a guardare di qua e di là nel tribunale, cercando di vedere Carter, che era seduto in fondo. Era la prima volta che mi sembrava spaventato: non era più calmo, rilassato, sicuro come sempre. Questo mi terrorizzò.

Alla fine, un ufficiale mi chiamò; mi tolse le manette e mi condusse nel corridoio, dove una donna con un completo giacca e pantaloni mi stava aspettando. Parlava un inglese perfetto, con un forte accento arabo. Era anche bellissima.

«Quando il giudice ti chiamerà, parlerò per te. Dirò che sei innocente e che l'ufficiale che ti ha arrestata non verrà a testimoniare, e questo darà fastidio al giudice».

«Come? Come sai che l'ufficiale che mi ha arrestata non verrà, e perché vogliamo dare fastidio al giudice?».

Sospirò, come se la stessi irritando. «Perché l'ufficiale è stato convinto a non apparire quest'oggi, e il giudice ritiene necessario ascoltare la sua testimonianza. Abbiamo il cinquanta per cento di probabilità che l'assenza dell'ufficiale lo faccia arrabbiare al punto da lasciarti andare solo per una questione di principio».

«E se non lo facesse? Se vincesse l'altro cinquanta per cento, cosa succederebbe?»

«Allora andrai in prigione per trenta giorni, finché non troviamo l'ufficiale e non testimonia».

Prima che potessi obiettare, un ufficiale mi chiamò.

«È il nostro turno, andiamo».

«Aspetta».

«No. Dobbiamo entrare».

Mi sembrò di assistere agli avvenimenti dall'esterno. Ero in tribunale, ma la mia mente era da qualche altra parte e osservava quello che succedeva. Guardai Carter e poi mi alzai in piedi, accanto al mio avvocato, davanti al giudice. Carter era teso sulla sua sedia e sembrava nervoso tanto quanto me.

Il giudice disse cose che non capivo, e il mio avvocato rispose in arabo. Trattenni il respiro e guardai il giudice che si arrabbiava sempre di più, gridando parole in arabo. Dopo un acceso dibattito, il giudice sbatté il martelletto sulla cattedra.

«Vieni con me». Un ufficiale mi prese e mi condusse fuori dal tribunale.

«Aspetta. Aspetta, cosa è successo?», chiesi al mio avvocato. «Che cosa ha detto il giudice?».

Levò gli occhi al cielo. «Sei libera di andare. L'ufficiale ti porterà a prendere le tue cose».

Carter mi stava aspettando davanti al tribunale, assieme all'avvocato. La mia reazione iniziale fu di correre ad abbracciarlo, ma poi mi ricordai che non potevo finire nei guai un'altra volta, e compiere di nuovo atti indecenti in pubblico.

«Stai bene?». Il suo viso era pieno di preoccupazione.

«Credo di sì».

Carter si girò verso il mio avvocato. «Non so come ringraziarti, Serine».

Un sorriso furbo apparve sul viso della donna, che annuì. «Sono sicura che ti farai venire in mente qualcosa la prossima volta che ci incontriamo in volo verso l'America, capitano». Si girò verso di me. «Buona fortuna con tua sorella. Controlla che si comporti in modo decente d'ora in poi».

Rimasi in piedi con la bocca aperta, guardandola andare via. «Tua sorella?».

Carter tentò di spiegarsi. «Ci siamo incontrati un paio di volte su diversi voli. Ho pensato che sarebbe stata più disposta ad aiutarmi se...». Alzai le mani e lo fermai.

«Non voglio saperlo».

«Mi dispiace. Non avrei mai dovuto lasciarti da sola. Avrei dovuto farti venire con me, e non sarebbe mai successo».

«Non è colpa tua».

Indicò il parcheggio dall'altra parte della strada con un'alzata di mento. «Ho affittato una macchina. Possiamo andare via da qui?»

«Oddio sì, devo fare una doccia e cambiarmi».

«Bene. Ho le tue valigie. Mi sono fatto aprire la tua stanza facendo finta di aver perso le chiavi».

«Dove andiamo?»

«Dove avrei dovuto portarti la prima notte».

Capitolo dieci

Carter

Avevo combinato un bel guaio. Non avrei mai dovuto lasciare Kendall da sola. Anche se cercava di convincermi che l'arresto non era colpa mia, non potevo fare a meno di sentirmi responsabile per quello che aveva passato.

Non parlò fino a che non arrivammo da Amari. Il mio amico ci diede una delle stanze libere per un paio di giorni. La sua pensione era nel cuore del deserto, lontana dalla confusione della città. Per fortuna, Amari non era una persona tradizionalista. Bastava che fossimo discreti, facendo finta di essere sposati in maniera che gli altri ospiti non si infastidissero, e non c'era problema se io e Kendall stavamo in stanza assieme. Mi fidavo di lui, e sapevo che non mi avrebbe tradito.

Eravamo appena arrivati nella nostra stanza quando mi resi conto che Kendall stava guardando fuori, verso il deserto di sabbia.

«Stai bene?»

«Ho bisogno di una doccia», mi rispose senza guardarmi.

Il suo tono mi allarmò. Dovevo sistemare le cose. Volevo tranquillizzarla dopo l'arresto. «Lascia che ti prepari un bagno».

Anche se non mi aveva risposto, le preparai lo stesso una vasca piena di schiuma. Preoccupato per il suo strano umore, tornai in camera e le offrii la mano per farla alzare. Entrammo in bagno e provai il desiderio di abbracciarla nell'acqua calda.

«Togliti i vestiti», le dissi. «Tieni il reggiseno e le mutande perché facciamo il bagno assieme».

Sollevato per il fatto che non avesse protestato, mi tolsi i pantaloni tenendomi i boxer ed entrai nell'acqua. Kendall si spogliò e il mio pene si gonfiò vedendo il suo bellissimo corpo quasi nudo. Le porsi la mano.

«Entra nella vasca. Non mordo, te lo prometto».

Esitando, Kendall entrò prima con una gamba e poi con l'altra, e si adagiò fra le mie ginocchia, appoggiandomi la schiena contro il petto. Con il suo culo così vicino al mio pisello, era normale che avessi un'erezione. Ma, per fortuna, fu comprensiva.

Kendall aveva raccolto i capelli in una coda di cavallo. Togliendo l'elastico, vidi i suoi capelli biondi caderle sulle spalle. Cominciai a lavarglieli con lo shampoo e l'acqua calda. Le massaggiai la cute e lei inclinò la testa all'indietro. «Rilassati, piccola», sussurrai. «Rilassati». Volevo solo prendermi cura di lei in quel momento, farla sentire di nuovo al sicuro.

Fuori c'era silenzio, a parte le voci della gente che parlava arabo nella stanza accanto, quando dopo qualche minuto Kendall parlò per la prima volta.

«Sono una stupida, Carter?».

Istintivamente, smisi di muovermi e riflettei sulla sua domanda.

«Cosa intendi?»

«Cosa ci faccio qui?».

All'improvviso mi sentii morire. Quella domanda era

come un pugno nello stomaco. «Rimpiangi di essere venuta con me?».

Si sollevò un po' e ci pensò un attimo prima di rispondere. «Sei un uomo bello e carismatico, uno spirito libero, e mi hai fatto provare cose che non avevo mai provato prima. Mi sono lasciata trascinare. Non so come potrò uscirne senza essere ferita».

«Perché ti preoccupi di cose che non sono ancora successe? Perché non puoi semplicemente vivere il presente?»

«Ci sono diversi motivi, Carter».

«Okay, dimmi quali motivi. Parlami. A parte l'arresto, dimmi perché quello che è successo finora ti ha fatto improvvisamente pensare che tutto ciò sia uno sbaglio».

Il mio tono arrabbiato mi sorprese. Mi irrigidii, aspettando la sua risposta.

«Carter, non si tratta solo di te. Sono stata egoista. Vuoi sapere perché tutto questo è sbagliato? Perché ci sono due uomini che ho convinto ad aspettarmi, perché pensano che mi incontreranno fra cinque giorni, due uomini che contano su di me per avere una famiglia. Perché dovrei prendere vitamine prenatali e non bere. Perché non ho ancora deciso se lo farò. Perché ho sentito le assistenti di volo che dicevano fra di loro che sei un pezzo di merda. Perché l'avvocato che mi ha aiutato è una delle tue donne. Perché forse sono una stupida a pensare di essere diversa da loro. Perché forse il mio arresto è un segno del fatto che fare sesso con te sarebbe stato un enorme sbaglio. Perché non so se posso fidarmi di te, Carter. Posso continuare».

Era difficile sentirla parlare così, e onestamente non sapevo cosa dire. Potevo capire che avesse dei dubbi su di me, e per quanto lo desiderassi non c'era un modo facile per dimostrarle quanto mi importasse di lei.

Dopo un lungo silenzio, finalmente dissi: «Capisco la tua situazione, e hai ragione a non fidarti di me».

«Ho così tanto da perdere, e potrei sacrificare tutto per un uomo che forse mi farà solo del male. Dimmi come mai sono diversa da loro, Carter. Dimmelo. Tutte quelle altre donne… perché sono diversa da loro?».

Sapevo che era giunto il momento. Sapevo che era la mia unica possibilità di rispondere onestamente, e non volevo perderla.

Mi passai le mani tra i capelli e respirai a fondo. «Non sono orgoglioso di come ho vissuto finora. Tutto quello che hai sentito… è vero, Kendall. Non sto cercando di nasconderti nulla. Ma le cose sono cambiate da quando ti ho incontrata. Non so spiegarti come mai è diverso per me. È tutto nuovo. L'unica cosa di cui sono sicuro è che ho bisogno di più tempo per capire e lo desidero più di qualsiasi altra cosa».

La sentii respirare affannosamente, e capii che dovevo guardarla negli occhi.

«Guardami».

Quando lo fece, avvolsi il mio corpo attorno al suo, stringendola tra le gambe. «Questo sono io, il vero io. Non il pilota, non il playboy e tutte le altre etichette che mi sono guadagnato a causa della mia stupidità. Voglio che tu sappia che farti del male è l'ultima cosa che voglio. Farò tutto il possibile per evitarlo. Ma devi capire che non posso cancellare gli errori del passato».

I suoi occhi si riempirono di lacrime. «Non sei solo tu. Anche io sono incasinata, Carter».

Le asciugai con il pollice una lacrima che le era caduta sulla guancia. «Siamo entrambi incasinati. Forse è questo. Forse è ciò che vediamo l'uno nell'altra. Siamo due errori che messi assieme creano una cosa giusta. Separati siamo a pezzi, ma insieme funzioniamo. So che non è una situazione facile. So che devi prendere delle decisioni».

«Ho paura».

«Vuoi sapere la verità? Anche io ho paura per te. Quando mi hai detto che cosa stava succedendo, a Rio, non mi ero veramente reso conto… ma poi ci ho pensato a lungo durante il volo verso Dubai. E sì, c'è da avere paura. Ma capisco il tuo dilemma. Si tratta di un sacco di soldi e dell'eredità della tua famiglia. Ti senti responsabile e stai cercando di farlo in un modo che possa aiutare qualcuno, come quegli uomini in Germania. Ma non sei pronta a prendere questa decisione, Kendall. Non voglio che tu faccia un errore che non potrei mai riparare. Non ci vuole un genio a capire che non sei pronta ad avere un figlio e questo non cambierà fra cinque giorni. Hai bisogno di più tempo, devi rimandare quel viaggio in Germania fino a che non sarai sicura».

"Anche io ho bisogno di più tempo.

Dammi più tempo da passare con te".

«Se continuiamo questa avventura, non posso fare sesso con te, Carter. Vorrei, ma ho deciso che alla fin fine non sarebbe una buona idea».

«Capisco. Mentirei se ti dicessi che la cosa mi rende felice o che sarà facile, ma capisco, lo rispetto e prometto di non metterti sotto pressione».

Ci guardammo negli occhi e poi le diedi un bacio sulla fronte, premendo le mie labbra sulla sua pelle. Per un attimo, persi il controllo quando le mormorai: «Non mi lasciare, Soda».

Quando sorrise, fu come se un macigno mi fosse stato tolto dal cuore.

«Allora, cosa abbiamo in programma per oggi?», chiese.

"Sollievo".

«Be'», sorrisi. «Dormiamo. Poi, quando ci svegliamo, mangeremo un po' di *shawarma* di Amari, dopodiché *hookah*».

«*Hookah*?». Rise, e anche la mia risata risuonò nel bagno. Era così bello sfogarsi dopo la tensione degli ultimi minuti.

«Sarebbe la *shisha*... è una pipa ad acqua con cui si può fumare tabacco di diversi gusti. Qui la usano dopo cena, è una tradizione, ma non devi farlo se non ti va. E ti prometto che sarà l'unica cosa che prenderai in bocca stanotte».

Kendall mi pizzicò giocosamente le guance. «E ci risiamo. Stavo cominciando a pensare che la decisione di non fare sesso sarebbe stata facile, ma tu non sei in grado di chiudere quella boccaccia».

«Ti ho detto che avrei rispettato la tua decisione, non che avrei chiuso la bocca».

«A dir la verità, mi piace la tua bocca».

«Presto, Soda. Presto, quando sarai pronta, ti renderai conto di come so usare la bocca su di te. E credimi, ti piacerà».

La conversazione che avevamo avuto nella vasca da bagno ci aveva avvicinati ancora di più. Quella sera ci sedemmo nel giardino di Amari, che era praticamente il deserto, vasto e secco, condividendo non solo una pipa di *hookah*, ma anche storie della nostra infanzia.

Kendall mi raccontò di com'era stato crescere nel suo ranch in Texas, e io le raccontai alcuni segreti divertenti della mia infanzia, come quando mia sorella mi aveva truccato mentre dormivo. Mi rendeva felice guardare Kendall seduta con le gambe incrociate, mentre fumava la *hookah* con quella sua bocca graziosa, ridendo e aprendosi con me, finalmente.

Non l'avevo mai desiderata così tanto, ma per quanto

volessi assaporarla, avevo promesso di non metterle fretta mentre era in quel limbo.

Più tardi, si addormentò col culo contro il mio fianco, e tra il silenzio del deserto e una terribile erezione non dormii neanche un minuto.

Avevo bisogno di un po' di sollievo, così me ne andai silenziosamente in bagno. Mi sedetti sul pavimento e appoggiai la schiena alla porta, chiudendo gli occhi, ripensando al club... ma invece di ballare, Kendall era completamente nuda e a cavalcioni su di me.

Eravamo tanto vicini a raggiungere il Nirvana quella notte, prima che la lasciassi in quella strada tutta sola. Cercai di dimenticare e di concentrarmi sulla mia fantasia.

Ansimando, mi presi il pene nella mano e mi toccai più forte che potevo, immaginando le sue parti intime calde e bagnate, ricordando il suo profumo quando eravamo vicini, il sapore della sua lingua mentre ci baciavamo. Mi stavo masturbando sempre più forte quando improvvisamente mi fermai al suono della sua voce che proveniva da dietro la porta.

«Carter, cosa stai facendo?».

Cazzo.

Risi sommessamente e sbattei la testa contro la porta. «Pregando?»

«Respiri sempre così quando stai pregando?»

«Una preghiera intensa?»

«Cosa stai facendo veramente?»

«Penso che tu sappia cosa sto facendo, Kendall».

«Posso entrare?».

Ce l'avevo ancora in mano, e infilai il pene nei pantaloni alla bell'e meglio prima di aprire la porta.

Mi guardò l'enorme erezione. «Mi spiace che tu abbia dovuto trovare questa soluzione».

«Non ti preoccupare. Io e la mia mano non abbiamo passato così tanto tempo insieme da quando ero un adolescente. Credo che le mancassi».

«Carter, a cosa stavi pensando?»

«A te».

«Sì, ma a cosa nello specifico?»

«Stavo immaginando di fare sesso con te sulla pista da ballo del club».

Mi guardò di nuovo. Aveva un'espressione seria quando mi chiese: «Hai bisogno di aiuto?»

«Pensavo avessi detto che non potevamo farlo».

«Non voglio fare sesso con te. Ma voglio toccarti. Potrei spogliarmi, aiutarti a finire quello che hai cominciato. Sai cosa intendo… aiutarti».

Guardando il soffitto, scossi la testa. «Non ne hai idea, vero?»

«Cosa intendi?»

«Di quanto mi fai impazzire. Non ci sono vie di mezzo con te, Kendall… toccarmi con te nuda davanti agli occhi, senza poter fare quello che voglio fare veramente, sarebbe solo una tortura, e non ho così tanto autocontrollo, di sicuro non con te, non più. Perché quando ti bacio, l'unica cosa a cui riesco a pensare è entrare dentro di te. Ma nuda davanti a me? È troppo. Quando ti vedrò nuda, voglio che sia perché sei pronta a stare con me. Altrimenti è meglio che non sappia che cosa mi perdo».

Con un'espressione piena di rimorso, alzò le mani. «Okay, capisco. Scusa se ti ho interrotto».

«Torna subito a letto».

Dopo che se ne fu andata, chiusi gli occhi, pieno di rimpianti. Ero pazzo per averla respinta in quel modo?

Ora che sapeva che cosa stavo combinando lì dentro, non riuscii più a rilassarmi, ma avevo ancora bisogno di liberarmi. Così, ironicamente, entrai nella doccia e mi toccai pensando al suo corpo nudo contro la porta della doccia, immaginando che mi stesse ancora guardando.

Che cazzo di vita.

Capitolo undici

Kendall

Quando aprii gli occhi, la mattina dopo, Carter se n'era andato, probabilmente a prenderci la colazione. Non sapevo neanche che ora fosse.

Dio, mi sentivo così stupida.

A cosa stavo pensando interrompendolo così, offrendogli qualcosa di totalmente insoddisfacente. Sentirlo ansimare in quel modo sapendo che cosa stava facendo mi stava facendo impazzire.

"Cazzo, deciditi, Kendall".

Carter non sapeva quanto profondamente desiderassi dargli tutto, ma non potevo permettermi di farlo fino a che non avessi capito davvero che cosa volevo. Con lui non poteva essere sesso senza amore: dovevo sapere quali erano le mie intenzioni prima di fare un passo così grande.

Sentii una botta contro la finestra.

"Che diavolo succede?".

Un'altra botta.

Scostai la tenda e, vedendo cosa c'era dall'altra parte, sussultai. Era il muso di un animale. Capii subito che si trattava di un cammello; e sul suddetto cammello c'era Carter, che sorrideva e gesticolava come un pazzo.

«Apri la finestra!», mi disse, e lo feci.

«Cosa succede?»

«Vestiti e porta il culo qua fuori, andiamo a fare un giro sul cammello. Mettiti dei pantaloni lunghi, è meglio!».

«Io non ci salgo su quella cosa».

«Purtroppo, non è la prima volta che ti sento dire così», scherzò «Ma stavolta non hai scampo. Vieni! Ce l'abbiamo solo per un'ora».

Carter sfoderò il suo meraviglioso sorriso; vedendo quella fossetta sul mento non riuscii a resistere, e uscii dal letto.

Il deserto era già caldissimo anche se era molto presto; Carter era sceso dal cammello e stava in piedi accanto ad Amari.

Il nostro padrone di casa mi sorrise. «Buongiorno». Accarezzò il cammello. «Divertitevi con il nostro Fouad, e quando avrete finito vi aspetta una tradizionale colazione araba».

«Grazie Amari, perfetto».

«Amari ti aiuterà a salire», disse Carter.

Amari fece sedere il cammello, poi mi disse: «Salire è la parte più dura. Dopo filerà tutto liscio come l'olio». Dopo averci aiutati a salire, aggiunse: «Carter è un esperto. Sei in buone mani».

Alle spalle di Carter, sussurrai: «Sembri un esperto in tutto».

Si voltò. «A parte ottenere l'unica cosa che veramente desidero». Mi fece l'occhiolino. «Scherzo, bellissima».

«No, non scherzi».

«Ok, non scherzo». Carter mi baciò teneramente sulle labbra, ma il cammello si mosse e ci interruppe.

«Mi sa che è ora di andare! Come si guida un cammello?», chiesi.

«A dire la verità, non lo so, ma improvvisando è sempre

andata bene. L'unica cosa da tenere a mente è non fare alcun movimento improvviso per non spaventarli».

Sbattei le ciglia per togliere la sabbia del deserto che il vento mi soffiava in faccia. Mi appoggiai a Carter, con la guancia sulla sua schiena. Quando era lui a pilotare, come sempre, mi sentivo sicura.

Cavalcammo per un po', e poi fui la prima a parlare. «Scusa per ieri sera, sono stata stupida. Non aveva senso offrirti una cosa del genere se non volevo andare fino in fondo».

«Non ti preoccupare. Spero tu abbia capito cosa intendevo».

«Sì».

«Quando ti prenderò, finalmente, non saprò trattenermi, quindi devi sentirti completamente pronta».

«Lo so che sei abituato a donne che non ci pensano un attimo prima di aprire le gambe».

«Non ricordi cosa ti ho detto? Mi piacciono le sfide».

«Me lo ricordo».

«Sono pronto a raccoglierla, Soda. Non ti preoccupare. Aspetterò tutto il tempo che vorrai».

«Posso farti una domanda?»

«Certo, qualsiasi cosa. Lo sai».

«Tutte le tue donne… non avvicinarsi mai a nessuna… e anche la tua carriera, che ti fa girare tutto il mondo e non restare mai nello stesso luogo per troppo tempo… è per via di Lucy?».

Silenzio.

Dio, ero una tale idiota. Di nuovo.

Dopo qualche minuto, dissi: «Scusa, Carter, non avrei dovuto chiedertelo. È da ieri che ficco il naso in cose che non mi riguardano. Prima in bagno, e ora questo… era fuori luogo. Spero di non averti turbato».

«Sono turbato», mormorò. «Ma non per colpa tua».

Condusse il cammello giù per una collina; attorno a noi c'era solo sabbia, per chilometri e chilometri. Sabbia, e noi. I pochi edifici sparpagliati qua e là nel deserto erano ormai scomparsi. «Non dobbiamo parlarne».

«Questo è il problema. Non ho mai parlato di Lucy con nessuno. I miei genitori ci hanno provato, ma hanno capito ben presto che non c'era verso. Sembra orribile, lo so, ma me lo sono lasciato alle spalle. Non ci pensavo da anni. Negli ultimi due giorni, ho pensato alla mia vita più di quanto non abbia mai fatto in quindici anni. Non mi rendevo conto di quanto mi pesasse la cosa».

«A volte le cose che teniamo più strette sono quelle che in realtà dobbiamo lasciare maggiormente andare».

Carter sospirò. «Sì».

«È che sembra logico. Il tuo stile di vita. Muoverti sempre, passando da una donna all'altra. Non puoi stare male se non ti leghi a nessuna».

«E non posso fare male a loro se non mi lego».

«È un meccanismo di difesa. Lo facciamo tutti, in un certo senso. Io di sicuro l'ho fatto nell'ultimo anno. Sapevo che cosa avevo in mente di fare, e inconsciamente ho respinto tutti. I miei amici, quei pochi parenti che mi sono rimasti… non voglio che mi giudichino male».

In qualche modo, Carter riuscì a fermare Fouad. Portò una gamba dall'altro lato del cammello, e fummo uno davanti all'altra. Mettendomi una ciocca di capelli dietro all'orecchio, disse: «Io non ti giudico, Soda. Non ti giudicherò mai, te lo giuro».

I suoi occhi erano sinceri, e gli credetti.

«E io sono qui, se vuoi parlare di Lucy. In qualsiasi momento o qualsiasi luogo, anche quando il nostro viaggio sarà finito». Il mio cuore saltò un battito, pensando che di lì a poco ci saremmo separati.

Carter mi baciò sulla fronte e mi abbracciò stretta. «Grazie. Vuol dire tanto per me».

Fouad decise che la nostra conversazione era finita e riprese a muoversi, obbligando Carter a girarsi di nuovo. Per il resto della passeggiata, strinsi le braccia attorno a lui e feci ciò che avevo fatto dal primo momento in cui avevo conosciuto quell'uomo – mi tenni stretta.

«Sì, be', c'è una prima volta per tutto». Carter stava parlando al telefono quando uscii dal bagno, indossando solo un asciugamano, dopo la doccia. Avevamo trascorso la giornata seduti fuori, nel deserto, mangiando cibo arabo e ascoltando le storie di Amari su quanto fosse cambiata Dubai negli ultimi vent'anni. Rubammo anche qualche momento per coccolarci nella nostra stanza. Ora il sole era tramontato, e mi ero appena tolta una manciata di sabbia dai capelli. «Dammi quindici minuti e lasciami parlare con la mia ragazza». Lanciò il telefono sul letto.

«La tua ragazza?». Mi guardai intorno e lo presi in giro. «Hai una donna di tua proprietà da queste parti?».

Anche se era dall'altra parte della stanza, il modo in cui mi guardava mi fece sentire accaldata. L'asciugamano era corto e i miei seni sporgevano al di sopra del bordo. «Vorrei avere te. Se continui a stare lì con quell'asciugamano minuscolo, ti farò capire nel giro di due secondi che sei tu a possedere me».

Nascosi il mio rossore infilando la testa nella valigia e cercando dei vestiti puliti. «Con chi parlavi?».

Si mise dietro di me e mi baciò una spalla nuda. «Un mio amico pilota. Mi ha chiesto di coprirlo per un turno domani mattina. È qui a Dubai con un viaggio di andata e ritorno».

«Sta male?».

Carter mi annusò il collo, e il suo respiro caldo mi fece venire la pelle d'oca – e la maggior parte della mia pelle era scoperta.

«Hai freddo?». La sua voce nascondeva un sorriso. Sapeva che effetto mi faceva il suo tocco.

Lo ignorai. «Sostituirai il tuo amico?»

«Dipende».

«Da cosa?»

«Se ti va un'altra avventura».

Mi girai. «Vuoi che venga con te?»

«Vado *solo* se vieni. Se vuoi restare qui, va bene lo stesso».

«Dove vai fra due giorni?»

«A casa. Ho cinque giorni liberi. Torno negli Stati Uniti e poi volo da passeggero in Florida».

Wow. Il nostro viaggio stava *veramente* per finire. Il pensiero mi fece stare male, e Carter se ne accorse. Mi sollevò il mento per guardarmi negli occhi. «Non ne parliamo. Se sarà qui o durante un'altra avventura, abbiamo tempo. Neanche io voglio che finisca. Vivi il presente con me, Kendall».

«Dove andremo?».

Sorrise, e per poco non lasciai cadere l'asciugamano. «È una sorpresa».

«Dammi un indizio».

Carter si grattò il mento. «Okay. Se vuoi che continuiamo la nostra piccola avventura, mi darai il semaforo verde. Ma potresti fermarti alla *luce rossa*».

«Che vuol dire? Ho chiesto un indizio, non un indovinello!».

Rise. «Che ne dici, Soda? Vieni all'avventura con me un'altra volta?»

«Nel posto dove andiamo, posso essere arrestata se ballo, dico parolacce, mostro un po' di pelle o ti tocco?»

«Certo che no». Mi baciò sul naso. «Anzi, tutte queste cose sono incoraggiate nel luogo in cui andremo».

Carter sorrise e quella maledetta fossetta si aggiunse al sorriso. "Dio, quella fossetta mi fa impazzire". Chi l'avrebbe immaginato?

Volsi gli occhi al cielo. «E va bene. Ci sto. Ma se finisco in prigione, è colpa di quella fossetta».

Il volo la mattina dopo era previsto ad un'ora impossibile. Dovemmo lasciare Amari alle tre del mattino per fare il check-in. Era un cosiddetto turno rapido, mi spiegò, quindi saremmo arrivati alla nuova destinazione nel pomeriggio e saremmo tornati a Dubai entro ventiquattr'ore.

Poi ci saremmo incontrati con il suo equipaggio e saremmo tornati negli Stati Uniti. E dopo... non volevo pensarci. Probabilmente sarei tornata a casa un paio di giorni prima di andare in Germania. Mentre andavamo in aeroporto, guardai fuori dal finestrino mentre Dubai scorreva via, ma non vedevo nulla. Ero troppo malinconica, pensando a come tutto stesse per finire.

«Stai bene?». Il taxi era uscito dall'autostrada e seguiva i cartelli per l'aeroporto.

«Sono solo stanca».

«Ti ho preso un posto in prima classe, così forse dormirai un po'».

«Quanto dura il volo?»

«Circa sette ore».

«Tu che fai in cabina per tutto quel tempo? Cioè, lo so che piloti l'aereo... ma sette ore a guardare il cielo sono tante».

Scrollò le spalle. «Mi piace. È l'unico posto dove mi rilasso davvero».

«Devi pensare molto».

«A volte. Dipende da chi c'è accanto a me. A volte il mio co-pilota sta in silenzio, come me. Altri parlano continuamente. In quel caso, faccio un sonnellino».

Gli occhi mi uscirono dalle orbite. «Fai un sonnellino mentre piloti l'aereo?».

Carter ridacchiò. «Sì, ma stai tranquilla, facciamo a turno. Le compagnie aeree non sono tanto contente quando entrambi i piloti dormono contemporaneamente».

«Mi fai vedere la tua cabina?»

«Con piacere. Non vedo l'ora di mostrarti la cabina e l'*apparecchiatura*».

Carter aveva la mia carta d'imbarco sull'iPhone, assieme all'itinerario, quindi non dovetti fare il check-in. Passammo in fretta i controlli di sicurezza dell'equipaggio e ci fermammo per un caffè e per mangiare qualcosa. Dissi a Carter cosa ordinarmi e andai in bagno. Quando tornai, era seduto con una bellissima mora. Come da copione. Aveva una maglia blu come la sua uniforme, quindi dedussi che si trattava di un'altra hostess.

Mi guardò dall'alto in basso, senza neanche nascondere il fatto che mi stesse giudicando. Carter si alzò e mi offrì una sedia. «Kendall, questa è Alexa Purdy, una mia collega dell'International Airlines».

La donna mostrò i suoi denti perfetti, ma considerando che i miei genitori avevano speso una fortuna per curarmi i denti, le feci un sorriso ancora più grande. «Lieta di conoscerti, Alexa. Sei sul volo di Carter?»

«A dire la verità, è lui che è sul mio volo, non il contrario».

«Sono il suo co-pilota», mi spiegò Carter. «Alexa è il capitano».

«Oh». Non mi piaceva quando pensavo fosse una hostess, figuriamoci adesso che sapevo che era una pilota, chiusa in quella minuscola cabina con Carter per ore.

Carter mi osservava. «Non sapevo che Alexa si fosse trasferita lontano dagli Stati Uniti, non voliamo assieme da anni».

Voleva rassicurarmi, ma credo che Alexa avesse altri piani, perché sbatté le ciglia e disse: «*Troppi*! Abbiamo tanto da raccontarci. Ti ricordi *quanto* ci divertivamo assieme quando eravamo il co-pilota l'uno dell'altro?».

Carter tossì. «Alexa ed io eravamo sostituti, prendevamo i voli appena potevamo. E anche *suo marito*, Trent. Come sta Trent? È una vita che non lo vedo».

«Sta bene. Da quanto ne so, vola avanti e indietro da Milano e va a letto con una modella di cinquanta chili che ha conosciuto in volo».

«Siete separati?»

«Divorziati».

«Mi dispiace», disse Carter.

Alexa gli toccò il braccio e fece le fusa: «Non esserlo, è stata una mia idea. Voglio essere libera. Con lui non volavo in alto, se capisci cosa intendo».

Per fortuna non avevamo più tempo da sprecare per colazione, perché se avessi dovuto continuare a stare lì seduta a guardare quella donna flirtare, o ascoltarla mentre parlava ancora dei *bei vecchi tempi*, avrei perso le staffe. In genere non ero gelosa, e mi sembrava uno spreco di tempo ed energia preoccuparmi per ciò che gli altri avevano e io no. Ma, per la prima volta, pensai che forse non ero mai stata gelosa perché non c'era nulla che volessi veramente.

Non ci liberammo di Alexa finché non fummo al gate. Per fortuna, qualcuno la chiamò e lei disse a Carter che si sarebbero visti sull'aereo. Ancora attento a non toccarmi troppo in pubblico, Carter mi portò in un corridoio vicino ai bagni per stare un po' da soli.

Si passò le dita tra i capelli. «Scusa, non sapevo fosse la mia co-pilota, non la vedevo da anni».

Forse ero masochista, ma dovetti chiedere. «Voi due...».

Carter sospirò. «Sì, ma tanto tempo fa».

«Avete mai... insomma... in cabina?»

«Kendall...». Carter mi mise in guardia. Non c'era bisogno di una risposta perché il mio cervello aveva già creato una vivida immagine di Miss Denti Perfetti con la testa sotto alla manopola. "Che schifo".

Sollevai una mano. «Nessun problema. Siamo adulti. E dopotutto, noi non lo facciamo, no?»

«Non è una mia scelta, lo sai bene».

«Bla bla».

«Non è giusto, Kendall, sono stato onesto con te da quando ti ho incontrata. Avresti preferito che ti mentissi e che ti dicessi che non c'è stato mai nulla fra me e Alexa?»

«Vorrei non essere qui!». Volevo ferirlo, fargli sentire il dolore che provavo io. Il suo viso mi disse che ci ero riuscita. Si chinò su di me, il suo viso davanti al mio.

«Veramente? Vuoi andartene? E allora vai. Non posso cambiare il mio passato. Mi piaci, Kendall. Tanto. Più di quanto dovresti. E sappi che non ho alcun interesse per Alexa né per nessun'altra. Vuoi sapere perché? Perché l'unica donna che mi interessa sei *tu*. Quindi, se non riesci a fidarti di me, non vedo come possiamo andare avanti».

Ci fissammo, nessuno di noi due voleva cedere. «Devo andare. Spero che tu venga con me, ma se non lo farai, nulla cambierà. La vita che ho vissuto non è degna di una donna come te, ma l'unica cosa che posso fare è cambiare il futuro. Il passato è passato, e basta». E con questo, Carter se ne andò.

Venti minuti più tardi chiamarono il volo, ed io ero ancora in sala d'attesa senza sapere cosa fare. Non volevo lasciare Carter, ma se fossi rimasta sarebbe stata ancora più dura salutarci più tardi. Come potevamo costruire qualcosa sapendo che lui sarebbe sempre andato da un posto all'altro? Come avrei potuto dormire la notte, chiedendomi chi gli avrebbe tenuto compagnia in tutte quelle sere solitarie mentre era in viaggio?

La hostess chiuse il gate e raccolse le sue carte. Ora o mai più. Ero terrorizzata, ma pensare di non vedere più Carter era ancora più spaventoso. Proprio quando stavano per chiudere le porte, gridai: «Aspettate!». Le due donne si voltarono nel momento in cui Carter corse verso di loro.

"Al diavolo Dubai e le loro stupide regole!". Corsi da lui, e Carter mi strinse tra le sue braccia, tenendomi forte. «Non mi lasciare, Soda!». Mi prese il viso fra le mani e mi baciò appassionatamente.

«Scusami, sono stata una stupida... Mi hai promesso che non mi avresti giudicata, e invece sono stata io a giudicare te!».

«Scusami tu, Soda, mi spiace che ci sia così tanto nel mio passato che ti possa turbare! Guardiamo avanti, va bene?»

«Sì, lo voglio anche io».

«Bene. Ora andiamo, prima che ti arrestino di nuovo!». Mi prese la mano. «Vola con me, bellissima».

Capitolo dodici

Carter

Quando arrivammo in Olanda, non vedevo l'ora di scendere dall'aereo.

Alexa mi aveva irritato per l'intera durata del volo, rivangando vecchie storie del passato e parlandomi del suo divorzio, due argomenti di cui non mi importava nulla. Dal momento in cui eravamo saliti sull'aereo, l'unica cosa che volevo era tornare con Kendall; sette ore più tardi, il mio desiderio si realizzò.

Dopo un atterraggio pieno di scossoni, trovai il mio piccolo angelo biondo ad attendermi all'uscita della cabina di pilotaggio. Ignorando Alexa e gli altri membri dell'equipaggio, la strinsi a me e la baciai con lo stesso trasporto con cui l'avevo baciata alla partenza – come se avessimo ripreso direttamente da dove avevamo lasciato.

Non vedevo l'ora di mostrarle Amsterdam e di poterla toccare in pubblico quando e dove desideravo. Non avevamo molto tempo, quindi volevo sfruttare al massimo quello rimasto, prima di tornare a Dubai. Sapevo che ci attendevano decisioni difficili, e volevo che restassero dov'erano: nel futuro. Ora volevo solo divertirmi con lei, in un luogo senza costrizioni. Mentre aspettavamo di ritirare il bagaglio, mi misi dietro di lei, con le braccia intorno alla sua vita, e le dissi all'orecchio: «Per tutte le preoccupazioni che hai in quella testolina, premi pausa. Dimentica tutto per oggi, va bene? Ci divertiremo da morire. Ci stai, bellissima?»

«Ci sto di sicuro», mi disse, girandosi e infilandomi un dito nella fossetta sul mento.

Avevo scelto un hotel nella zona a luci rosse di Amsterdam. Ci consentimmo un riposino prima di andare a fare un giro.

Dato che le biciclette si usavano molto ad Amsterdam, affittammo un tandem per girare la città.

Lo parcheggiamo nel quartiere Jordaan e camminammo per le viuzze mano nella mano, visitando gallerie e negozi di antiquariato.

Più tardi, facemmo un tour guidato dei canali e visitammo quelle che la gente del posto chiamava le case danzanti, una serie di alti edifici antichi e sbilenchi.

Quella sera eravamo sfiniti. Dopo una cena in un ristorante tipico, decidemmo di visitare il quartiere a luci rosse e poi di andare a dormire.

La strada era piena di finestre rosse dalle quali si poteva assistere a uno spettacolino o assoldare una prostituta, a seconda dei desideri. Non c'era nulla di simile al mondo. Avevo visitato la strada molte volte, ma non avevo mai fatto nulla. Perfino *io* avevo dei limiti.

Guardare la reazione di Kendall mi divertiva.

«Quindi qui è tutto legale? Veramente?»

«Sì. E c'è pure un'enorme chiesa nel mezzo del quartiere», dissi, riferendomi alla Old Church. «Probabilmente questo è l'unico luogo al mondo dove puoi trovare religione e prostituzione nello stesso posto».

«Magico e perverso». Rise. «Cigni che nuotano nei canali, circondati da una chiesa, prostitute e un sacco di droga».

«È come un'allucinazione da strafatti. Ma sai cosa renderebbe tutto più bello?»

«Cosa?». Rise.

«Questo». E improvvisamente la strinsi a me e le baciai le labbra calde. Premendomi contro di lei, sapevo che sarebbe riuscita a sentire la mia erezione, che quasi mi bucava i jeans. Non so quanto tempo passò mentre ci baciavamo davanti ai bordelli.

Un colpo contro il vetro della finestra rossa ci interruppe; la bionda seminuda che era dentro ci disse di spostarci; evidentemente bloccavamo la vista.

«Scusa!», dissi, e tenni Kendall al mio fianco riprendendo a camminare senza alcuna fretta.

«Ti attirano quelle donne?»

«No».

«Bugiardo».

«No, sul serio. Sono belle, ma non le voglio. Se ci fossi *tu* là dentro... sarebbe tutta un'altra storia. Verrei dentro e spenderei tutto per te. Ti darei tutto ciò che ho per provare mille cose». Mi fermai e parlai con le labbra premute sulle sue. «Prendi i miei soldi».

Rise, baciandomi, e disse: «Ti farei un bello sconto».

Anche se stavamo scherzando, tutto il sesso attorno a noi, e i nostri baci, mi avevano eccitato da morire. Ce l'avevo durissimo sulla via del ritorno all'hotel. Mi sentivo sempre più debole, e se anche mi avesse gettato solo uno sguardo, stavolta non sarei stato in grado di resistere, lo sapevo.

Il nostro hotel era uno strano posticino arredato sul tema quartiere a luci rosse. Anche le camere avevano delle lampadine rosse, ed erano una gran figata.

«Sai che cosa mi piacerebbe?», disse Kendall quando tornammo in albergo.

«So che cosa piacerebbe a *me*».

Mi diede uno schiaffetto sul petto. «Un bicchiere di vino».

«Posso andare a comprare una bottiglia o due, se vuoi».

«Mi sento in colpa a farti di nuovo uscire, ma sarebbe fantastico».

«Perfetto».

Cercai sul telefono il negozio di alcolici più vicino e corsi fuori dall'hotel per evitare di sprecare troppo tempo lontano da lei. Dopotutto, quella poteva essere la nostra ultima notte insieme. Avevo già deciso di chiederle di tornare in Florida con me, ma, se avesse rifiutato, la nostra avventura sarebbe finita presto.

"Cazzo".

Iniziai a sentirmi in preda al panico.

"No".

Quella sera non mi sarei lasciato prendere dalla paura. Quella sera ci saremmo goduti ogni momento ad Amsterdam. Fine della storia.

Cercando di bloccare tutti i pensieri deprimenti che la mente mi suggeriva, entrai in un negozio e chiesi le bottiglie migliori di vino bianco e rosso che avevano. Tornando all'hotel, ricevetti un messaggio da Kendall.

KENDALL: Stai al gioco.

Cosa voleva dire?

CARTER: Che gioco?
KENDALL: Dove sei?
CARTER: A 100 metri dall'hotel.
KENDALL: Mandami un messaggio quando sei quasi arrivato, ma prima di entrare in hotel.

Qualche minuto dopo, le mandai un messaggio.

CARTER: Sono qui.
KENDALL: Resta fuori e cerca il secondo piano di Bloedstraat accanto all'hotel.

Ero proprio lì. Guardai in su.
Oh.
Mio.
Dio.
Cazzo.
Cazzo.
Il mio cuore cominciò a battere più forte. Kendall aveva acceso la luce rossa nella nostra stanza. Era premuta contro la finestra e indossava solo un reggiseno di pizzo e le mutandine. Si era raccolta i capelli in due trecce e si muoveva lentamente, con aria seducente. Era a suo agio, proprio come le donne alle finestre che avevamo visto durante la serata. Solo che quella era la donna dei miei sogni e stava trasformando in realtà una fantasia che andava ben oltre la mia immaginazione.
Mi chiamò con lo sguardo e sollevando il dito indice mi fece segno di salire. Immobile sul marciapiede, cercai di scolpirmi quella scena nella mente: la visione di lei affacciata a quella finestra, che illuminava una notte nebbiosa ad Amsterdam. Sapevo che non avrei mai dimenticato quel momento per il resto della mia vita. Mi feci i complimenti da solo, perché non mi ero lasciato scivolare le bottiglie dalle mani.
L'ascensore sarebbe stato troppo lento, quindi presi le scale, saltando i gradini a due a due per arrivare più in fretta. Prima di aprire la porta inspirai a fondo e chiusi gli occhi, giurando che avrei seguito lei e ciò che desiderava, perché non sapevo neanche se mi stesse veramente

offrendo qualcosa o se mi stesse semplicemente provocando. Sapevo solo che mi sarei preso qualsiasi cosa mi avrebbe offerto.

Kendall aprì la porta.

La contemplai con il sorriso sulle labbra e attesi di vedere quali istruzioni mi avrebbe dato.

«Ti ho visto che mi guardavi. Sei interessato?», disse.

"Stai al gioco. Sì, cazzo".

La mia voce grondava desiderio. «Sì». Deglutii.

«Entra».

"Stai al gioco".

«Come ti chiami?»

«Kendall. E tu?»

«Carter».

«Ciao, Carter».

«Ciao, Kendall». Avvicinandomi, aggiunsi: «Posso dirti una cosa?»

«Sì?»

«È tutto il giorno che cammino per le strade cercando invano. Non ho mai visto nessuna affacciata a queste finestre che fosse più bella di te. Finalmente ho trovato quello che stavo cercando. Grazie di avermi fatto entrare».

Arrossì, probabilmente rendendosi conto che le mie parole andavano oltre la semplice finzione in questo nostro giochetto di ruolo.

«Il piacere è tutto mio».

Camminai verso di lei come un predatore, ma lei fece un passo indietro con un sorriso malizioso.

«Dimmi, Kendall. Non ho mai fatto niente del genere. Cosa succede adesso?»

«Negoziamo. Tu mi dici cosa vuoi e io ti dico cosa sono disposta a fare». Si appoggiò al davanzale, aprendo leggermente le gambe toniche. I lampioni brillavano dietro di lei.

«Voglio tutto, per cui sarai tu a dover porre dei limiti», dissi, prendendo in mano una delle sue trecce. Le accarezzai una guancia e il collo. «Che ne dici se stiamo vicini per un po', e poi decidiamo cosa vogliamo fare?».

Chiuse gli occhi e sospirò. «Vuoi che mi spogli?»

«Solo se ti va».

Si alzò e venne da me. «Mi va».

Eravamo naso contro naso e le chiesi: «Posso spogliarti?».

Annuì. «Sì, ti prego».

Le slacciai il reggiseno e mi fermai un attimo a guardarle i seni: mi ricordavano due perfette tazze da tè. «Sei così bella».

«Voglio vedere anche te», sussurrò.

Togliendomi la camicia, piano, ebbi la sensazione che potesse vedere il mio cuore che batteva attraverso il petto. Non sapevo come avrei potuto continuare a resistere.

"Goditi un momento alla volta.

Goditi questo".

Mi tolsi la cintura e la gettai via, e poi i pantaloni. Le presi in mano i seni e li massaggiai piano. Cercando di controllarmi, tesi gli addominali per mantenere il mio pene sotto controllo.

«Posso toccarti?».

Rilassandomi, la implorai: «Ti prego».

Kendall mi passò le piccole mani sul petto e sui bicipiti. Mi fece impazzire vedere i suoi capezzoli che si ergevano al contatto.

Dovermi trattenere mentre ci toccavamo fu la cosa più erotica che avessi mai fatto. Era difficilissimo non baciarla. Mi leccai le labbra per evitare di perdere il controllo, gettarmi su di lei e divorarla. Ci stavamo guardando negli occhi quando sentii che mi infilava la mano nei boxer e girava intorno al pene. Sensibile com'ero, sussultai al contatto. Continuò a toccarmi, guardandomi negli occhi. Dovetti abbassare le palpebre e rovesciare la testa all'indietro mentre Kendall mi toccava, passando il suo piccolo palmo sul mio pene e usando il pollice per stimolarne la punta. La stanza era silenziosa, e il nostro respiro affannoso l'unico suono.

"Sto per venire".

Pronto a esplodere, misi una mano sulla sua per fermarla. «Fermati o continua, decidi tu. Ma non durerò a lungo. È... troppo che aspetto questo momento».

Anche se adoravo quella fantasia, vedevo ancora l'esitazione nei suoi occhi.

Ero sicuro che mi desiderasse quanto la desideravo io, ma non era ancora pronta. Quella non era la notte giusta.

Restava il fatto che avevo bisogno di sollievo.

Dovevo prendere il comando.

«Continua a toccarmi, e io toccherò te. Verremo insieme. Nulla di più, nulla di meno».

Ne fu sollevata. Ci baciammo avidamente mentre riprendeva a toccarmi e io le toglievo le mutandine. Le massaggiai il clitoride con l'indice e il medio finché non sentii fremere i muscoli delle sue gambe. Trattenne il respiro, e capii che stava venendo. Dio, era ancora più pronta di me. Sentirla gemere in estasi mi fece venire nella sua mano.

Non era andata esattamente come avevo immaginato il nostro primo contatto fisico. Era stato frenetico e impetuoso, ma forse era in linea con l'imprevedibilità he ci aveva perseguitati fin dall'inizio. Non sapevamo mai cosa sarebbe successo momento per momento.

Le presi in mano il sedere sodo e dissi: «È stato fantastico. Ma avrei voluto fare di più».

«Ti avrei dato di più».

«Apprezzo la sorpresa di stanotte, ma non eri pronta e lo sai».

«Come fai a conoscermi così bene?»

«Ho passato molto tempo a guardarti negli occhi, ti leggo come un libro aperto. Non sei ancora sicura, e non ti prenderò completamente finché non vedrò più alcun dubbio nei tuoi occhi. Anche quello che abbiamo fatto ha richiesto uno sforzo da parte tua».

«Sì, mi sono sforzata la mano», mi prese in giro.

«Puoi rifarlo, se ti va».

Raccolsi le mutandine di Kendall dal pavimento. «Dio, mi è mancato il tuo odore».

«E quand'è che avresti sentito il mio odore?»

"Merda".

«Ehm…».

«Carter…».

«Il primo giorno da Maria. Forse potrei essermi messo le tue mutandine sul viso ed essermi toccato nella vasca».

«Sei un pervertito… ma è anche una cosa dolce. E sexy. Come te».

«Vedi, tu mi *capisci*. Mi accetti per quello che sono, uno che annusa mutande. Per questo non puoi lasciarmi, nessun altro mi prenderebbe». La baciai intensamente, poi mormorai sul suo collo: «Non mi lasciare, Soda. Non mollarmi a Dubai. Vieni a casa in Florida con me… Un'altra parte della nostra avventura. Poi potrai prendere la tua decisione… dopo Boca. Che ne dici?»

«Venire a casa con te è diverso dal girare il mondo assieme. Ci penserò sul volo per Dubai, va bene? Ho sette ore per rifletterci, poi ti dirò cosa ho deciso».

Avrei voluto dicesse subito di sì, ma dovevo rispettare i suoi desideri senza discutere.

La tenni stretta tutta la notte, dormimmo più vicini che mai, con il mio cazzo duro contro la stoffa sottile della sua camicia da notte. Il mio uccello voleva qualcosa di più, proprio come me.

La cosa peggiore era il dolore al petto, che andava al ritmo di una canzone dei Beatles. Non era al massimo volume per ora, più che altro una musica di sottofondo che non sapevo se alzare al massimo. Forse non volevo crederci. Ciononostante, la canzone c'era.

And I Love Her.

Capitolo tredici

Kendall

Mi sembrava di avere di nuovo sedici anni e di impazzire per quel ragazzo con la giacca di pelle che era sempre in punizione. Probabilmente era perché Carter mi stava toccando in un angolo di un'edicola, sicuro che nessuno ci guardasse.

«Smettila», lo redarguii, ma non riuscivo a smettere di sorridere. Carter era dietro di me mentre guardavo una rivista, la mano sul mio seno sinistro.

«Ora capisco il bello di viaggiare senza reggiseno. Anzi, insisto che tu non lo metta più finché viaggiamo insieme. Poter toccare le tue tette lussuriose…». Strinse. «…quando voglio, è fantastico. Brucia i reggiseni, Soda».

Risi. Un uomo anziano si piazzò accanto a me. Invece di togliermi la mano da sotto la camicia, decise di pizzicarmi il capezzolo. Mi uscì di bocca un suono a metà fra un gemito e un gridolino, e lo mascherai da colpo di tosse. «Mi scusi», dissi, quando l'uomo mi guardò. Diedi a Carter una gomitata nelle costole, ma lui riuscì a rubare un'ultima palpatina prima di togliere la mano. «Siamo in pubblico. Smettila».

Carter mi prese un orecchio in bocca e morse piano, prima di dire: «Ti piace, e lo sai».

Aveva ragione. Mi piaceva. Ma non potevo ammetterlo,

perché avrebbe continuato a toccarmi in pubblico. E se avevo imparato qualcosa dal nostro contatto fisico, era che sapevo quando iniziava ma non sapevo quando si sarebbe fermato, perché io non riuscivo a fermarmi.

«Vado in bagno prima di salire sull'aereo. Scegli le riviste. Torno subito». Prese una copia di *Cinquanta sfumature di grigio*. «Compra questo. Possiamo evidenziare le parti più sexy e poi riprodurle a casa». Mi fece l'occhiolino.

Stavo finendo di scegliere qualcosa da leggere quando Alexa si avvicinò. Il *capitano* Alexa. Detestavo il fatto che vederla mi facesse sentire così insicura.

«Kendra, lieta di vederti. Hai già perso Trip?»

"Stronza".

«Kendall, e Carter sta per tornare». Presi un giornale e feci del mio meglio per ignorarla, dedicando tutta la mia attenzione alle pagine. Rimase accanto a me per un attimo. Dio, quella stronza profumava pure di buono. «*Você leu holandês*?», chiese.

«Ehm… Eh?».

Rise. No, anzi, sogghignò. Andai alla cassa confusa, finché non mi accorsi che avevo preso una copia olandese di *People*.

Carter tornò quando in fila c'eravamo solo noi due. Capitan Stronza era accanto a me. «Alexa, ti cercavo».

«Ah sì?». Tutto d'un tratto sembrava più allegra.

Carter mi cinse possessivamente la vita. «Ti spiacerebbe darci dieci minuti prima di partire? Vorrei mostrare la cabina di pilotaggio a Kendall. Far fare un tour alla mia ragazza».

«Ehm… va bene».

Appena uscimmo dall'edicola, gli gettai le braccia attorno al collo e lo baciai a lungo, nel bel mezzo del terminal. Quando ci staccammo, senza fiato, sorrise e disse: «Non mi lamento, ma come mai mi baci così?»

«Nessun motivo in particolare. La *tua ragazza* potrà baciarti quando vuole, no?».

Dopo circa tre ore di volo, decisi di reclinare il sedile e dormire un po'. Da quando Carter aveva accennato al fatto di volermi portare in Florida con sé, non avevo fatto che ossessionarmi sulla decisione che avrei dovuto prendere una volta atterrati. Chiusi gli occhi, ma avrei dovuto sapere che il mio cervello non sarebbe riuscito a spegnersi e a lasciarmi riposare.

Invece, cominciai a immaginare come fosse la sua casa. Non ero mai stata a Boca, quindi non avevo idea di come fosse l'architettura da quelle parti, ma me lo immaginavo in una casa moderna, in un palazzo a più piani, forse in un attico. Avremmo dovuto attraversare un atrio di metallo e vetro, salutare un portiere in uniforme e poi saremmo entrati in ascensore, salendo fino al piano più alto. Mi avrebbe sorriso nel riflesso delle pareti d'argento, e io avrei ricambiato il sorriso, emozionata, aspettando di raggiungere la privacy del suo appartamento. Una volta saliti al piano giusto, le porte si sarebbero aperte direttamente sul suo appartamento.

Sognando, presi un respiro profondo e mi preparai ad entrare. E poi il sogno si trasformò in un incubo, perché lì ci attendevano tre assistenti di volo, nude, con le scarpe blu a tacco alto e i cappellini sulle ventitré.

Aprii gli occhi di colpo. "Oddio".

Per quanto provassi a ricordare l'uomo con cui avevo trascorso tanto tempo, l'uomo dolce e pieno di attenzioni che non guardava mai un'altra donna mentre eravamo assieme, i miei timori continuavano a perseguitarmi. Se ci fossimo tenuti in contatto, cosa sarebbe successo? Cosa avrebbe fatto, lui che aveva così tanta fame di sesso, quando sarei stata incinta di un bimbo che non era neanche suo? Mi avrebbe ancora voluto? E le cose fra noi avrebbero potuto funzionare se avessi deciso di procedere con i miei piani?

Non mi ero neanche accorta che stavo piangendo finché non sentii le lacrime rigarmi le guance e bagnarmi la mano. Cosa potevo fare? Come potevo continuare a viaggiare con quell'uomo e innamorarmi ancora di più? E, soprattutto, come avrei potuto smettere?

Miracolosamente, mi addormentai per un po' e mi svegliai con la mano di Carter sul mio viso. «Ciao, bellissima. Manca poco meno di un'ora».

Alzai un braccio sopra alla testa. «Carter. Come mai non sei in cabina?»

«Volevo vederti. Sono impazzito nelle ultime sei ore lì da solo mentre tu eri qui, senza sapere cosa avessi deciso».

Sorrisi. Sapevo che voleva una risposta, ma non avevo ancora idea di cosa fare. «Mi dispiace, ma non ho ancora deciso».

«Va bene. Devo tornare in cabina. Ma devo dirti una cosa prima di atterrare... prima che tu decida».

«Cosa?»

«Dopo la morte di Lucy, ho deciso che volevo diventare un pilota. Ma avevo paura di non farcela, ero sempre alle feste, facevo sesso in giro, insomma, ero uno stupido immaturo. Quando mi presero alla scuola di aviazione, non sapevo cosa fare. Pilotare un aereo è un lavoro di grande responsabilità, e non sapevo se ne fossi in grado. Quindi ho fatto una cosa che non avevo mai fatto prima: sono andato a cercare le poesie che Lucy aveva scritto per me quando eravamo insieme e le ho rilette. Non so cosa stessi cercando o che cosa mi aspettassi, ma mi sembrava la cosa giusta da fare. Insomma, le ho rilette, saranno state una cinquantina, e non sapevo neanche cosa cercassi. Non mi fu chiaro finché non rilessi l'ultima poesia».

«Cosa diceva?»

«Non ricordo le parole esatte, ma finiva più o meno con "Hai già le ali, ora devi imparare a volare"». Scrollò le spalle. «È stupido, ma mi pareva un segno. Voglio dire, non è strano che la poesia di Lucy parlasse di volare quando dovevo decidere se diventare un pilota?»

«Non è stupido. Credo che Dio a volte ci guidi con dei segni. Si accerti che li cogliamo nel momento giusto. Forse speravo proprio questo, durante il viaggio, di cogliere dei segni su cosa fare».

Carter sorrise. «Sono felice che la pensi così. Hai letto quell'articolo sui Kardashian?».

Aggrottai le sopracciglia. «Quello su una delle gemelle che incontra un rapper?».

Mi baciò sulle labbra. «Devo tornare in cabina. Dai un'occhiata all'articolo. Forse è il segno che cercavi».

Confusa, risi. «Okay».

«Ci vediamo a terra, bellissima». Fece per allontanarsi, ma io lo richiamai.

«Carter?»

«Sì?»

«Ci sono delle hostess sexy a casa tua?».

Mi sorrise. «Decisamente no».

«E un portiere in uniforme?»

«No».

«Vivi in un attico?».

Il suo sorriso si fece ancora più ampio. «Neanche per sogno».

«Quindi non ci sono donne nude con scarpe tacco dodici che ti aspettano quando torni?».

Rise. «Grazie a Dio, no. Non hai idea di quanto questa domanda mi faccia ridere. Se decidi di venire, ricordati cosa mi hai chiesto».

«Okay».

Scomparve in cabina, e io cercai l'articolo di cui mi aveva parlato. Ero curiosa – come mai aveva detto che poteva essere il mio segno? Lo lessi tutto. Era su Kendall, quindi avevamo il nome in comune, ma non mi sembrava ci fosse altro. Aveva conosciuto un uomo, e su questo niente di nuovo. C'erano delle foto di loro che si baciavano e andavano sui pattini. Erano in viaggio verso Miami, quindi c'era un collegamento con la Florida. Non riuscivo a decifrare il messaggio di Carter, quindi decisi che glielo avrei chiesto quando saremmo atterrati. Ma poi chiusi il giornale e vidi un elenco di citazioni.

In copertina ce n'erano diverse; una foto di Taylor Swift con sotto scritto: "Taylor, la musica è meglio del sesso". No, non era sicuramente *quello* il segno. Più in giù, c'era una foto di Kendall Jenner con sotto una frase che mi colpì. Era quello il segno di cui parlava Carter. Diceva: "Kendall, mi sono innamorata in Florida".

Quando atterrammo a Dubai, attesi seduta finché l'aereo fu quasi vuoto, poi infilai il giornale nella borsa e andai verso la cabina, dove Carter mi stava aspettando. Per la prima volta, sembrava ansioso. Il pilota sorridente, sicuro di sé e spavaldo era scomparso, e mi sembrava vulnerabile.

Non parlammo finché non lo raggiunsi. Poi, mi porse la mano. «Che ne dici, Soda? Torni a casa con me?».

Mantenni un'espressione solenne e mi alzai sulle punte per guardarlo negli occhi. «Come potrei ignorare il consiglio di una Kardashian?».

Volare accanto a Carter era molto meglio che stare da sola con lui in cabina senza poter guardare il suo bel viso. Il volo da Dubai in Florida era appaltato a un'altra compagnia aerea, per cui non dovevo sorbirmi il solito harem di hostess di quelle lunghissime traversate. Passammo quindici ore in volo e a prendere coincidenze, ma fra i pisolini appoggiata alla spalla di Carter, e toccarci sotto la coperta, mi godetti ogni momento. Anzi, quando arrivammo a Miami, mi sentivo riposata.

Prendemmo una navetta fino al parcheggio e, mentre ci dirigevamo alla macchina di Carter, mi resi conto di quanto avrei potuto imparare su di lui vedendolo nel suo ambiente familiare.

«Eccoci», disse quando arrivammo al suo grande Suburban nero. Aprì il bagagliaio, caricò le valigie, poi tenne la portiera aperta per me e mi aiutò a salire.

Osservai l'abitacolo della macchina mentre saliva dall'altra parte. «Questo coso è enorme. La mia macchina ci starebbe dentro due volte. Mi immaginavo più una macchina sportiva invece di questo autobus. Ma effettivamente ti ci vedo alla guida».

«Avevo proprio una macchina sportiva, una piccola Porsche Targa rossa del 1972. La adoravo, ma l'ho scambiata con un amico l'anno scorso, perché aveva subito un'operazione alla schiena e aveva difficoltà a salire così in alto. Io avevo bisogno di qualcosa di più grande per portare della roba in giro».

«Che roba?».

Carter fece manovra e uscì dal parcheggio. «Si porta sempre roba in giro, per un motivo o per l'altro».

«È lontana casa tua?»

«Una mezz'ora. È tutta autostrada».

In macchina, controllai le mie mail. Ce n'era una che avevo evitato di aprire per qualche giorno: quella di mia madre. Sapevo che era ubriaca quando l'aveva scritta; si capiva dalle frasi sconnesse. Dopo una pinta di vodka mia madre perdeva ogni ritegno, nonostante la sua educazione da scuola privata. Invece di spiegarle che cosa stava succedendo, le dissi che stavo viaggiando con un'amica e che l'avrei contattata di lì a qualche giorno.

Non molto tempo dopo, uscimmo dall'autostrada e dopo qualche minuto ci fermammo in una strada che portava a un comprensorio privato. Il complesso residenziale dove abitava Carter aveva una fontana al centro e una bella portineria; da entrambi i lati c'erano due cancelli, oltre i quali si estendevano centinaia di casette in una sorta di paesino. Carter si fermò per inserire il codice del cancello, che si aprì lentamente, permettendoci di entrare.

Un cartello ci diede il benvenuto: "Benvenuto a Silver Shores. Siamo felici che tu sia tornato a casa". Un anziano con una tuta grigia, su uno scooter con un cestino davanti, salutò Carter gridando: «Ehi, Cap. Bentornato a casa!».

Carter ricambiò il saluto e sorrise. «Quello è Ben. Faceva lo spazzino a New York. Indossa ancora l'uniforme. È la cosa più simile al portiere in uniforme che avevi immaginato».

Entrando nel comprensorio, mi guardai attorno. Non era come me lo ero immaginata; malgrado fosse pulito e ben tenuto, era l'esatto opposto dell'attico ultramoderno che mi aspettavo. Le case erano semplici palazzine a due piani, normalissime.

Dopo qualche isolato, girammo a sinistra e parcheggiammo. Carter indicò un appartamento al primo piano e sorrise ironicamente. «Quello è il mio attico».

Capitolo quattordici

Kendall

«Benvenuta nella mia umile dimora», disse Carter aprendo le braccia quando entrammo nel suo appartamento.

Era carino, né troppo grande né troppo piccolo. Due morbidi divani color caramello al centro di un salotto open space, e alcune palme che danzavano al vento nel piccolo patio oltre la porta a vetri.

«Questo è un paradiso nascosto».

«Non è quello che ti aspettavi?»

«A dir la verità, no. Immaginavo un grattacielo a South Beach».

«So che la mia vita è folle, ma quando sono a casa voglio pace e tranquillità, l'esatto contrario della vita frenetica che conduco quando volo».

Il mio stomaco brontolò. «Oh… scusa».

«Hai fame? Ti preparo la colazione».

«Sì, un po'. Okay, grazie».

Carter aprì il frigo. «Vediamo cosa c'è. Dunque… ci sono dei contenitori di cibo».

«Non possono essere buoni. Devono essere lì da giorni».

«No, è stato cucinato oggi. Vedi?». C'era un'etichetta sul Tupperware. «"Qualcosa di bollente per il mio uomo bollente. Muriel"».

Tirai fuori un altro contenitore con un'etichetta che diceva: "Prova questo, è più buono di quello di Muriel".

Il mio cuore iniziò a battere all'impazzata. «Cosa? Hai delle donne che cucinano per te?»

«Le mie vicine. Hanno il mio calendario e mi portano da mangiare. Hanno le chiavi, vengono a dare da mangiare al gatto e a cambiare la lettiera».

«Hai un gatto?»

«Una gatta. Si chiama Matilda. Si nasconde quando sente l'odore di qualcuno che non conosce».

«Ovviamente una gattina femmina».

«Spero che la *mia* gattina sia proprio qui davanti a me, perché non voglio nessun'altra». E l'espressione che aveva in faccia era estremamente seria quando disse: «E non vedo l'ora di divorare anche lei».

Dovendo stringere i muscoli delle gambe, mi schiarii la voce e cambiai argomento. «Chi sono queste vicine?».

Scosse la testa. «Non è come pensi».

«Ah, no?»

«Sono abbastanza vecchie da essere nonne, Kendall».

«Hai delle nonnine che cucinano per te?». Sollevata, strinsi gli occhi.

«Sì. Insistono per ripagarmi quando di tanto in tanto le aiuto con diversi lavoretti».

«Che dolci!».

«E meno male, perché non so cucinare».

Dopo aver assaggiato i piatti di Muriel e Irene, mi avventurai in camera di Carter per farmi una doccia.

Appena aprii la porta, sobbalzai alla vista di Matilda che mi stava soffiando. Aveva gli artigli scoperti e non mi lasciava neanche entrare.

«Ehi, Carter! Aiuto! Il tuo gatto non mi fa entrare!».

«Merda. Arrivo subito!».

Abbassai lo sguardo su Matilda. «Calmati, gatto», dissi. «Non ti farò del male».

Carter arrivò dopo qualche secondo. «Non mi ero reso conto che fosse qui. In genere si nasconde sotto il letto. È molto possessiva nei miei confronti». Prese in braccio la gattina grigia e grassottella, e lei miagolò.

L'ennesima femmina con cui contendermi Carter. Mi intenerì quando seppellì il viso nella sua pelliccia, riempiendola di baci. Cercai di non pensare al fatto che un giorno sarebbe stato un bravo papà. Per qualche ragione, pensarci mi faceva male. Forse perché l'istinto mi diceva che in futuro le nostre strade si sarebbero separate.

«Non metterci troppo. Voglio farti vedere tutto. C'è tanto da fare; il primo giorno è sempre pienissimo».

«Come mai?».

Sorrise. «Vedrai».

Che intendeva dire?

Dopo essere uscita dalla doccia, Carter aprì la porta del bagno, e istintivamente mi coprii con l'asciugamano.

«Posso?», disse, e distese le mani verso di me.

Non capendo cosa volesse fare, mi limitai ad annuire.

Carter mi tolse l'asciugamano e iniziò a guardare il mio corpo nudo. Prese ad asciugare ogni goccia dalla mia pelle. Indugiò fra le mie gambe, sfregando a lungo. Doveva asciugarmi, e invece mi stavo bagnando.

L'asciugamano cadde, ma la sua mano rimase lì, accarezzandomi fino a che non sentii che stavo venendo. «Vieni, tranquilla, vieni», sussurrò. «Voglio guardarti».

Gettai la testa all'indietro mentre l'orgasmo mi trascinava con sé. Era il più veloce che avessi mai avuto, ma fu anche molto intenso.

Quando riaprii gli occhi, Carter si indicò il cavallo dei

pantaloni, portando alla mia attenzione la sua erezione. «Cazzo, credo di aver commesso un errore», ruggì.

Sembrava volergli saltare fuori dai jeans. Aveva ancora i capelli arruffati dopo aver giocato col gatto, ed era così sexy che volevo solo inginocchiarmi e prendermi cura di lui. Ma, prima che potessi muovermi, si allontanò.

«Dio, a volte è proprio troppo», disse uscendo in fretta dal bagno, lasciandomi terribilmente eccitata anche dopo l'orgasmo.

Quando uscii dal bagno completamente vestita, l'erezione di Carter era sparita, quindi dedussi che era andato a toccarsi in camera sua, e questo mi eccitò ancora di più.

Dopo aver fatto a sua volta la doccia, riemerse dal bagno ed era bellissimo, con i capelli bagnati tirati indietro, una maglietta aderente e i pantaloni corti. «Pronta per un giro del quartiere?»

«Certo», dissi con un sorriso.

Il sole della Florida brillava su di noi mentre camminavamo verso una cinquantina di scooter parcheggiati lungo una cancellata. Carter ne aprì due con una chiave.

«Cosa sono?»

«Sono scooter pubblici. Ci danno una chiave per usarli. La maggior parte dei miei vicini li usa per andare in giro».

"Che strano".

Carter era così grosso che mi faceva ridere a cavallo dello scooter mentre mi faceva vedere come usarlo. Si girò e tornò indietro per aiutarmi a salire sul mio e prenderci la mano.

Non potevo fare a meno di sorridere mentre mi mostrava i luoghi di interesse del comprensorio, come il laghetto, un piccolo centro sociale e una piscina. Era un complesso grandissimo; cominciavo a capire perché gli abitanti usassero degli scooter per andare in giro.

Procedendo ancora, notai anche un'altra cosa: non c'era nessuno sotto i settantacinque anni, e tutti quelli a cui passavamo accanto avevano i capelli bianchi o non avevano proprio capelli. «Ci sono molti anziani, qui».

Quando quelle parole mi uscirono di bocca, Carter quasi cadde dal suo scooter. Si fermò e si mise a ridere istericamente. Aveva proprio la ridarella. Si tenne la pancia e mi disse: «Stavo aspettando che te ne accorgessi, Soda».

«Accorgessi di cosa?»

«Sei davvero adorabile». Scese dallo scooter e venne a baciarmi la punta del naso.

«Perché stai ridendo di me?»

«Ci hai messo parecchio».

«Di cosa stai parlando?»

«Qua non ci sono solo *molti* anziani, Kendall. Sono quasi tutti anziani, perché questa è una comunità per anziani sopra i sessantacinque anni. Anzi, la maggior parte dei residenti va tra i settanta e gli ottanta».

"Aspetta. Cosa?".

«Perché vivi qui allora?»

«La domanda dell'anno». Mi diede una leggera sculacciata e mi disse: «Vieni. Risaliamo e ti racconto una storia».

Ripartendo sugli scooter, Carter cominciò a spiegare. «Okay, un paio di anni fa è mancata mia nonna».

«Mi dispiace».

«Grazie. Comunque, il mio appartamento era suo e ci ha vissuto per anni con Matilda. Quando morì, scoprii che me l'aveva lasciato in eredità».

«Perché a te e non alle tue sorelle?»

«Credo che non volesse scegliere fra di loro, sono sempre in competizione. Perciò ha lasciato a loro dei soldi e a me l'appartamento. Volevo venderlo ma, quando sono venuto a liberarlo e a pulirlo, mi sono reso conto che era un posto così pacifico... Nessuno notava il mio aspetto fisico o il mio lavoro... Niente donne della mia età di cui preoccuparsi. Era un luogo dove fuggire e nascondermi».

«Perciò sei rimasto».

«Sì».

«Sei l'unico giovane?»

«Per quanto ne so, sì. Il fatto è che se anche volessi andarmene, mi sentirei in colpa».

«Perché?»

«Ti sembrerà strano...».

«Strano? Non c'è nulla di strano in tutto questo!». Risi, sarcastica.

«Tante persone qui contano su di me. Di solito conduco una vita da egoista, ma quando sono qui lascio il mio ego in cielo. Capisci? Quando li aiuto, che sia dare un passaggio fino al supermercato o andare a prendere qualcosa di cui hanno bisogno, mi fa stare bene».

Allora ebbi un'illuminazione. «Oddio! Il Suburban. Ora capisco il perché della macchina enorme».

«Sì». Rise.

«Sei come quegli autobus che portano gli anziani al supermercato».

«Be', in pratica è quello che faccio alcune volte al mese».

«Wow. Ci sono tante cose che non so di te, Carter».

«C'è molto di più da scoprire, piccola. Fidati».

«Non cercare di fare il sexy su quel maledetto trabiccolo», dissi mentre continuavamo ad andare.

«Sarebbe la prima volta che cerco di sedurre qualcuno su uno scooter».

«Dove stiamo andando?»

«Siamo quasi arrivati».

«Dove?»

«A casa di mio padre».
«Tuo padre? Ma i tuoi genitori non erano in Michigan?»
«Sì».
«Sono confusa».
«Capirai presto. Ricordi cosa mi hai detto ad Amsterdam... di stare al gioco?»
«Sì».
«Ora te lo chiedo io».

Carter aveva la chiave per entrare in un altro appartamento. Dentro c'era un uomo sulla ottantina che guardava una vecchia televisione.
«Era ora, Brucey! I piedi mi fanno malissimo».
"Brucey?".
Carter mi guardò sorridendo. «Non mi mettere in imbarazzo davanti alla mia amica, vecchio».
«Cosa ci fai con Michelle Pfeiffer?»
«Non è Michelle Pfeiffer, papà».
«Chi è, allora?»
«Si chiama Kendall».
«Kindle?».
Carter alzò la voce. «Kendall. Kendall».
«Comunque sia, tagliami le unghie».
«Nessuno te le ha tagliate dall'ultima volta che l'ho fatto io?»
«E chi altri l'avrebbe fatto?»
«Giusto. Dov'è il tagliaunghie?»
«Che cazzo ne so».
«Mi mandi di nuovo a fare una caccia al tesoro?»
«Portami anche del succo di prugna, già che ci sei. Sono stitico da giorni», disse e scorreggiò.
"Oh.
Okay".

«Una bella scorreggia», Carter scherzò e mi fece segno di seguirlo in corridoio.

«Chi è, Carter?».

Lui rispose a voce bassa: «Si chiama Gordon Reitman. Era un amico di mia nonna. Nel testamento, mi ha chiesto di prendermi cura di lui perché non ha nessun altro. È vedovo da qualche anno. Un paio di volte alla settimana vengono delle infermiere, ma non è abbastanza».

«Come mai ti chiama Brucey?»

«Era il nome del suo unico figlio... Morì in un incidente da ragazzo. Quando Gordon ha iniziato a soffrire di demenza, si è messo in testa che Bruce era ancora vivo e che si trattava di me. Ho provato a correggerlo, ma non mi ha creduto e si è arrabbiato di brutto, per cui ho lasciato che continuasse ad illudersi».

«Crede veramente che si tratti di lui o *vuole* crederlo?»

«Credo ne sia veramente convinto».

"Wow".

Carter rovistò nei cassetti del bagno di Gordon e alla fine riuscì a trovare una busta di plastica con dentro il tagliaunghie. Si mise anche dei guanti di lattice.

«Perché hai bisogno di quelli per tagliargli le unghie?»

«Lo vedrai».

In salotto, Carter si sedette su un divano davanti ai piedi di Gordon e gli tolse i calzini. Le unghie dell'uomo erano gialle e incrostate. Era più che comprensibile che Carter usasse i guanti.

Mentre lui gli tagliava le unghie, mi avvicinai a una mensola e guardai alcune foto che mostravano un ragazzo in tenuta da baseball, poi lo stesso ragazzo adolescente. E infine, in fondo alla mensola, una foto di Carter inginocchiato ai piedi di Gordon.

«Oh, cazzo!», gridò Gordon e mi fece voltare.

«Stai fermo e non dire parolacce di fronte alla mia ragazza, papà, o dovrò farti il solletico». Carter gli solleticò un piede e, inaspettatamente, il vecchio rise.

«Continuo se non ti comporti bene!», disse Carter.

«Era ora che portassi una ragazza a casa, figlio mio».

Carter mi guardò. «Be', questa è speciale».

Non aveva mai portato una ragazza lì?

«Sei stata bravissima in *Grease*», disse Gordon.

Guardai Carter, confusa. «Cosa?»

«Crede che tu sia Michelle Pfeiffer. Lascialo fare». Carter mise il tagliaunghie nella bustina. «Tutto fatto».

Sotto i miei occhi stupiti, Carter si mise a massaggiare i piedi di Gordon con della crema. L'anziano piegò la testa indietro e chiuse gli occhi, facendo dei mugolii di piacere. Dopo qualche minuto, si addormentò e si mise a russare. Gordon era bell'e andato.

Carter si alzò e io lo seguii in bagno. Sollevò le mani piene di crema e mi disse: «Vieni che ti massaggio la faccia!».

«Che schifo!». Risi. «Togliti quei guanti!».

«Dai, so che lo vuoi».

«Carter, sul serio, non sto scherzando. Pulisciti le mani se vuoi toccarmi ancora».

Mi venne vicino e fece su e giù con le sopracciglia. «Non c'è nulla di male in un po' di micosi!».

«Carter!».

«Okay, okay».

Carter si tolse i guanti e si lavò le mani, poi mi spinse contro il muro e mi baciò.

Gli accarezzai i capelli e lo guardai negli occhi. «Sai, sto imparando a fidarmi di te, a vedere come sei veramente dietro alla facciata del pilota playboy. Ma quello che fai per quest'uomo… non solo tagliargli le unghie, ma dargli l'illusione di avere una famiglia… mi fa vedere chi sei veramente. Mi ricorda quanto era stato bello aiutare Wanda, anni fa, e mi sprona a essere una persona migliore. Sei un uomo generoso, Carter».

Si avvicinò. «Be', in questo momento non mi sento generoso, ma... avido».

«Sul serio?»

«Ti ho mai detto quanto sei bella, Soda?»

«Credo di sì».

«No, intendo dire quanto sei bella veramente. Non credo di averti mai *spiegato* chiaramente quanto ti desidero e voglio che tu lo sappia prima di andartene. So che mi sono comportato bene, ma da quando siamo tornati in Florida è difficile per me trattenermi. Se mi dicessi che possiamo fare sesso in questo momento non sarei in grado di resistere. Insomma, volevo solo dirti che non ce la faccio più, che il mio pisello non ce la fa più. Devo fare sesso con te, devo entrare dentro di te».

«Qui? Nel bagno di Gordon? Con la sua dentiera che ci fissa dal lavandino?»

«Se mi dicessi che lo vuoi fare qui, allora sì. Ti prenderei qui senza sprecare un altro momento del nostro prezioso tempo insieme. Ma dipende da te. Ho una stanza degli ospiti, quindi puoi dormire lì stasera».

«Aspetta, non capisco. Mi stai dicendo che *non* vuoi dormire con me?»

«No, non più. No, non posso più dormire accanto a te con il mio pisello contro il tuo culo, a meno che tu non mi permetta di prenderti. Un uomo può controllarsi solo fino ad un certo punto».

«Lo capisco».

«E visto che ti sto dicendo tutto, ti dico pure un'altra cosa, dal momento che può darsi che avremo da fare stasera, e che quindi forse non riuscirò a farlo».

«Va bene...».

«Abbiamo solo qualche giorno qui. So che devi prenderti del tempo per decidere cosa fare, ma a me sembra che siamo diventati almeno ottimi amici, per cui ti devo dire, come amico, che penso che facendoti inseminare artificialmente in Germania commetteresti un grandissimo errore».

«Okay. Dimmi perché».

«È vero che si tratta di un sacco di soldi, lo capisco, ma i soldi non sono tutto, Kendall. Quando il panico della scadenza sarà passato, ti guarderai indietro e rimpiangerai di aver dato via il tuo bellissimo bambino, e credimi, quel bambino sarà bellissimo se è tuo figlio. Non puoi scherzare con la vita umana, e i soldi non ti renderanno felice. La tua infanzia ne è la prova. Non posso darti la ricchezza, ma questo è ciò che penso».

Lo guardai negli occhi, assorbendo le sue parole prima di chiedergli: «Cosa ti rende felice?»

«Tu», mi disse senza esitare. «Sei l'unica cosa che mi ha reso felice da tanto tempo, e non voglio perdere questa sensazione».

«Grazie. Anche io mi sento così e ho ascoltato la tua opinione... Credimi, ti ho ascoltato bene».

Carter prese un respiro profondo e guardò il telefono. «Andiamocene prima che si svegli e mi costringa a lavargli il culo».

«Cosa? È già successo?»

«Ha problemi alla schiena e difficoltà a pulirsi bene. Tornerò domani a vedere come sta».

«Dio, sei un santo».

«Nah. Faccio solo quello che farebbe qualsiasi figlio devoto». Mi fece l'occhiolino.

«Hai detto che questa sera avremo da fare. Cosa intendi?».

Aveva un'aria troppo divertita e mi insospettii. «Ti lascio indovinare, ma ti dico solo... Ricorda dove siamo!».

«Dammi un indizio».

«Comincia con la B».

«Bocchino?»

«Cazzo. Perché hai detto questa cosa? Ora dovrò saltare su uno scooter con l'erezione più grossa del mondo».

Mi concentrai e ripetei fra me e me: «Ricorda dove siamo... dove siamo... Lo so! Barbecue!».

«Brava, ma no. Ti do un altro indizio. Forse sarai fortunata».

«Bavaglio?»

«Bingo!».

«Ho indovinato? Mi metti un bavaglio?»

«No, Soda. *Bingo*. Stasera andiamo al bingo».

Capitolo quindici

Kendall

«Vieni!», gridai mentre mi guardavo allo specchio nella camera degli ospiti, finendo di raccogliermi i capelli in una coda di cavallo.

La porta si aprì. «*Vieni*? Devi smetterla di parlarmi così quando stiamo per uscire e andare in mezzo a un sacco di vecchietti».

Risi. «Dai, non ho detto niente di che. Sei tu che hai una mente perversa, Carter!».

Si mise dietro di me e parlò al mio riflesso. «Penso che tu debba evitare alcune parole stasera, tipo venire e via dicendo».

«Del tipo?»

«Così su due piedi? Succhiare, toccare, cavalcare, piegarsi, ingoiare, dentro, bagnata, carne, palle, gustare, morsicare, leccare, spingere, caldo, pulsare, sfondare, ciliegia, mangiare, accarezzare, spingere, scopare, infilare e riempire».

Alzai le sopracciglia. «Caspita, ne avevi un bel po' sulla punta della lingua!».

Carter si guardò i piedi e gemette. «Cazzo. È meglio se aggiungi la parola *lingua* alla lista».

«Carter, penso tu sia impazzito». Mi sistemai i capelli e mi girai a guardarlo. Dato che era dietro di me, non avevo notato che cosa avesse addosso. «Indossi l'uniforme per andare a giocare a bingo?».

Carter, così sicuro di sé, arrossì. «Piace alle nonnine».

Mi coprii la bocca e risi. «Oddio... Sei il playboy delle nonne!».

«Ma taci...». Carter era imbarazzato. Era la prima volta che lo vedevo fare il modesto di fronte alla propria bellezza, per cui non potei fare a meno di prenderlo in giro.

«Sei il cavaliere della tombola!».

«Piantala».

«Il sogno delle nonne!».

Scosse la testa, ma vidi che stava trattenendo le risate.

«Sei un... PILF!».

«Un che?»

«Come MILF. Ma in versione pilota».

Carter mi acchiappò la coda di cavallo. «Continua pure, chiacchierona. E ogni volta che mi prenderai in giro ti provocherò anche io». Mi tirò su i capelli ed espose il mio collo al suo sguardo. Poi si chinò e prese a leccarmi piano, dal collo all'orecchio. Quando miagolai sottovoce, mi sussurrò all'orecchio: «Se vuoi dormire qui, dovrai chiuderti dentro, stanotte».

Avevo ancora le labbra gonfie quando arrivammo al Bingo con dieci minuti di ritardo. Tutti applaudirono quando Carter entrò. Alcuni signori vennero a salutarlo stringendogli la mano e dandogli pacche sulla schiena, mentre le donne erano tutte emozionate. Era la cosa più strana che avessi mai visto. Carter era come una rockstar... ma in un centro per anziani.

Rimasi a guardare in fondo alla stanza fino a che una donna si avvicinò. «Devi essere Kendall?»

«Sì. Come lo sa?»

«Carter mi ha mandato un messaggio qualche ora fa per dirmi di prendermi cura della sua ragazza e, be'...». Si guardò attorno. «Sei l'unica dell'età giusta per essere la sua fidanzata».

Sorrisi, e lei mi offrì il braccio. «Vieni. Sono Muriel, ti ho tenuto un posto fra me e Berta».

Muriel e Berta avevano una dozzina di cartelle della tombola davanti a loro. Entrambe avevano messo sul tavolo degli oggetti personali. Muriel aveva una fotografia con tre bambini in una cornice d'argento, una bottiglia d'acqua, tre timbri di colori differenti e una ciotolina di caramelle. Quando vide che stavo guardando la fotografia, me la mostrò.

«Questi sono Seth, Rachel ed Emma. I figli di mio figlio. La madre è una stronza, ma mi ha dato tre bellissimi nipotini, per cui la sopporto».

«Sono bellissimi».

«Grazie. Tu e Carter volete avere dei figli?».

Alla menzione dei bambini mi si strinse il cuore. «Non lo so, non ci conosciamo da tanto».

Berta si sporse verso di noi e disse: «Farei figli con lui se potessi... Pensa a tutti quei bimbi con le fossette».

«Ignorala», mi disse Muriel. «Beve prima di venire al Bingo. Non protestiamo perché così non ci vede bene e abbiamo più possibilità di vincere».

«Guarda che ti sento!», gridò Berta.

Muriel scrollò le spalle e la ignorò. Berta aveva quattro lattine di 7-Up davanti a sé e me ne offrì una. «Vuoi una 7-Up, bambolina? Tranquilla, ho anche una bottiglia con qualcosa per correggerla. Devo nasconderla in una bottiglia perché alcuni repressi hanno deciso che non si può bere durante la tombola».

Muriel rise sarcasticamente. «Dille perché abbiamo stabilito questa regola, Berta».

Berta bevve un sorso dalla sua tazza rossa. «I pantaloni mi stavano troppo stretti, li ho slacciati e ho dimenticato di riallacciarli prima di alzarmi. Hanno avuto una reazione spropositata, come se non avessero mai visto un bel culetto in vita loro».

«Il tuo non è più un bel culetto dal 1953, e inoltre non ha detto che quando ha cercato di camminare con i pantaloni attorno alle caviglie è caduta trascinando il signor Barthman giù con lei. Si è rotto un dente sbattendo la faccia», aggiunse Muriel.

«Era una dentiera, non un dente vero».

Muriel e Berta continuarono a battibeccare, facendo a turno a urlarmi in un orecchio o nell'altro. Quando guardai dall'altra parte della stanza vidi che Carter stava ridendo. Alzò un dito e provò il microfono prima di dire: «Allora, come stanno tutte le mie fanciulle?».

Le donne si misero a gridare e fischiare.

«Siete tutte pronte? Stasera partiamo con un gioco che vorrei dedicare alla mia ospite. Una linea orizzontale. Bastano cinque caselle in fila per vincere». Guardò verso di me, mi fece l'occhiolino e continuò. «Qualunque posizione orizzontale tu voglia assumere con me ti farà guadagnare un premio».

Volsi gli occhi al cielo. Berta mi diede una delle sue tabelle, un timbro e uno dei suoi troll dai capelli stopposi, augurandomi buona fortuna prima che la partita iniziasse.

Carter rimase dietro a un meccanismo con dentro delle palline bianche. Spinse una leva e le palline cominciarono a girare. Le fermò e prese una pallina. «Stasera cominciamo con una paperella».

Calò il silenzio e tutti si misero a timbrare qualcosa. Non

avevo idea di cosa stesse succedendo, ma Muriel timbrò il numero due. Quando vide che ero confusa, mi spiegò: «Nella tombola, la paperella rappresenta il numero due, perché il due sembra una paperella».

Non avevo un due, ma osservai Carter che controllava la stanza in attesa che tutti avessero timbrato le loro tabelle. Quindi abbassò di nuovo la leva e questa volta disse: «Mia nonna è tanta tanta!».

Muriel tradusse per me un'altra volta. «Vuol dire sessanta. Tanta fa rima con sessanta».

Ancora una volta tutti si misero a timbrare le cartelle. Ero l'unica che aveva bisogno di un dizionario del linguaggio della tombola. Mentre tutti controllavano le cartelle, Carter cominciò a canticchiare nel microfono. Riconobbi la melodia, ma non riuscivo a ricordarmi il titolo.

Qualche tempo dopo, Carter guardò una palla e mi fece l'occhiolino. «Da qualsiasi lato lo si guardi! Il mio preferito».

Non ebbi bisogno di Muriel per capire che era il numero sessantanove.

Tutta la sera continuò a canticchiare la stessa canzone. All'inizio pensai che fosse dei Beatles, ma quando cantò la strofa iniziale – *Bisogna sapere quando è il momento di passare la mano a carte* – riconobbi una canzone di Kenny Rogers, *The Gambler*.

Ero curiosa. «Carter canta sempre i Beatles quando gioca a tombola?», chiesi a Muriel.

«Un tempo sì, ma poi l'abbiamo portato a vedere un concerto di Kenny Rogers per il suo compleanno».

«Lo avete portato a vedere Kenny Rogers?»

«Sì. La maggior parte di noi non festeggiava più il compleanno, ma quando Carter è venuto a vivere qui le cose sono cambiate. Ora non vediamo l'ora. Per il suo compleanno gli facciamo vivere qualcosa dei nostri tempi, e per il nostro compleanno lui ci sorprende con qualcosa di moderno».

Quanto era profondo il legame di Carter con quelle persone… ero senza parole. «E cosa ha regalato a te?». Gli occhi di Muriel si illuminarono.

«Un paio di scarpe da ginnastica Reebok gonfiabili. Avevo la schiena a pezzi, ma da quando ho queste scarpe… le gonfio e cammino senza dolore».

«Non sapevo neanche che le facessero ancora».

A fine serata, mi ero divertita tantissimo. Muriel mi aveva scritto la ricetta del piatto preferito di Carter e Berta, che era mezza ubriaca, mi aveva raccontato un sacco di barzellette sporche sui piloti. Ero in una stanza piena di nonni a giocare a tombola, eppure non avrei voluto essere da nessun'altra parte. In quel momento, mentre guardavo Carter da lontano che metteva a posto tutto e nel frattempo chiacchierava, mi resi conto di quanto mi fossi innamorata. Muriel notò che ero persa in contemplazione di Carter.

«Confusa?».

Sospirai. «Come l'hai capito?»

«Ci sono passata. Ho riconosciuto la tua espressione. Mi è capitato con il mio Connor. L'ho conosciuto a diciotto anni, e avevo paura di lui! Aveva un carisma incredibile, proprio come Carter. Cercai di stargli lontano, ma era bellissimo e per di più era un poliziotto, pure un po' rude».

Sorrisi. «Hai detto *il mio Connor*. Quindi alla fine hai smesso di scappare, giusto?».

L'espressione di Muriel cambiò. «Sì, ma ormai avevo trentacinque anni».

«Cos'è successo?»

«Io avevo diciotto anni e lui venticinque. Ero una ragazza ebrea dell'est e lui un irlandese appena sceso dalla nave. Il mio cuore diceva sì, ma la testa no. E anche mio padre disse no. Feci l'errore di ascoltare la testa invece che il cuore. Alla fine, io andai da una parte e lui dall'altra, e perdemmo quasi venticinque anni prima di ritrovarci».

«Wow. E lui… vive qui con te?»

«È venuto a mancare nel 1982. Un posto di blocco finito in tragedia. Ha fermato un tizio con il bagagliaio pieno di pistole. Gli ha sparato e mi ha resa vedova a trentasette anni. Qualche giorno dopo il suo funerale, scoprii che ero incinta di nostro figlio».

Mi portai la mano al petto. «Mio Dio, mi dispiace».

Annuì. «Grazie. Non ti ho raccontato il mio dolore per farti intristire, ma per ricordarti che la vita è breve. Metà della gente al mondo ti dirà di seguire la testa, metà di seguire il cuore. Il mio consiglio è di seguire quello dei due che non è confuso. La parte più forte di te convincerà l'altra».

Carter ci raggiunse spingendo un uomo in sedia a rotelle. «Sei pronta? Devo solo aiutare il signor Hankman a entrare in macchina».

Ringraziai Muriel abbracciandola. «Grazie di tutto».

Capì al volo che cosa intendessi. «Prego, cara. Prenditi cura del nostro capitano e io farò in modo di evitare che Berta venga a bussare alla tua porta in accappatoio pensando di poter sedurre un giovane pilota».

Carter la baciò sulla guancia. «Buonanotte, Muriel».

Appena se ne furono andati tutti, Carter chiuse l'edificio la chiave e tornammo a casa sua. Camminando, mi prese la mano.

«Posso chiederti una cosa?»

«Qualsiasi cosa».

«Come mai conosci tutti quei termini della tombola? Tipo, ottantatré, ora del tè, e ventitré, tu e me?»

«Alcuni me li hanno insegnati i nonnini. Ho notato che si divertivano quando li usavo. Quindi ne ho cercati altri e li ho imparati assieme ad alcuni altri giochi». Carter scrollò le spalle. «Ho molto tempo per imparare durante i voli transatlantici». Rise. «Anche se credo che il mio co-pilota abbia pensato che ero impazzito quando l'ho convinto a farmi domande sulla tombola durante il volo dalla Germania a New York».

«Non so come prenderti, Carter. Un momento mi dici porcherie e il momento dopo mi porti a giocare a tombola».

«Non è esattamente il tipo di appuntamento a cui sei abituata».

«Decisamente no».

«Stasera ti porto a un vero appuntamento. Solo io e te, in un ristorante di lusso».

«Non intendevo questo. Volevo dire che questa sera è stata una delle più belle sere che abbia mai trascorso».

«Veramente?».

Annuii. «Gli appuntamenti hanno lo scopo di imparare a conoscersi. So che è triste, ma questa è la prima volta che me ne rendo conto. A dire la verità, per me un appuntamento si basava su dove mi avrebbero portato, cosa indossavano, quanto avrebbero speso. Il cognome dei miei accompagnatori aveva più importanza di come trattavano le loro famiglie. Ma stasera ho avuto una rivelazione».

«Una rivelazione?».

Eravamo ancora in piedi sul marciapiede tenendoci per una mano, e gli presi anche l'altra. Respirai profondamente e nel bel mezzo di quella comunità di anziani decisi che era il momento della verità. «Sono pazza di te, Carter Clynes. Preferisco giocare a tombola con te, seduta in mezzo a Muriel e Berta che litigano, che in un ristorante a cinque stelle con un Rockefeller. Tu canti Kenny Rogers perché sai che lo amano, tagli le unghie al tuo finto padre, compri scarpe da ginnastica a una signora anziana per farle passare il mal di schiena». Lo presi fra le mie braccia e facendo un altro respiro lo guardai negli occhi. «Sono pazza di te, Carter. Non vorrei essere da nessun'altra parte se non accanto a te, ovunque saremo».

Carter appoggiò la fronte alla mia e chiuse gli occhi. Rimase in silenzio per un attimo prima di parlare. «Soda, non hai idea di quanto sia importante per me sentirti dire queste parole. Anche io mi sento così, forse anche di più. Non ho tutte le risposte per te, ma voglio essere la persona che ti aiuterà a trovarle».

Le lacrime mi scendevano lungo le guance. «Sono felice, Carter. Così dannatamente felice, e sono anche terrorizzata allo stesso tempo».

Raccolse le mie lacrime con le dita. «Anche io, bellissima. Anche io».

In quel momento, una decappottabile rossa si fermò accanto a noi e il finestrino si aprì. «Hai bisogno di un passaggio, Cap?».

Carter alzò la mano. «Tutto a posto, George. Ma grazie».

L'anziano lo salutò. «Vero che sembro più giovane con questa macchina? Alle ragazze piace un sacco».

«Verissimo, George. Vai a prenderle, amico. Ma stai attento all'anca».

La macchina partì, e improvvisamente mi resi conto di una cosa. «Ma quella non era una Porsche?»

«Sì».

«Era la tua macchina, vero? La macchina che hai dato a un amico che si era operato alla schiena?»

«Ne aveva più bisogno di me». Carter mi mise il braccio attorno alle spalle. «E poi non ho bisogno di quella macchina per rimorchiare. Trovo delle belle bionde andando a giocare a tombola».

Capitolo sedici

Carter

Era una tipica notte da Florida, fresca e con un po' di pioggerella. Ma non c'era la classica luna: anzi, quella era spettacolare, magica. E anche io mi sentivo diverso; mi sembrava che il cuore dovesse balzarmi fuori dal petto, come se con Kendall stessi esplorando un nuovo territorio, come se stesse per succedere qualcosa di importante.

La ragazza che adoravo mi aveva appena detto, con le lacrime agli occhi, che anche lei era pazza di me.

Non volevo che quel momento finisse, non volevo che quella notte finisse. Ero al settimo cielo. Cazzo, no... ero al sessantanovesimo cielo!

Durante la tombola non ero riuscito a toglierle gli occhi di dosso, non vedevo l'ora che fossimo soli. Camminando mano nella mano, restai intenzionalmente indietro per contemplare la sottile stoffa setosa del suo vestito che le faceva risaltare le forme. Mi sentivo l'uomo più fortunato del mondo, perché lei stava venendo a casa con me.

Aggiustandomi i pantaloni per contrastare un'erezione quasi dolorosa, guardai il lago in lontananza. Sapendo che a quell'ora dovevano essere tutti a letto, sapevo che avremmo avuto il lago tutto per noi. I residenti ci andavano a stento anche durante il giorno.

Volendo continuare la serata, chiesi: «Vuoi venire al lago? Facciamo una nuotata?».

Venire.

La mia mente malata. Non riuscivo a spegnerla.

«Non ho il costume, e questo vestito si lava solo in lavanderia. Non posso bagnarmi».

Bagnarmi.

"Cazzo".

Alzai un sopracciglio. «Pensavo di nuotare nudi, a dir la verità».

«Ah, *quel* tipo di nuotata». Si morse un labbro. «Certo, capitano. Stanotte sono disposta a fare qualsiasi cosa».

Qualsiasi cosa.

Kendall strillò quando la sollevai senza preavviso e corsi verso il lago; mi allacciò le braccia attorno al collo. Non mi ricordavo l'ultima volta che mi ero sentito così eccitato; ero come un adolescente. Non mi ricordavo neppure il giorno in cui mi ero sentito così felice; forse prima che Lucy morisse. Una cosa era certa: non avevo dubbi su quanto Kendall mi rendesse felice.

Quando la rimisi a terra, mi guardò. Indossavo ancora l'uniforme da pilota ed ero molto più alto di lei. Seguì i movimenti delle mie mani mentre mi sbottonai la camicia e la lanciai sull'erba. Sapevo che non c'erano case vicine, e che a quell'ora nessuno ci avrebbe sorpresi nudi.

Dopo essermi tolto la cintura, mi sfilai i pantaloni e mi misi le mani sui fianchi, mentre lei mi osservava.

Aveva le palpebre pesanti, piene di lussuria, mentre guardava il mio pene gonfio che praticamente bucava i boxer. Me lo fece diventare ancora più duro. Non nascosi la mia eccitazione, volevo che capisse che effetto mi stava facendo.

«Sai nuotare, vero, Soda?».

Guardò in su e incontrò i miei occhi. «Sì, nuoto bene sulla schiena».

Schiena.

"Cazzo".

Il mio uccello si mise sull'attenti.

«Ti ci metto volentieri sulla schiena», dissi, camminando piano verso di lei.

«O puoi mettertici tu sulla schiena».

Le allacciai le braccia attorno alla vita. «Sì, anche quello».

«Il nuoto rafforza i pettorali», disse, resa vaga dal mio tocco.

Baciandola sul collo e sui seni, dissi: «Pettorali, eh?»

«Vuoi strofinarti fra i miei seni, Carter?»

"Cazzo".

Il pene mi pulsava, ora.

«Sogno di venire sulle tue tette sode e bellissime da quando ci siamo incontrati all'aeroporto. Mi stai uccidendo, sporcacciona. Sto annegando, e non sono ancora entrato in acqua».

«Non ti preoccupare, se anneghi, conosco la respirazione bocca a bocca». Sorrise contro le mie labbra.

Tirandole una spallina, chiesi: «Posso toglierti questo?».

Annuì in silenzio. Le sfilai il vestito dalla testa e le tolsi il reggiseno, lasciandolo cadere. Le presi in bocca un capezzolo e lo mordicchiai. Gemetti: stavo perdendo il controllo.

Le tolsi il perizoma e notai quanto fosse bagnato; anche a lei stava accadendo quello che stava accadendo a me.

Faceva fresco e, quando rabbrividì, un enorme desiderio di scaldarla mi prese e mi costrinse a stringerla, nuda, a me. Persi velocemente il controllo.

Quando due persone erano legate come noi, non c'era

bisogno di parole. Mi infilò le unghie nella schiena; sentivo il suo cuore contro il mio. Con ogni fibra del suo essere, mi stava dicendo che era pronta ad arrendersi all'attrazione che era nata quando ci eravamo incontrati. Non c'era più alcun riserbo fra di noi.

Là, sotto una magnifica luna, seppi che l'avrei presa subito, senza neanche arrivare in acqua, anche se eravamo in un luogo pubblico. Le presi il viso fra le mani; cademmo sull'erba e le coprii il corpo col mio, il mio peso su di lei. Attraverso i boxer, mi sfregai contro di lei e la feci contorcere sotto di me. Mi stava bagnando i boxer col suo calore, e il bisogno di entrare dentro di lei era irresistibile. Eravamo come due adolescenti pieni di desiderio. I suoi fianchi si alzarono; senza usare parole, mi aveva implorato di darle di più.

Interruppi i nostri baci solo per dire: «Non posso resistere, Kendall, se continui così verrò su di te e non dentro di te, come preferirei».

«Allora vieni dentro di me».

«Sul serio, dimmi di smettere o lo facciamo qui, nel giardino di un anziano».

La sua risposta fu spingersi contro di me, allacciarmi le gambe attorno alla schiena e cercare di togliermi i boxer.

Freneticamente, cercai i miei pantaloni, perché nella tasca di dietro avevo un preservativo. Me lo portavo dietro da un po'; non sapevo quando avrei perso il controllo, con lei, e dovevo essere preparato. Meno male che l'avevo portato quella sera. Quel preservativo ci seguiva fin da Rio.

Armeggiai con la confezione; non ne avevo mai aperto uno così velocemente. Me lo infilai, e solo il pensiero di ciò che stava per succedere per la prima volta era sufficiente a farmi venire prima ancora di aver cominciato.

Affondare dentro di lei mi rese euforico. Lei si allargò per me a mano a mano che mi muovevo dentro di lei. Non potevo resistere, e ci diedi dentro. Era il sesso più crudo, più spontaneo che avessi mai provato. Ma era anche sesso disperato, perché pur dentro di lei, nudi sull'erba, non sapevo se di lì a pochi giorni l'avrei persa.

L'idea mi terrorizzava.

Il pensiero di perderla fece sì che la prendessi ancora più forte, più possessivamente.

«Apri di più le gambe».

Obbedì e mi prese il sedere per guidare i miei movimenti. Eravamo come due animali in calore che si accoppiavano nel silenzio della notte. Pensai ai piccoli aeroplani che volavano basso nei paraggi. Se fosse stato giorno, avremmo dato un bello spettacolo: il mio culo che affondava dentro Kendall nel giardino di qualcuno.

Volevo lasciarmi andare all'orgasmo, ma avevo un solo preservativo e dovevo farlo durare, perché ci sarebbe voluto troppo tempo per andare a casa. La notte era silenziosa, a parte il nostro respiro affannoso, i nostri corpi uniti, io che mi muovevo fuori e dentro di lei. Era come un cortocircuito dei sensi e stavo annegando, annegando dentro di lei.

Kendall era più piccola delle donne a cui ero abituato e temevo di farle male. Era difficile prenderla come volevo con tutto il mio peso su di lei. Mi sorprese quando improvvisamente si staccò da me e si girò, voltando il suo bellissimo sedere in su. Voleva che la prendessi da dietro. Era come se mi avesse letto nel pensiero.

Tirando i suoi capelli biondi, mi godetti la sensazione di entrare dentro di lei un'altra volta. Guardare il suo sedere sodo mentre mi spingevo dentro di lei era troppo. Dopo pochi secondi, cominciò il mio orgasmo.

«Cazzo, Kendall, sto venendo... Dio, è così...». Persi la capacità di parlare e le mie parole si confusero nella notte.

«Anche io», disse mentre si spingeva contro di me, ancora e ancora, spremendomi tutto.

Era come se l'orgasmo non finisse mai; la giusta conclusione dopo giorni e giorni di preliminari fisici e mentali. Il mio corpo tremò fino a che non mi fui svuotato fino all'ultima goccia nel preservativo.

Volevo ancora di più.

Uscii da lei delicatamente e la girai in modo che potesse guardarmi. Ci baciammo sull'erba mentre si sfregava, bagnata, contro i miei addominali.

«Sono di nuovo duro, piccola. Devo staccarmi da te, altrimenti non saprò resistere e non ho altri preservativi. Dobbiamo tornare a casa adesso, in questo momento».

«Okay», disse e mi baciò ancora più forte, facendomi collassare contro di lei.

«Hai presente quella cena speciale che dobbiamo fare domani sera?»

«Sì». Sorrise.

«Penso che dovremmo ordinarla a casa, perché non credo che riuscirei a non toccarti in pubblico. Va bene?»

«Mi sembra un ottimo piano».

Costringendomi a uscire da lei, dissi: «Dobbiamo andarcene da qua».

«Devo solo lavarmi velocemente nel lago».

Corse davanti a me e la rincorsi. Giocammo nell'acqua per qualche minuto; la sollevai, la lanciai nell'acqua, la feci girare e ci baciammo ancora e ancora. Come pilota avevo girato il mondo, ma mai nulla era stato così spettacolare come quella notte con Kendall al lago.

Notammo dei fari, e ci raggomitolammo nell'acqua finché qualsiasi cosa fosse non fu passata. Non sapevo se fosse stata una macchina o qualcuno con una torcia. Sarebbe stato assurdo finire nei guai nella notte più bella della mia vita. Non potevo permettere che succedesse.

«Sei pronta, bella?»

«Sì. Portami a casa, capitano».

«Dove cazzo sono i miei pantaloni?».

Si strizzò l'acqua dai capelli. «Non li trovi?»

«No, e neanche i boxer».

«Stai scherzando? Forse ha qualcosa a che fare con le luci che abbiamo visto?»

«Mi sa che qualcuno ha pensato che sarebbe stato un bello scherzo portare via i miei vestiti».

Kendall si coprì la bocca. «Oddio. Scusa se rido, ma è una follia. Vuoi che vada a casa tua a prenderti dei pantaloni?»

«Sarebbe perfetto, ma le chiavi di casa erano nei pantaloni».

«Merda». Mi lanciò il suo perizoma.

«Cosa fai?»

«Mettitelo».

«Questo cosino non mi copre neanche la metà dei gioielli di famiglia».

«Meglio di niente».

Mi massaggiai le tempie e cercai di pensare. Casa mia era a mezzo chilometro di distanza.

«Andiamo da Gordon. È più vicino, proprio qui all'angolo. Starà dormendo, ma tiene una chiave in un vaso vicino alla porta. Andrò da lui a prendere un paio di pantaloni».

Non potemmo fare a meno di ridere. Correndo, con una mano tenevo la sua e con l'altra mi coprivo il sedere. Finalmente arrivammo da Gordon, e lei mi aspettò fuori.

Gordon stava russando quando entrai nella sua camera

da letto. L'armadio scricchiolò quando lo aprii, e lui si svegliò.

«Papà, sono io, tutto a posto», sussurrai.

«Brucey?»

«Sì».

«Cosa fai qui?»

«Ho bisogno di un paio di pantaloni».

«In che guaio ti sei cacciato?»

«Stavo facendo il bagno nudo con una ragazza, e qualcuno mi ha fregato i pantaloni».

«Michelle Pfeiffer?»

«Sì». Sorrisi nel buio.

«E bravo Brucey», disse e ricominciò a russare.

Fermando i pantaloni con una cintura, tornai fuori da Kendall. Non riuscivamo a smettere di ridere camminando verso casa. I pantaloni mi stavano larghi e corti.

Entrai in casa mia dalla finestra e portai Kendall in braccio in camera da letto. Senza neanche metterla giù, cercai un preservativo.

«Per favore, dimmi che ti toglierai quei pantaloni».

Risi contro la sua bocca e annuii, togliendo gli enormi pantaloni di Gordon e facendoli cadere. Aprii il preservativo coi denti e me lo misi senza neanche metterla giù. Annaspai penetrandola. Era già bagnatissima.

«Cazzo, non ti potrò mai più lasciar andare via, Soda. Lo sai vero? È troppo bello, troppo dannatamente bello». Ero già drogato di lei e non potevo neanche immaginare di non avere più tutto ciò nella mia vita, di non avere più lei nella mia vita.

«Carter», gemette.

Spinsi dentro di lei. «Kendall».

Ancora. «Kendall».

E ancora. «Cazzo, Kendall. Come farò a tornare a fare il

pilota quando l'unica cosa che voglio è fare *questo* con te per tutto il resto della mia vita?».

Cominciò a contrarsi attorno al mio pene, e venni di rimando. La sua schiena sbatté contro il muro mentre mi muovevo ancora dentro di lei, anche se avevamo finito.

Il sudore imperlava i nostri corpi. Era svuotata. «Sono come impazzito per te, non mi sono mai sentito così. Non so cosa succederà domani, non so neanche dove sono i miei pantaloni! So solo che non posso lasciarti andare, piccola». La strinsi a me. «Non posso lasciarti andare».

Il cuore mi batteva più forte di quanto avesse mai fatto dopo il sesso. Il motivo era che *non* era stato solo sesso, ma molto di più.

Capitolo diciassette

Kendall

Il profumo del bacon riempiva l'aria. Avvolgendomi il lenzuolo attorno al corpo nudo, seguii il mio naso fino in cucina. Mi fermai sulla porta per godermi la scena. Carter era completamente nudo, con il suo sedere sodo che si muoveva di qua e di là mentre friggeva del bacon e cantava una canzone dei Beatles, *I Got a Woman,* assieme alla radio. Era veramente una vista meravigliosa. Il colmo del magnetismo di Carter Clynes era davanti ai miei occhi: bello, sicuro di sé, giocoso, amorevole, un po' pazzo e completamente magico.

Quando si accorse che ero sulla porta, sentii il suo sorriso sbocciarmi nel petto e il cuore mi si gonfiò d'amore quando mi si avvicinò, mi prese la mano e mi allacciò l'altro braccio attorno alla vita. Mi strinse a sé e mi guidò con sicurezza, mentre ballavamo piano.

Cantò le parole della canzone contro il mio orecchio.

I got a woman. I got a woman.

Ho una donna, ho una donna.

Era uno di quei meravigliosi momenti nella vita che sembrano un sogno. Volevo che durasse per sempre; volevo che *noi* due durassimo per sempre.

La canzone finì e Carter mi baciò sulla fronte. «Buongiorno, bellissima».

Dio, non poteva esserci un modo migliore di cominciare la giornata, giusto? «Da quanto sei sveglio?», chiesi.

«Non tanto, forse mezz'ora».

La padella dietro di lui stava fumando. «Ehm... mi sa che stai bruciando la pancetta».

«Merda». Corse al fornello e abbassò la fiamma.

Ridacchiai. «Meglio che ti metti i pantaloni prima di bruciarti le parti più importanti».

Con in mano la spatola, disse: «Più importanti, eh? Intendi le mie mani?»

«Quelle sono importanti, ma non parlavo di loro».

Fece una smorfia. «Le mie labbra? Ti preoccupi delle mie labbra?»

«Anche loro sono importanti. Specialmente quando muovi la lingua in quel modo, la giri e poi la fai vibrare...».

Le sue pupille si dilatarono e la sua voce si fece profonda e roca. «Ti piace?».

Arrossii pensando a quante volte mi aveva procurato un orgasmo con la bocca. Annuii.

Senza togliermi gli occhi di dosso, spense la fiamma e tolse la padella dal fuoco. «Non so neanche più di cosa stiamo parlando».

«Ti stavo dicendo di coprire certe parti del corpo per evitare di bruciarti con il grasso della pancetta».

«Le copro eccome». Venne verso di me e mi sorprese prendendomi in braccio e buttandomi sulla spalla come un pompiere. «Coprirò tutte le mie parti entro dieci secondi».

Mi sculacciò, andando verso la camera da letto.

«E il bacon?»

«Chi se ne frega della colazione. Mangio te».

Era già pomeriggio prima che pensassimo a mangiare. Carter aveva appena messo uno dei piatti preparati dalle nonne nel forno a microonde e stavamo mangiando gulasch passandoci il contenitore a vicenda. Succhiò un noodle incrociando gli occhi; era una cosa infantile da fare e mi chiesi come doveva essere stato Carter da piccolo.

«Hai delle foto?», chiesi.

«Non recenti».

«Ne hai di te da bambino?»

«Sì, a dire la verità. Quando mi sono trasferito in Florida, mia mamma mi ha fatto un album di foto di famiglia. L'ho trovato con una lettera mentre disfacevo le valigie. Diceva che voleva che ricordassi quanto fossi stato amato e mi chiedeva di guardare l'album almeno due volte l'anno, il giorno del mio compleanno e il giorno del suo».

«Che dolce!».

Mi passò il contenitore ormai quasi vuoto, ma rifiutai. «Sono piena, finiscilo pure tu».

«Mi piace mangiare con te, mangi solo la metà e io finisco il resto».

«Attento o finirai per avere la pancia se mangi due cene tutte le volte».

«Stai sicura che consumeremo le calorie, e anche di più».

Non avevo dubbi che avremmo consumato tutto. Carter mi passò l'acqua e feci un sorso. «E tu fai quello che ti ha chiesto tua mamma? Guardi l'album due volte all'anno?»

«Sì».

«Quand'è il tuo compleanno?»

«Il 4 luglio».

«Scherzi?»

«No. Perché?»

«Perché anch'io compio gli anni il 4 luglio».

Carter mormorò: «E tutti i pezzi del puzzle vanno a posto».

«Cosa?»

«Lo diceva sempre mia madre».

«Cosa facevi per il tuo compleanno da piccolo?».

Carter finì gli ultimi noodles nel contenitore e si alzò. «Ti faccio vedere».

Tornò un istante dopo con un album di fotografie e si sedette appoggiandosi alla testiera del letto. «Ti faccio vedere». Sistemandomi in modo che fossi accanto a lui, aprì l'album. Nella prima pagina c'erano due foto di un bimbo grassottello che poteva avere circa quattro mesi.

«Sei tu?»

«Sì. Guarda che palle grosse che ho. Sono tutte così grosse quelle dei neonati? O solo le mie?»

«Non lo so! Ma eri così carino! E grassottello».

Nella pagina seguente c'erano fotografie di due bambine sui sei o sette anni e di un bimbo di circa quattro, che era sicuramente Carter. Si capiva dalla fossetta sul mento, che l'avrebbe identificato anche se fosse cambiato con la crescita. «Sono le tue sorelle?».

Annuì. «Catherine e Camille».

Sembravano avere la stessa età. «Sono gemelle?»

«Sì. Dizigotiche. Anche mia madre ha una gemella».

Carter, Catherine, Camille. «Come si chiamano i tuoi genitori?»

«Mamma si chiama Calliope e papà Carter».

«Ah, siete una di *quelle* famiglie, eh?». Gli diedi un colpetto sulla spalla con la mia. «I nomi che cominciano con la stessa lettera?»

«Cinque persone, tutte con la doppia C come iniziali. Da piccolo era una cosa che odiavo, non so perché».

Girò le pagine e guardai Carter che cresceva davanti

ai miei occhi. Era un neonato molto carino e un bimbo ancora più carino, ma diventò bellissimo da adolescente. Ridemmo guardando il taglio di capelli che si evolveva negli anni. Le ultime foto erano recenti. Presi una foto di Carter con una bimba che doveva avere circa due anni. Erano seduti davanti a un albero di Natale. «Chi è questa bambina? È adorabile».

Aveva i capelli biondissimi legati in due codini e il cappello da pilota di Carter le copriva gli occhi. Sorrideva con una boccuccia coperta di cioccolato e in mano aveva un dolcetto al cioccolato mezzo schiacciato.

«È Corinna, la figlia di Camille. Non lasciarti ingannare dal viso angelico, è un diavoletto».

«Sono sicura che è dolcissima. Un altro nome con la C?»

«Già. Catherine ha un maschio. Indovina come si chiama».

«Charlie? Chance? Cash? Cristopher?».

«Cristopher».

«E tu, rispetterai la tradizione? Forse avrai un piccolo Carter o una piccola Claire?».

La sua espressione cambiò completamente. I suoi occhi assunsero un'aria seria che non avevo mai visto. «Non lo so, non ci ho mai pensato». Sembrò perdersi nei suoi pensieri per un po', e poi disse: «Non ero neanche sicuro di volere figli, visto che sono via dodici giorni al mese, ma ora comincio a chiedermi se è qualcosa che desidero. Penso che la donna giusta possa cambiare ciò che un uomo vuole dalla vita. Dipende da lei. Da noi».

Deglutii. «Capisco».

Abbassò gli occhi sull'album. L'ultima foto era di lui, i suoi genitori e le sue sorelle. Tutti sorridevano con le braccia l'uno attorno all'altro. Passò le dita sulla pagina. «Le mie sorelle cercano di convincermi ad avere figli. Si comportano come se avessi cinquant'anni invece di trenta. Per anni, mia mamma mi ha detto una cosa che sembra uscita da un biglietto d'auguri».

«Cosa?»

«Che avrò dei figli quando sarò pronto a smettere di viaggiare per il mondo, cercando ciò che avevo già a casa». Continuava a guardarmi negli occhi. Da quando avevo visto Carter Clynes nella lounge di quell'aeroporto il mio cuore era andato a mille all'ora, ma in quel momento sentii che mi stava succedendo qualcosa. Il cuore rallentò, fece un respiro profondo, e sospirò. Si arrese, incapace di continuare a combattere. Non avevo idea di quanto sarebbero durate le cose fra di noi o cosa sarebbe successo, ma sapevo senza alcun dubbio che ero innamorata di lui.

Quel pomeriggio pensammo solo a divertirci. Carter andò a trovare Gordon e poi quando tornò facemmo l'amore nella doccia e sul pavimento della camera da letto. Avevo l'impressione che di lì a pochi giorni, quando ce ne saremmo andati, avrei lasciato l'impronta del mio sedere da tutte le parti nel suo appartamento. Mi sembrava di aver fatto yoga e poi di aver corso una maratona, ma Carter sembrava perfettamente riposato.

«Ti va se andiamo in palestra per un'oretta e poi usciamo a cena?».

Ero stesa sul letto a testa in giù che guardavo delle repliche di una sitcom. «Sul serio? Vuoi che andiamo in palestra dopo tutto il sesso che abbiamo fatto?».

Carter ridacchiò, venne da me, mi girò e mi sculacciò. Era una cosa che gli piaceva fare.

«Ahia», me lo sfregai.

«Dai, pigrona. Ho ancora un sacco di energia da bruciare. Se non andiamo in palestra, non sarai in grado di camminare per un mese».

Decidemmo di andare al centro fitness, anche se era dall'altra parte del comprensorio residenziale.

Passammo lungo il lago e Carter volle controllare se i pantaloni della sua uniforme fossero ricomparsi durante il giorno.

«Dove cavolo possono essere finiti?», chiesi. Cercando lungo il lago, non c'era traccia dei suoi pantaloni. Era una cosa veramente bizzarra.

«Non ne ho idea». Scrollò le spalle. «Ma sono contento che sia il momento di ritirare la mia nuova uniforme il mese prossimo. Ho perso la metà delle mie uniformi nell'ultimo anno».

«Perso? Le lasci negli hotel quando sei in viaggio?»

«Questa è la cosa strana. Le perdo a casa. Il mese scorso avrei giurato di aver portato un cappello alla tombola, ma poi non l'ho più trovato. Penso che la smemoratezza dei residenti sia contagiosa».

Decisi di agghindarmi per la cena, con un vestitino nero e i tacchi più alti che avevo, aperti sul davanti e con nastri di raso attorno alle caviglie. Un reggiseno push-up mi creava una scollatura abbondante. Ricordando quanto a Carter fosse piaciuto il look sexy che avevo sfoggiato a Dubai, mi feci un'acconciatura vaporosa, mi truccai gli occhi di nero e misi un rossetto rosso fuoco.

A giudicare dalla faccia di Carter quando uscii dalla stanza da letto, il mio outfit sortì l'effetto sperato.

«Gesù».

«Ti piace?»

«È come se tutti i miei sogni adolescenziali si fossero incarnati».

«Non so se è una cosa carina da dire o un po' inquietante».

«È un complimento. Qualsiasi ragazzino vorrebbe sognare una come te». Mi fece l'occhiolino e risi.

Carter mi aprì la portiera della macchina e mi aiutò a salire. Prima che chiudesse la portiera, gli dissi: «Sai, secondo me puoi permetterti di dire qualsiasi cosa perché sei così bello».

«Dici?»

«Sì. Credo che tu faccia perdere la testa alla gente con la tua bellezza e il tuo carisma e improvvisamente tutto quello che dici sembra normale».

«Ma è normale. È naturale. Chiunque dica di non vederti come un oggetto sessuale sta raccontando balle. Credimi».

Risi. «Ecco, vedi? Sembra una cosa carina detta da te, ma da chiunque altro sarebbe quantomeno perversa».

Carter guidò piano attraverso il comprensorio per anziani, non avendo scelta. C'erano moltissimi dossi. Andando verso l'entrata, vedemmo perlomeno una mezza dozzina di coppie che facevano power walking in tuta. Ci salutarono e Carter rispose a ciascuno di loro chiamandoli per nome. Ancora non riuscivo a credere a quanto si fosse integrato in quella comunità di anziani.

«Stasera c'è una serata di ballo per single».

«Scherzi?».

Carter sorrise e scosse la testa. «No. Ci sono molti vedovi e vedove, quindi ci sono parecchie attività di questo tipo».

«Che forte».

Ci fermammo al cancello d'entrata e Carter tirò fuori la chiave dalla tasca in maniera che potessimo uscire. Mentre aspettavamo che il cancello si aprisse, una piccola macchina si mise nell'ultimo parcheggio per i disabili. «Non è la tua vecchia macchina?».

E infatti era proprio George, il nonno con cui Carter aveva scambiato macchina, che usciva da una piccola Porsche rossa. Lo guardammo girare attorno all'auto, aprire la portiera e prendere per mano una signora per aiutarla a uscire.

«Che cavolo...», fece Carter.

«Sto vedendo giusto?».

Carter era rimasto paralizzato, a bocca aperta. «Credo di sì».

Restammo a guardare, tutti e due senza parole, mentre George usciva dalla macchina di Carter e accompagnava la sua signora a ballare, indossando un'uniforme da pilota. L'uniforme di Carter.

Capitolo diciotto

Carter

Stavo guardando il telegiornale alla tv in cucina e speravo che annunciassero una tempesta. Un uragano, una tempesta tropicale, un tornado, un ciclone, qualsiasi cosa potesse cancellare il mio volo di quella sera. Da quando ero diventato pilota, non avevo mai desiderato restare a casa. Neanche una volta. Eppure, quella mattina detestavo essere un pilota. Il pensiero di lasciarla per un viaggio di sette giorni mi faceva stare fisicamente male. Sapendo cosa stava per succedere, dal giorno prima avevo iniziato a sentire un dolore al petto.

Ero abbastanza sicuro che Kendall stesse come me. Avevamo deciso di rimanere a casa invece che uscire. Per cinque giorni avevamo evitato di parlare di cosa avrebbe fatto dopo. Dovevamo *parlare*, ma ero terrorizzato dall'eventuale conclusione di quella chiacchierata.

In cuor mio sapevo di essere innamorato di lei e sapevo che anche la mia mente aveva cominciato ad accettarlo. La mia paura non era nell'ammetterlo, ma nelle conseguenze per lei del mio amore. E se le avessi detto di amarla e poi dopo un anno mi fossi reso conto che il mio sentimento per lei era qualcos'altro? O se ad un certo punto avessi smesso di amarla?

Lucy.

Non potevo rovinarle la vita a meno che non ne fossi sicuro. Più che sicuro. Avevo fatto abbastanza danni gettando promesse al vento.

E se le avessi detto la verità e questo avesse influenzato la sua decisione?

Soldi o amore? Sembra una decisione facile, vero?

Non lo è.

Anche se la soluzione che avevo avuto in mente nelle ultime ventiquattr'ore sembrava facile. Perché non poteva avere entrambi? Le potevo dare tutto, no? Il mio amore. Un bambino. La sua eredità.

Un bambino.

Il *nostro* bambino.

Kendall era nella doccia quando sentii che aveva chiuso l'acqua. Controllai l'orologio. Dodici ore. Dovevo decidere. Dovevamo parlare.

Tic-toc.

Tic-toc.

Tic-toc.

Dodici ore era praticamente una giornata intera prima che dovessi andare in aeroporto per volare in Venezuela. Non m'interessava cosa avremmo fatto, purché fossimo insieme.

Quando Kendall uscì dal bagno, non potei fare a meno di guardarla con un sorriso sulle labbra.

Strizzò gli occhi. «Che c'è?»

«Non posso guardarti?».

Mi raggiunse e si mise a cavalcioni su di me. «Non posso credere che te ne andrai stasera».

Improvvisamente, tutte le domande senza risposta che mi portavo dentro cominciarono a soffocarmi.

Usai un tono brusco. «Che cosa intendi fare, Kendall? Devo saperlo».

Mi appoggiò la testa sulla spalla e disse: «Torno a casa in Texas per un po'. Ho bisogno di riflettere seriamente. Devo dare una risposta definitiva a Hans e Stephen».

Mi scostai per guardarla negli occhi. «Sono quegli uomini in Germania?»

«Sì. Non posso lasciarli in un limbo ancora per molto».

Annuendo, dissi: «Credo che sia una buona idea, prenderti del tempo per pensare a tutto. Anche se adoro stare con te, nessuno di noi due può pensare chiaramente quando siamo insieme».

«Devo comprare un biglietto online. Vorrei trovare un volo che parte da Miami, così possiamo partire dallo stesso aeroporto allo stesso momento».

Sculacciandola per scherzo, dissi: «Perché non lo fai adesso, così poi non dobbiamo più preoccuparcene. Pensavo di stare a casa, ma forse dopo che hai comprato il biglietto potremmo andare in spiaggia a prendere il sole e un po' d'aria fresca, rilassarci lì per il resto della giornata finché non dovremo prepararci».

Mezz'ora più tardi, Kendall e io ci avviammo verso la Deerfield Beach. Anche se l'acqua era calma e perfetta, decidemmo di restare sulla sabbia e goderci il rumore dell'oceano e il cielo d'un azzurro cristallino.

La spiaggia era molto rilassante, ma noi eravamo ancora tesi. A un certo punto eravamo tutti e due distesi sulla pancia e lei non mi lasciava andare la mano. Eravamo viso contro viso. Quando alla fine si girò, feci lo stesso e le lasciai la mano per posarla sulla sua pancia soda. Passai il dito attorno al suo ombelico, e un'ondata di desiderio mi sopraffece. La risposta era sempre più chiara.

Volevo che fosse mia, e solo mia.

Non volevo restasse incinta di un altro uomo. Neanche per sogno.

Volevo che aspettasse il *mio* bambino.

E non per quella folle faccenda dell'eredità, ma perché *volevo* un figlio con lei. Volevo un futuro con lei.

Certo, avere un figlio adesso non era l'ideale, ma non c'era alcun dubbio che lo desiderassi. Perciò, visto che la situazione era pressante, perché aspettare?

Lucy.

Era l'unica cosa a cui riuscivo a pensare. Avevo paura di fare del male a Kendall come avevo fatto del male a Lucy. Era come una nuvola nera sopra di me, quel terrore di deluderla. Era sempre presente, ma non era sufficiente a spegnere il mio bisogno di lei, il mio amore per lei.

La situazione era da tutto o nulla.

Ora o mai più.

Volevo stare con lei per me stesso, ma dovevo anche rispettare i suoi tempi. Se non avessimo preso subito una decisione, avrebbe perso tutto. Qualsiasi cosa fosse successa, per me andava bene. Se avesse avuto una bambina e avesse perso l'eredità, guadagnavo abbastanza da mantenere entrambi. L'idea di una piccola Kendall bionda che mi chiamava papà mi fece sorridere. Volevo farlo. Volevo essere il padre di suo figlio.

Di *nostro* figlio.

Il cuore cominciò a battermi all'impazzata. «Ti amo, Kendall». Le parole uscirono facilmente, anche se non avevo mai detto una cosa simile a nessuno tranne che a Lucy e alla mia famiglia.

Si girò verso di me con un'espressione sorpresa, alzando una mano per proteggersi dalla luce del sole.

Continuai. «Prima che tu mi risponda, devo dirti molto di più».

«Okay», sussurrò.

«È una follia, vero? Innamorarsi così in fretta? Ma sono

convinto che succeda così quando è amore vero. Te lo senti dentro. Kendall, mi rendi immensamente felice, e anche se ti voglio tutta per me, capisco che devo considerare i tuoi bisogni».

«Cosa intendi?»

«Intendo dire che non voglio dividerti con nessuno, e questo vale anche per il tuo corpo. Non voglio che tu abbia un figlio per qualcun altro, voglio essere io l'uomo che ti darà un figlio. Ma soprattutto, voglio essere un *padre* per quel bambino, amarlo, perché sarebbe parte di me e di te. Voglio *tutto* con te. Non m'importa se ci conosciamo da dieci minuti o da dieci anni. Quando sei sicuro, sei sicuro e basta». Prendendole il viso fra le mani, dissi: «So cosa vuole la mia testa e cosa vuole il mio cuore. Desiderano la stessa cosa, ma devi decidere se vuoi le stesse cose che desidero io».

Si sporse verso di me e mi baciò sulle labbra. «Anche io ti amo, Carter, veramente. Non ho dubbi sul mio amore per te, ma non mi aspettavo che tu mi offrissi questo. Avere un bambino è una cosa, ma *crescerlo* un'altra. Mi hai dato un'altra questione su cui riflettere».

Un intenso sollievo mi scorse nelle vene, perché non mi aveva detto che ero pazzo, perché stava considerando la mia offerta.

«Non credi che sia pazzo a volerti mettere incinta?»

«L'intera situazione è folle, non credi? Comunque, se non ti conoscessi bene, mi sembrerebbe un *tantino* folle. Ma sei il mio amorevole, pazzo capitano, e tra di noi non c'è mai stato nulla di normale, nulla».

«Credimi, ho paura. Non voglio deluderti come ho deluso Lucy. Ma per la prima volta nella mia vita qualcosa mi interessa abbastanza da buttarmi. Ho più paura di perdere te di quanto non tema di provarci e fallire. E ti assicuro che se avessimo un figlio e finissimo separati, non volterei mai le spalle a mio figlio. Non c'è nulla di più importante di un bambino e dei suoi bisogni. Quel bambino – il nostro bambino – sarebbe la mia priorità. Se questo volesse dire cambiare lavoro perché non potresti sopportare la mia assenza, allora lo farei».

«Non potrei chiederti questo, Carter».

«Voglio solo che tu lo sappia, voglio solo che tu sappia che prendo tutto questo molto seriamente».

«Capisco». Guardò il cielo. «Ti spiace se torniamo a casa? Vorrei passare le ultime ore a casa tua».

Mi sollevai dalla coperta e le offrii la mano per aiutarla ad alzarsi. «Dai, andiamo».

Trascorremmo il resto del pomeriggio facendo l'amore nel mio letto con un'intensità e una lentezza che non avevamo mai avuto prima della nostra conversazione sulla spiaggia. Con l'offerta che le avevo fatto e l'ammissione che l'amavo, la nostra relazione era passata a un livello più profondo e volevo credere che allontanarsi l'uno dall'altra non avrebbe cambiato le cose tra di noi.

Anche se ero pronto a buttarmi nella nostra relazione, c'era ancora una piccola parte di me che si preoccupava che quella potesse essere l'ultima volta che la vedevo. Folle, vero? Dopo tutto quello che avevamo passato insieme. Forse era la parte di me che pensava che non fossi degno di amare così intensamente quando Lucy non poteva amare mai più.

Al tramonto, andammo all'aeroporto. Kendall non voleva lasciarmi la mano. Sembrava strano non portarla con me in Venezuela. Sembrava che non mi ricordassi neppure come fosse volare senza di lei.

Quando arrivammo all'aeroporto di Miami, parcheggiai nel posto a me riservato dalla compagnia aerea. Nessuno dei due voleva uscire dalla macchina e ci guardammo finché non le presi il viso fra le mani e la baciai appassionatamente.

«Soda, per favore, non dimenticarti di questa sensazione, di quanto siamo perfetti assieme».

«Non lo dimenticherò, non potrei mai dimenticarlo, Carter».

Il suo volo partiva due ore dopo il mio e quindi doveva lasciarmi al gate e aspettare in aeroporto finché non era ora di imbarcarsi con una compagnia differente.

Una delle assistenti di volo, Renée, ci oltrepassò e mi fece l'occhiolino. «Sono felice di vedere che sei tornato, Trip».

Sapevo *esattamente* a che cosa stesse pensando Kendall, e aveva ragione. Renée era stata un'altra conquista che avevo fatto qualche tempo prima. Mi dava la nausea, specialmente adesso che sapevo cosa voleva dire fare l'amore con la persona che si ama. Guardai Kendall e avrei voluto gridare: "Smettila di guardarla, non vuol dire nulla per me!". Era l'ultima cosa di cui avevamo bisogno in quel momento. Era un ulteriore stress al momento della separazione.

Dopo qualche minuto di silenzio, l'abbracciai e le mormorai all'orecchio: «Devo andare».

Le sue lacrime mi bagnarono la camicia dell'uniforme. «Non sembra vero», disse.

«Lo so, ma è solo per un po'... torneremo presto assieme».

Tirò su col naso. «Okay».

Le sollevai il mento affinché i suoi occhi potessero incontrare i miei e dissi: «*P.S. I love you*».

Capì subito dalla mia espressione che intendevo qualcosa di più.

«Una canzone dei Beatles?»
«Sì. Ma questa rappresenta *veramente* questo momento, forse più di tutte le altre».
«Ti amo, Carter».
«Ti amo, Soda. Promettimi che parleremo al telefono e decideremo quando incontrarci la prossima volta».
«Lo prometto».
«Penserò a te per tutto il volo. Lo sai, vero?».
Per scherzo, mi afferrò il colletto. «Lo spero proprio».
«Mi mancherai».
«Canta una canzone per me, capitano».
«Puoi contarci». La abbracciai un'ultima volta, tenendola stretta. «Cazzo, non riesco a lasciarti andare».
Mi spinse via e si asciugò gli occhi. «Vai», mi disse, «o farai tardi».
Mi incamminai verso i controlli di sicurezza. Quando mi girai, era ancora lì che mi guardava. Le mandai un bacio e mi allontanai. Proprio mentre stavo per girare l'angolo, mi voltai un'ultima volta, ma se n'era andata.
Quando, quella sera, eravamo in volo, vidi per la prima volta da quando pilotavo una stella cadente. Lo presi come un segno che tutto si sarebbe sistemato.
"Non mi deludere, Soda".
Accesi l'altoparlante.
«Buonasera signori e signore, qui è il vostro comandante supremo che vi parla, ovvero il capitano Clynes. Vorrei darvi il benvenuto su questo bellissimo Boeing 757. Il volo da Miami a Caracas durerà approssimativamente tre ore e trenta minuti. Prevediamo un volo tranquillo e senza scossoni, per cui rilassatevi. Ancora una volta vi do il benvenuto sul volo International Airlines 553 per Caracas, Venezuela. Come spesso amo fare per accogliere i miei passeggeri a bordo, vi canterò una canzone dei

Beatles adatta per questa occasione, perché ho lasciato il mio cuore a una ragazza che lo sta portando con sé in Texas. So che alcuni di voi potranno capirmi. Quindi, la canzone di stasera si intitola *Don't Let Me Down*».

Capitolo diciannove

Kendall

Mia madre puzzava d'alcol mentre mi diceva: «Non starai dicendo sul serio!».

Avevo commesso il grosso errore di raccontarle che cosa era successo per prepararla alla possibilità che le cose non andassero più secondo il nostro piano. Mia madre mi aveva sempre incoraggiata a farmi inseminare in Germania, soprattutto per egoismo.

«In genere non ti racconterei queste cose, specialmente quando sei ubriaca, ma viste le circostanze devi sapere a cosa sto pensando e che forse non andrò in Germania».

«E cosa faranno quei poveretti ora che hai cambiato idea?»

«Non ho chiuso completamente quella porta, e comunque non ho mai promesso niente. Non li ho mai neanche incontrati, e non sono l'ultima donna sulla terra che può fare da madre surrogata. Troveranno un altro modo».

«Be', perderai completamente quella possibilità se continuerai a farli aspettare».

«Credi che non lo sappia? Ho parlato con loro stamattina e ho detto che avrei preso una decisione entro la prossima settimana».

«Finirai da sola, e ci troveremo in mezzo a una strada!».

Il sangue mi ribolliva nelle vene. «Ti importa solo di questo?».

Mia madre mi puntò il dito contro. «Non dovrei preoccuparmi di ricevere ciò che mi spetta, ma è stato quel pazzo di tuo nonno a metterci in questa situazione, non io».

«Smettila di essere così egoista, qua stiamo parlando di una vita umana».

«No, stavamo parlando di una vita umana, cioè di donare un bambino a una coppia che ne ha bisogno e *sistemarci* a vita. Ora stiamo parlando di un cosiddetto *figlio dell'amore* che ci rovinerà entrambe».

«E come lo sai che ci rovinerà?»

«Kendall, pensaci un attimo. Ti rendi conto di quanto folle la tua situazione possa apparire dall'esterno? Vai a fare un viaggio e ti innamori del pilota del tuo maledetto aereo... che ora vuole darti un figlio? Naturalmente la sua offerta non ha nulla a che vedere con il fatto che stai per ereditare milioni di dollari! Dolcezza, svegliati!».

«Carter non vuole i miei soldi!», gridai e spaventai i cavalli.

«Questo è ciò che vuoi credere, e onestamente pensavo tu fossi più intelligente». Barcollò verso il divano e disse: «Sono mesi che pianifichi meticolosamente una strategia con quei due cari signori in Germania. Se rispetti il piano, non dovrai preoccuparti di crescere un bambino che non vuoi. Il bambino crescerebbe in una buona famiglia, noi saremmo sistemate a vita e tutti sarebbero contenti. Eppure, tu stai pensando di fare l'esatto opposto di ciò che abbiamo deciso solo perché un pilota ti ha infilato la faccia tra le gambe».

«Fai schifo».

«Farò anche schifo, ma è la verità».

«Be', non sono sicura di volere questa vita. Forse lascerò il ranch e i soldi per sempre. Forse non mi vedrai mai più».

«Non dire così, Kendall. Non faresti mai una cosa simile».

«Parlo sul serio. Questa storia dell'eredità non mi ha causato altro che stress fin dal momento in cui ho scoperto i termini stabiliti da mio nonno, e non fare finta di preoccuparti di me, mamma, perché so che quando mi guardi vedi solo quei dollari. Sei patetica. Sono tua figlia, non la tua rendita».

«Sto solo cercando di aiutarti a ottenere quello che ti spetta di diritto».

«Quindi non ti importerebbe nulla se avessi un documento che dice che tu non hai diritto a nulla?».

Silenzio.

Annuii lentamente. «Lo sapevo».

Incapace di reggere quella conversazione per un minuto di più, fuggii dalla casa e mi diressi verso il centro della città. Asciugandomi le lacrime, accesi la radio a tutto volume per annegare i pensieri.

Quando finalmente fermai la macchina, mi resi conto che avevo davvero bisogno di Carter, e lo chiamai. Grazie a Dio, rispose.

La sua voce era bassa e sexy. «Come sapevi che pensavo a te?»

«Carter…».

Sapeva che avevo pianto. «Cosa c'è, piccola?»

«Non avrei mai dovuto tornare a casa».

«Cosa c'è che non va?»

«Mia madre. Sta cercando di farmi il lavaggio del cervello».

«In che senso?»

«Pensa che sia pazza a considerare la tua offerta, pensa che tu voglia solo i miei soldi».

Ci fu un lungo momento di silenzio e poi parlò. La rabbia vibrava nelle sue parole. «Non so neanche dirti quanto mi faccia arrabbiare. Prima di tutto, vorrei che questa storia dell'eredità non esistesse. Seconda cosa, firmerò qualsiasi documento tu voglia per dimostrarti che non ho alcun interesse ad avere quei soldi. A dir la verità, l'idea dell'eredità mi dà la nausea. Voglio solo una vita con te, Kendall, e firmerò qualsiasi documento sia necessario a darci proprio questo». La sua voce si spezzò. «Dimmi solo dove devo firmare, Soda».

Sospirai. «Anche solo parlarti mi fa sentire molto meglio. Mi manchi così tanto».

«Vuoi che venga lì? Posso dire che è un problema di famiglia».

«Non voglio che tu debba mentire per me».

«Non sarebbe una bugia. Ora tu *sei* parte della mia famiglia, la cosa più importante della mia vita».

Questo mi fece sciogliere il cuore.

«Grazie, ma credo di avere ancora bisogno di un po' di tempo da sola».

«Okay, ma se senti che hai bisogno di me, dimmelo e arriverò subito».

«Grazie. Sapere che lo faresti per me mi fa sentire molto meglio».

«Farei qualsiasi cosa per te, Soda. Qualsiasi cosa».

«Oh, lo so. Anche mettermi incinta».

«No, quello lo farei per *noi*. Più passa il tempo, più lo desidero, e di sicuro non vedo l'ora di lavorarci su. Dio, ci divertiremo così tanto».

Quando risi, mi disse: «È un sorriso quello che sento?»

«Si può sentire un sorriso?», ridacchiai.

«Affronteremo tutto assieme, te lo prometto. E se non mi hai sentito quando te l'ho detto in Florida, te lo dico di nuovo: ti amo. E se facciamo un bambino, non ci sarà nulla di più importante nella mia vita. Non volterei mai le spalle a mio figlio».

«Va bene. Ho capito».

«Prenditi un attimo di tregua dalla questione. A volte, quando cerchi di prendere una decisione, pensarci troppo ti fa sentire ancora più confuso. Devi allontanarti da tua madre, andare in un posto tranquillo e rilassarti. La risposta verrà naturalmente».

Carter aveva ragione. Dovevo andare via dal ranch.

«Mi sembra un ottimo consiglio».

«Indovina dove sono?», mi chiese.

«Dove?»

«Sulla spiaggia a Caracas. Mi manchi da morire e sto bevendo il nostro cocktail».

«Qual è il nostro cocktail?»

«Non te lo ricordi?»

«No».

«La caipirinha. Non sono in Brasile, ma qui la bevono molto».

«Ah sì, il nostro cocktail di Rio. Dillo ancora una volta con il tuo accento portoghese, capitano».

«Caipirinha».

«Mmm».

«Mi manca quel verso che fai. Me lo stai facendo diventare duro».

«Spero che presto tu lo possa sentire di persona».

«Vivo per questa promessa, piccola».

Seguii il consiglio di Carter e andai in un hotel per qualche giorno, a Plano. Fu di grande aiuto allontanarmi da mia madre e dalla sua opinione su tutta la faccenda.

In cuor mio sapevo che cosa volevo: desideravo una vita con Carter, ma avrei accettato che mi mettesse incinta, o forse avrei dovuto abbandonare completamente l'idea dell'eredità?

Perché non potevo avere entrambe le cose: Carter e i soldi?

Sembrava troppo bello per essere vero, come se fosse una decisione *troppo* semplice. Allo stesso tempo, mi sembrava di dover capire dove fosse il trucco. Nulla era perfetto nella vita.

Me ne andai in un centro commerciale vicino all'hotel, e presi un gelato. Mi sedetti su una panchina fuori da un negozio. Avevo bisogno di un segno dal cielo.

"Per favore, dammi un segno che la decisione dettata dal mio cuore è quella giusta".

Continuai a fissare il vuoto leccando il gelato e formando una palla morbida e perfetta.

Quando andai a buttare via il tovagliolo, guardai in alto, e vidi che proprio sopra di me c'era un cartellone pubblicitario con un neonato grassottello, con tanto di rotolini sulle gambe. Sembrava proprio la foto di Carter da bambino. Il mio cuore sembrava gonfiarsi via via che fissavo il sorriso gioioso del bambino. Se quello non era un segno, allora non avrei proprio saputo cos'altro potesse esserlo. Anzi, non riuscivo neanche a immaginare un segno più chiaro.

Questo finché non guardai il nome del negozio: Carter's.

Stavo mettendo via i miei acquisti quando squillò il cellulare. La canzone di Frank Sinatra, *Come Fly With Me*, mi fece sorridere. Avevo cambiato la suoneria di Carter dopo aver sentito quella canzone in macchina, alla radio. *Un altro segno*. Non avevo mai sentito quella canzone alla radio; forse l'avevo ascoltata sul lettore CD di mio nonno, ma sicuramente non alla radio. Eppure, quel giorno l'avevano trasmessa.

Dopo aver gettato via gli avanzi del gelato, ero entrata nel negozio di vestiti Carter's. Era la seconda volta che entravo in un negozio di vestiti per bambini; la prima volta c'ero stata per comprare un regalo per mia cugina Harper, che era rimasta incinta a diciotto anni del suo professore universitario, che aveva trentanove anni ed era sposato. Noi Sparks guardavamo solo alle apparenze.

«Ehi, bello».

«Sembri più in forma dell'ultima volta che ci siamo sentiti».

«Effettivamente sto meglio», sospirai.

«Come mai? Non che mi lamenti, ma vorrei sapere che cosa ti ha fatto cambiare umore in maniera da ricordarmelo per quando potrei averne bisogno, in futuro».

«A dir la verità, sei stato tu a farmi cambiare umore».

«Continua. Voglio sentire il resto della storia. Quello che hai detto mi piace».

Risi. «Be'... oggi stavo riflettendo, e diciamo che ti ho sentito con me». Piegai il completino che avevo comprato e lo misi in valigia. Non solo il negozio si chiamava Carter's, ma avevo trovato un completino blu con delle righe sui lati dei pantaloni che sembrava proprio la divisa da pilota di Carter. Non avevo potuto resistere. L'avevo comprato prima di rendermi conto che stavo facendo acquisti per un bambino che avevo appena deciso di avere.

Fuori dal negozio, con la busta in mano, il sole era sembrato splendere di più, e respirare era stato più facile. Finalmente il mio cuore e la mia testa erano in armonia, dopo mesi di tumulto. Oddio. Stavo per avere un bambino. *Un bambino*. Con un uomo di cui ero pazzamente innamorata.

Sentendomi libera, avevo fatto quello che qualsiasi debuttante texana di buona famiglia avrebbe fatto: *shopping*.

Il centro commerciale aveva una dozzina di altri negozi ed ero andata in tutti quanti. Le buste erano quasi troppo pesanti quando avevo raggiunto l'ultimo, uno spaccio della Marina, in cui avevo trovato una spilletta con le ali da pilota di antiquariato.

Guardando la piccola uniforme con la spilla antica attaccata al risvolto, non ero riuscita a fare a meno di immaginare un bambino con le fossette che indossava il completo, in braccio al suo papà. *Il suo papà*. Persa in un sogno, quasi mi dimenticai che Carter era al telefono.

«Soda, sei ancora lì?»

«Sì, scusa, ma penso che aspetterò prima di dirti di più. Preferisco farti vedere che cosa mi ha ricordato te».

«Vuoi dire che ti rivedrò presto?». Aveva un tono speranzoso e le mani mi sudarono per l'emozione.

«Sì. Speravo che potessimo incontrarci». Chiusi la valigia e mi sedetti sul letto.

«Certo. Dimmi solo dove e quando. Se vuoi dirotterò il mio volo verso Dubai. Prenderò in ostaggio un 757 pieno di arabi e lo porterò in Texas, se hai buone notizie per me».

Sapevo che stava scherzando, ma sapevo anche che non c'era molto che non avrebbe fatto, vista la sua solita follia. «Che ne dici di lunedì della prossima settimana?»

«Aspetta, controllo gli orari».

Trenta secondi più tardi tornò al telefono. «Lunedì sarò a Miami».

«L'aeroporto in cui ci siamo conosciuti?»

«Proprio quello. Sarò in permesso quella sera e poi tornerò in Brasile. Sembra sia destino, bellissima. Che ne dici? Ci diamo appuntamento? Vediamoci a Miami, nello stesso bar in cui ci siamo incontrati. Ti prendo un biglietto con l'arrivo il più vicino possibile al mio?».

Feci un respiro profondo per farmi coraggio e lasciai andare ciò che restava della mia paura. «Sì. Devo vederti... ho alcune cose da dirti. E mi manchi da morire».

«Va bene. Avrai un biglietto per l'ora di pranzo».

Chiacchierammo per un'altra ora, ma non gli dissi degli acquisti che avevo fatto né della decisione che avevo preso; dovevo farlo di persona. Però, alla fine della conversazione gli dissi: «Ho comprato una cosa che mi fa pensare a te».

«Ah, sì? Cosa?»

«Sorpresa».

«Sai, probabilmente non dovrei dirtelo, ma anch'io ho qualcosa che mi fa pensare a te. Non l'ho comprata, te l'ho rubata prima che tu partissi».

Ero stesa sul letto della camera d'albergo, in diagonale, e mi girai sulla schiena. «Cosa mi hai...?». E poi ricordai che mi mancavano delle cose quando avevo messo il bucato ad asciugare. Tutta la mia biancheria intima era composta di completini, e al reggiseno rosso mancavano le mutandine corrispondenti. «Oddio... non puoi averlo fatto».

Carter respirò a fondo, e seppi per certo che stava annusando qualcosa. Mi misi una mano sulla bocca. *Oddio.* «Ce le hai in faccia in questo momento, vero?».

La sua risposta fu un verso a metà fra un gemito e un sospiro.

«Oddio, Carter!». Ridacchiai. «Tu sei pazzo! Non posso credere che mi hai rubato le mutandine!».

«Sul serio? Pensavo che a questo punto te lo saresti aspettato».

«Forse hai ragione». Mi morsi il labbro. «Ma tu...».

«Cosa mi stai per chiedere?»

«Lo sai...».

«Lo so eccome, ma voglio sentirtelo chiedere».

Carter era parecchio più deciso di me quando si trattava di parlare senza filtri. Probabilmente avrei dovuto esercitarmi, visto che avrei avuto una relazione fissa con un pilota e saremmo stati spesso separati. Quindi mi sforzai. «Ti tocchi l'uccello... quando mi annusi?».

Ringhiò. Letteralmente. «Dio, sentir uscire la parola "uccello" dalla tua bocca mi farà esplodere».

«Sul serio?». Mi contorsi un po' sul letto. «E io che pensavo che *infilarmi* l'uccello in bocca ti farebbe esplodere».

«Kendall...», mi mise in guardia.

«Cosa? Hai cominciato tu».

«Sì, e non puoi giocare con me in questo modo».

«Vorrei *poter* giocare con te in questo momento».

Ridacchiò. «Mi sa che dovrò procurarmi della crema per le nostre telefonate serali».

«Ottima idea, comprane un po' all'aeroporto, domani. E siccome sto andando a casa, mi procurerò Jack per la nostra telefonata di domani».

«Jack?»

«Il mio vibratore a forma di coniglietto».

«Ci siamo appena messi d'accordo per toccarci assieme domani sera al telefono?».

Risi piano. «Credo di sì».

«Ti chiamo appena arrivo in hotel».

«Okay, perfetto».

La voce di Carter si fece seria. «Ti amo, Kendall».

«Anche io, capitano. Ancora quattro giorni e saremo di nuovo insieme».

Quattro giorni.

Capitolo venti

Kendall

Non ero mai stata così emozionata in vita mia.

Arrivai all'aeroporto con tre ore di anticipo, anche se stavo per prendere un volo interno e Carter mi aveva prenotato un volo in prima classe con una fila esclusiva che passava sempre in fretta attraverso i controlli della sicurezza. Non riuscivo a smettere di sorridere. C'era una bambina davanti a me che indossava un cerchietto con le orecchie di Topolino e non riusciva a stare ferma mentre sua madre faceva il check-in per Orlando. La sua eccitazione non era nulla in confronto a come mi sentivo io.

Se tutto fosse andato secondo il piano, di lì a sei ore sarei stata fra le braccia di Carter. Il suo volo doveva atterrare un'ora prima del mio, e il mio capitano mi aveva assicurato che avrebbe condotto l'aereo a terra in orario.

Anche il solo essere in aeroporto e vedere tutte le divise della International Airlines come quella che indossava Carter mi faceva sentire meglio di come mi fossi sentita da giorni. Mi rendevo conto che era strano sentirsi più a casa all'aeroporto di Dallas di quanto non mi fossi sentita a casa al ranch.

Dopo aver preso una decisione su quello che volevo fare, avevo deciso di non dirlo a mia madre. Dirglielo non avrebbe portato nulla di buono, perché lei avrebbe solo cercato di farmi sentire in colpa. Avevo sempre saputo che mia madre metteva i soldi prima di qualsiasi altra cosa, ma non volevo credere che la mia felicità non contasse nulla rispetto al suo desiderio di mantenere un certo stile di vita. In quell'ultima settimana avevo visto le cose per quello che erano per la prima volta... o forse avevo sempre saputo qual era la verità, ma avevo scelto di ignorarla.

Anche se non volevo ammettere con mia madre di aver preso la mia decisione, pensavo che a quell'ora l'avesse intuito, perché quella mattina appena sveglia avevo trovato una busta con il mio nome sul tavolo della stanza da pranzo. Nella busta c'era un documento che dichiarava che Carter non aveva alcun diritto alla mia eredità, o all'eredità del nostro futuro figlio. Dovevo solo compilarlo con il nome di Carter e farglielo firmare. Quando mia mamma si fosse svegliata con i soliti postumi della sbornia, avrebbe trovato la busta esattamente dove l'aveva messa, ma strappata in due. Le avrei fatto capire cosa ne pensavo del suo documento in maniera meno sottile di quanto lei mi avesse fatto conoscere la sua opinione.

Mi fermai in un'edicola per comprare delle riviste e qualche snack, e accanto a me c'era un branco di assistenti di volo. Immediatamente mi chiesi se Carter fosse andato a letto con qualcuna di loro, e mi odiai per quello. Non che non mi fidassi di Carter, anzi, per quanto fosse strano mi fidavo completamente di lui, ma ero molto possessiva nei suoi confronti. Il pensiero di lui con qualcun'altra mi faceva stare male, anche se sapevo che era ridicolo, visto che entrambi avevamo avuto delle storie precedenti. Ma non potevo fare a meno di sentirmi così.

L'aereo si riempì almeno un'ora prima di partire, cosa

che era sempre un buon segno. Avevo la priorità d'imbarco, visto che volavo in prima classe, ma attesi comunque che il gate si fosse quasi svuotato prima di salire.

Ero al posto 2A, vicino al corridoio. Misi la borsa sopra al sedile, mi organizzai in fretta e mi sedetti. Sorrisi alla donna accanto a me, allacciandomi la cintura. L'assistente di volo venne a offrirmi un drink prima della partenza. Guardò la lista dei passeggeri. «Le porto qualcosa, signorina Sparks?»

«Sì, grazie. Prendo un bicchiere di Merlot».

Si rivolse alla passeggera vicino a me. «E tu, Cass? Latte, acqua, succo d'arancia?»

«Acqua, grazie, Lana».

Quando guardai la mia vicina, mi spiegò perché non aveva ordinato alcolici. «Sono un'assistente di volo di riserva, ho avuto fortuna a sedermi in prima classe». Sorrise.

Stavo sorseggiando il vino da meno di cinque minuti quando il capitano annunciò che stavamo per partire. Dato che avevo bisogno di qualcosa che mi calmasse i nervi, buttai giù l'intero bicchiere di vino, sapendo che l'assistente di volo sarebbe arrivata in qualsiasi momento a ritirare il bicchiere.

La donna vicino a me sospirò rumorosamente. «Cosa darei per poter fare quello che hai appena fatto».

«Buttare giù un intero bicchiere e sperare che nessuno se ne accorga?»

«Esattamente. Sono incinta di quattro mesi».

«Wow». Guardai la sua pancia, che praticamente non esisteva. Si vedeva appena. «Non l'avrei mai indovinato. Sei così magra».

«Il mio corpo si è confuso e sono ingrassata sul sedere invece che sulla pancia. Ho un sedere enorme».

«Non ci credo, sembri magra dappertutto… be', anche

se così fosse, il posteriore grosso va di moda, quindi sei a posto».

«Spero di ingrassare un po' quassù... ho le tette piccole e il papà di mio figlio ama le tette grosse». Pensai al mio corpo. Mi sarebbero cresciuti i seni una volta incinta? Carter aveva sempre detto che amava la mia coppa B, ma qualcosa mi diceva che non gli sarebbe dispiaciuto se fossi aumentata un po'.

Quando fummo in quota, Cass, che scoprii essere il diminutivo di Cassandra, tirò fuori un paio di cuffie. Invece di metterle nelle orecchie, se le mise sulla pancia. Come mai ascoltava musica così? Quando si accorse che la stavo guardando, disse: «Ho letto che i bambini sentono la musica nella pancia della mamma, quindi ho cominciato a fargli ascoltare musica classica».

«Fargli? Allora è un maschio?»

«Non lo so per certo, ma credo di sì», disse, accarezzandosi il ventre.

C'era così tanto da imparare. Visto che non conoscevo quella donna, decisi di confidarmi con lei. «Posso farti una domanda personale?»

«Certo, dimmi».

«Ti ci è voluto molto per restare incinta? Cioè, avete dovuto provarci per tanto tempo? Lo chiedo perché io e il mio ragazzo...». Esitai prima di pronunciare la frase ad alta voce per la prima volta. «Abbiamo deciso di provare ad avere un bambino».

La donna sorrise, un sorriso sincero. «Che bello, congratulazioni». Era la prima volta che qualcuno diceva qualcosa di positivo sul mio piano di avere un bambino e fu bellissimo. Mi sembrò che tutto andasse a posto.

«Grazie».

«A dir la verità... non ci è voluto molto tempo. Anzi,

sono rimasta incinta la seconda volta che siamo stati assieme».

«Fantastico!».

«Sì, vero? Non era pianificato, ma credo fosse destino. Questo bimbo sarà il collante che ci terrà assieme, noi tre, per sempre».

«Lavorerai ancora per molto? Le compagnie aeree sono contrarie a far viaggiare le assistenti troppo a lungo in gravidanza, vero?»

«Sì. Ancora dodici settimane, più o meno, e poi sarò bloccata a terra. La maggior parte delle compagnie aeree non permette neppure ai passeggeri di volare dopo le ventotto settimane, figuriamoci alle assistenti di volo. Mi daranno mansioni da svolgere a terra. Probabilmente fare il check-in o lavorare al gate. Spero di trasferirmi presto in Florida, quindi mi va bene».

«Vivi in Texas?».

Annuì. «Vivo ad Allen, ma sono originaria della Florida e la maggior parte della mia famiglia vive lì. Inoltre, il padre del bambino vive in Florida, quindi probabilmente mi trasferirò lì».

«Pensi che tornerai al lavoro dopo il parto?»

«Spero di no. Ho sempre desiderato sposarmi, avere tanti bambini e restare a casa, anche se di questi tempi non è facile sopravvivere con un solo stipendio. Devi cercare di accalappiare un uomo in gamba, come ho fatto io».

Il suo tono mi diede fastidio. *Accalappiare* qualcuno che ti potesse mantenere. Sembrava il genere di cosa che avrebbe detto mia madre.

Dopo il secondo bicchiere di vino, l'adrenalina cominciò a scemare, e io cominciai a sentirmi esausta. Sapendo che Carter sarebbe stato insaziabile quando ci fossimo ritrovati, decisi di dormire più che potevo. Non mi svegliai finché il capitano non annunciò che stavamo per atterrare di lì a qualche minuto.

Mi stiracchiai. «Wow, ero proprio andata».

«Vero, ho dovuto togliere le cuffie al bimbo per non sentirti russare».

Mi coprii la bocca con la mano. «Oddio. Mi dispiace».

L'assistente di volo tolse il tappo alla bottiglia e finì ciò che era rimasto. «Ma no, ti sto prendendo in giro. Stavi russando, ma non mi ha dato fastidio. Sono troppo ansiosa per dormire, altrimenti avremmo potuto fare un duetto».

«Ansiosa per il bambino?»

«No, perché domani incontrerò suo padre ed è da un po' che non ci vediamo».

«Ti capisco. Non vedo il mio ragazzo da una settimana e sono molto nervosa… se non mi fossi praticamente scolata quei bicchieri di vino non avrei mai potuto dormire. Sono emozionatissima».

«Noi non ci vediamo da molto di più».

«Ah, sì? Da quanto?»

«Tre mesi».

«Wow… è un'eternità. Non ha ancora visto la tua pancia».

«Sì, è vero, ma questa è l'ultima delle mie preoccupazioni». Alzai le sopracciglia, per cui mi offrì una spiegazione. «Non sa che sono incinta».

«Oh, wow… oh, caspita».

«Eh, già. Ecco perché avrei voluto bere quel vino».

«Sì, capisco».

«Pensi che non sarà contento di diventare papà?»

«Non ne ho idea. È un uomo un po'… selvaggio. Non so se abbia voglia di essere addomesticato. Ma so che in fondo è un uomo d'onore e farà la cosa giusta».

Non ero sicura di voler sapere quale fosse la cosa giusta. L'intera conversazione mi stava nauseando. Che razza di donna non dice al suo partner di essere incinta per quattro mesi? Sì, potevano esserci tante ragioni. Forse non era una brava persona, e forse aveva considerato l'idea di non far nascere il bambino. Non spettava a me giudicare. Specialmente con la follia che stavo per fare. Non puoi giudicare nessuno, finché non sei nei loro panni.

L'atterraggio fu difficile, ma ero felice di essere arrivata in anticipo. Volevo andare in bagno a rinfrescarmi prima di incontrare Carter al bar in cui avevamo appuntamento.

Mentre ci dirigevamo verso il gate, cominciai a raccogliere i giornali e a buttare via la spazzatura. Con un sorriso, mi voltai verso Cass. «In bocca al lupo. Vedrai presto il tuo ragazzo?»

«Domani. Ha un volo di prima mattina e lo raggiungo lì… anche se ancora non lo sa», disse.

L'aereo si fermò e il campanello ci annunciò che potevamo alzarci. Cominciai a togliermi la cintura di sicurezza. «Viaggia molto per lavoro?»

«Si, continuamente… è un pilota».

Mi alzai per aprire lo scompartimento superiore e prendere la borsa. «Oh, che coincidenza. Anche il mio ragazzo».

La porta della cabina si aprì più velocemente di quanto mi fosse mai successo. Gli dèi avevano sembrato arriderci durante tutto il volo: nessuna turbolenza, la mia vicina di sedile incinta, arrivo in orario. In piedi in corridoio, dissi: «È stato un piacere conoscerti. In bocca al lupo per la tua gravidanza e tutto il resto».

«Grazie, anche a te. Spero che resti incinta facilmente com'è successo a me».

Stavo per scendere dall'aereo quando sentii un'assistente di volo salutare Cass, in piedi dietro di me. «In bocca al lupo cara. Chiamami più tardi e fammi sapere come l'ha presa Trip».

Mi bloccai. Dovevo aver sentito male. Mi girai e chiesi: «Ha detto Trip… come la prenderà Trip?».

Cass sorrise, ignara. «Sì. È un soprannome del padre di mio figlio. Il suo nome ha tre iniziali uguali, quindi lo chiamano Trip, triplo».

Sentii che il sangue mi si gelava nelle vene. «Quali tre lettere?»

«C. Si chiama Carter Clynes».

Capitolo ventuno

Kendall

Il mio bagaglio fu l'ultimo a lasciare il nastro. Per quanto tempo aveva girato a vuoto prima che me ne accorgessi? Per quanto tempo ero rimasta lì in piedi?

La gioia che avevo provato nelle ultime ventiquattr'ore si era completamente trasformata in un misto di stupore, panico e depressione. Non mi ricordavo neanche l'ultima volta in cui una tale tristezza mi aveva consumata. Le mie emozioni mi avevano ridotta a un guscio vuoto.

Avevo perso di vista Cass dopo che mi aveva rivelato il nome del padre di suo figlio. A dir la verità, mi ricordavo a stento di essere uscita dall'aereo e di essere arrivata fin lì.

Alla fine, presi la mia valigia e osservai la gente che affollava l'aeroporto. Una parte di me voleva scappare, ma sapevo che dovevo sentirlo da lui; che conosceva Cass, e che era il padre di suo figlio.

Forse si era inventata tutto? Scacciai quel pensiero, rifiutando di aggrapparmi a false speranze.

Mi sembrava che mi esplodesse la testa fra gli annunci agli altoparlanti, il rumore della gente attorno a me e i pensieri terrorizzati nel mio cervello. Tutto sembrava assordante. Guardai il telefono e mi accorsi che ero in ritardo per l'appuntamento con Carter nella lounge dell'aeroporto.

"Un piede davanti all'altro.

Vai.

Devi affrontarlo".

Le scale mobili mi portarono verso quello che sapevo sarebbe stato il mio piccolo inferno personale.

Quando arrivai alla lounge, chiusi gli occhi per riprendermi un attimo prima di entrare. Quando li riaprii, lo vidi in un angolo. Indossava l'uniforme e stava guardando un programma sportivo alla televisione. Rimasi all'entrata con il cuore che mi scoppiava e ammirai la sua figura imponente senza che mi notasse, semplicemente perché forse era l'ultima volta che l'avrei potuto fare.

Poi si girò all'improvviso, e io ebbi un tuffo al cuore quando vidi che aveva in mano un grande mazzo di fiori. Quando i nostri occhi si incontrarono, sulla sua bocca sbocciò un sorriso. Il mio cuore si spezzava sempre di più a ogni passo che faceva verso di me. E con ogni passo il suo sorriso si spegneva, vedendo che stavo piangendo, e che non erano lacrime di felicità.

Gettò il mazzo di fiori su un tavolo.

«Soda? Cosa c'è, cosa succede?».

Incapace di parlare, mi aggrappai alla sua camicia.

«È successo qualcosa in volo?».

Ancora senza riuscire a parlare, annuii.

Mi abbracciò e fui troppo debole per resistere. Piangevo contro il suo petto e sentivo che il cuore gli batteva forte contro la mia guancia.

Quando mi allontanò da sé e mi guardò in faccia, disse: «Dimmi cosa c'è». Dal momento che continuavo a restare in silenzio, mi pregò: «Per favore».

A occhi chiusi, pregai per avere la forza di sopportare quella situazione e alla fine parlai.

«Ero seduta accanto a una donna, sull'aereo. Era incinta di quattro mesi», dissi con voce tremante.

«Okay. E ti ha sconvolta?»

«No».

«Le è successo qualcosa?».

Afferrai una sedia per tenermi in equilibrio, mi sedetti e lo guardai.

«Dimmi cos'è successo, Kendall», disse lui senza muoversi.

«Era un'assistente di volo di riserva».

«Okay. Non ti seguo».

«Si chiamava Cass. La conosci?».

Stava per aprire la bocca e dire qualcosa, quando sembrò rendersi conto di chi fosse la donna. «Sì, la conosco».

«Sei uscito con lei».

«Sì. Quante volte ne abbiamo già discusso? Non voleva dire niente ed è successo prima che ci incontrassimo...». Spalancò gli occhi e un'espressione terrorizzata si fece strada sul suo volto mentre faceva due più due. «Aspetta. Non crederai che l'abbia messa incinta io?».

«Non è che lo credo, me l'ha detto lei. Dice che sei il padre di suo figlio, Carter. Stava venendo in Florida per dirtelo di persona. Sarà sul tuo volo domani».

Incredulo, scosse la testa e gridò: «Cosa? No!». Si inginocchiò davanti a me per guardarmi negli occhi. «No, Kendall. No».

«Puoi guardarmi in faccia e dirmi senza ombra di dubbio che non è possibile che tu sia il padre di suo figlio?».

I suoi occhi si mossero freneticamente mentre cercava di rendersi conto di cosa gli stavo dicendo. Si passò una mano tra i capelli. Non si aspettava una simile notizia, e sapevo che era sotto shock.

Ripetei: «È possibile?».

Alla fine, si alzò e si sedette al tavolo di fronte a me, troppo scioccato per parlare.

Ripetei la domanda. «Sei stato con lei quattro mesi fa, sì o no?»

«Sì», sussurrò.

«Quindi è possibile».

I suoi occhi si spensero quando si rese conto della verità: era possibile.

Non poteva negarlo.

Prendendosi la testa fra le mani, chiese: «Ma non sappiamo ancora nulla. E se stesse mentendo?»

«Non sapeva chi fossi, Carter. Non aveva alcuna ragione di mentirmi».

Tenendosi ancora la testa fra le mani, continuò a guardarmi. La mia paura cresceva vedendo la sua. Volevo che mi dicesse che Cass era pazza, che aveva mentito, volevo che mi rassicurasse, ma non poteva. Non sapeva dirmi se era suo figlio oppure no.

La voce di mia madre mi risuonò in testa. "Finirai da sola e noi ci ritroveremo in mezzo a una strada!".

Le parole di Carter mi tornarono in mente: "Non volterei mai le spalle a mio figlio. Non c'è nulla di più importante di un figlio e dei suoi bisogni".

Mi girava la testa. «Mi dispiace, Carter».

«Ti dispiace? Cosa stai dicendo?»

«Devo andarmene».

Mi prese le mani. «Soda, no. Non farlo. Qualsiasi cosa succeda, possiamo superarlo, te lo prometto…».

«Non posso». Scossi la testa con le lacrime che mi scendevano sul viso, e ripetei: «Non posso. Mi dispiace».

«Non puoi cosa?»

«Stare con te».

E poi successe una cosa che non mi sarei mai aspettata da lui: i suoi occhi cominciarono a brillare. Da vero uomo qual era, combatté le lacrime, guardandomi incredulo.

Incapace di sopportare il suo dolore, decisi di mentire. «Ti stavo per dire che ho deciso di procedere con l'inseminazione, quindi questo non cambia le cose».

Aveva gli occhi rossi. «Questa è una menzogna».

«No».

«Non mentirmi!», ringhiò.

Dovevo andare via in fretta, come quando è meglio togliersi un cerotto velocemente: fa meno male.

Mi seguì. «Kendall, non farlo».

«Non ho scelta».

«E se sta mentendo? E se il bambino non fosse mio? Non sappiamo ancora nulla», mi implorò.

«E se fosse tuo?»

«Non importa comunque, io sono tuo, le cose non cambiano».

«Cambia tutto, Carter! *Tutto.* Non ho mai sofferto in vita mia come in questo momento. Non posso sopportarlo. Se mi hai mai amata, per favore, lasciami andare». Accecata dalle lacrime, sussurrai un'ultima volta: «Lasciami andare».

Sembrò capire, perché si bloccò e mi guardò andare via. Mi concentrai sul rumore della mia valigia, resistendo all'impulso di girarmi e guardarlo un'ultima volta.

Non mi voltai.

Dovevo uscire dalla lounge della International Airlines più velocemente che potevo.

Quindici minuti dopo, mi ritrovai al banco della Lufthansa.

«Quando parte il prossimo volo per Monaco?».

L'impiegata controllò il computer e disse: «Ne abbiamo uno che parte fra un'ora, con una sosta a New York».

Chiusi gli occhi per scacciare l'immensa tristezza che mi stava prendendo man mano che mi rendevo conto di cosa stavo per fare. Tutto ciò che era successo mi passava di fronte agli occhi: Rio, Dubai, Amsterdam, Boca. L'amore che era cresciuto fra di noi durante il viaggio. Lo amavo e sapevo che l'avrei sempre amato, ma non potevo rischiare di perdere tutto. Inoltre, non reggevo il dolore. Carter che aveva un figlio con un'altra donna era una cosa troppo difficile da accettare. Lo amavo troppo e non potevo restare a guardare mentre viveva il nostro sogno con un'altra donna. Avevo cercato dei segni che mi aiutassero a prendere una decisione e sicuramente finire vicino a Cass era stato il segno più chiaro che avrei potuto ricevere.

Prima che potessi cambiare idea, sospirai e dissi all'impiegata: «Lo prendo».

Capitolo ventidue

Carter

Undici mesi dopo

«La settimana scorsa abbiamo esplorato il suo passato e quello che è successo con Lucy. Non abbiamo avuto tempo di rivivere la situazione che mi ha accennato e che l'ha portata qui. Quindi credo dovremmo farlo oggi, se per lei va bene. Mi racconti di Kendall», disse la dottoressa Lemmon.

«Va bene».

«Si prenda pure tutto il tempo che vuole».

Mi sembrava di non riuscire a respirare. Le parole non sembravano voler uscire.

«Mi scusi, non è facile per me. Non ho mai parlato di lei con nessuno. Ho trascorso gli ultimi mesi scappando e trascorrendo meno tempo possibile a casa, anche se era stata lì con me solo per poco tempo. Quello è il posto che più mi ricorda lei, perché...». Esitai. «Lì abbiamo consumato il nostro rapporto».

«Mi dica di lei», ripeté.

«Si chiamava Kendall. Si *chiama* Kendall. Voglio dire, non è morta, è là fuori da qualche parte».

«Come vi siete conosciuti?»

«All'aeroporto».

«Abbastanza normale per un pilota, credo».
«Sì, ma la nostra storia non è stata per niente normale».
Trascorsi i venti minuti seguenti a raccontarle come Kendall e io ci eravamo innamorati nel corso di alcune settimane. Le parole mi uscirono facilmente, fino a che non arrivai alla parte più difficile.
«Quindi l'ha chiamata per dire che voleva incontrarla all'aeroporto. Le sembrava una buona idea, ha dato per scontato che avrebbe accettato la sua offerta di essere il padre di suo figlio. Si sentiva pronto a diventare padre».
Chiusi gli occhi. «Sì. Si mi sentivo pronto, con lei».
«E poi cos'è successo?».
Continuai a raccontare, ricordando con grande dolore gli ultimi momenti con Kendall nella lounge dell'aeroporto, prima che mi rivelasse del suo incontro con Cass e mi lasciasse per sempre.
La dottoressa Lemmon si tolse gli occhiali, commossa dalla mia storia. «Dev'essere stato un momento molto difficile».
«Non riesco ancora a rendermene conto, come tutto sia crollato tanto in fretta».
«Le fa una colpa per averla lasciata così all'improvviso».
«No, no, per nulla. Nei suoi panni avrei fatto la stessa cosa».
«Che cosa ha fatto quando lei se n'è andata?»
«Sono rimasto nella lounge. Non potevo crederci. Mi ci sono volute un paio d'ore prima di trovare le forze per andare a casa. Un amico è venuto a prendermi perché avevo bevuto molto. Mi sono gettato sul letto e ho dormito tutta la notte, fino a che non è stata ora di svegliarmi per il volo della mattina dopo».
«E cos'è successo?»
«Proprio come mi aveva detto Kendall, Cass è venuta

a cercarmi. Ha lavorato sul volo e poi mi ha detto che doveva parlarmi di una cosa molto importante. Dopo che siamo atterrati in Brasile, mi ha detto tutto… che era incinta di mio figlio».

«E lei come ha reagito?»

«Ero disperato, troppo disperato per pensare a qualsiasi cosa che non fosse l'aver perso Kendall. Non mi importava di niente altro. Ho detto a Cass che l'avrei aiutata a mantenere il bambino se fosse stato mio, ma che non sarei stato in grado di offrirle nulla di più. Ho messo in chiaro il fatto che avrei voluto un test di paternità dopo la nascita del bambino».

«E lei è stata d'accordo?»

«Non era contenta del fatto che non avessi alcun interesse per la situazione e che non fossi emozionato, ma non c'era nulla che potessi fare per cambiare le cose. Non volevo una vita con lei. Mi importava solo di Kendall e non avevo energia per nient'altro».

«E cosa è successo a Kendall?»

«Vorrei saperlo».

Sembrò sconvolta. «Non lo sa?»

«Non ne ho idea. Mi disse che voleva procedere con l'inseminazione artificiale, ma è un mistero se l'abbia fatto o no».

«Ha provato a chiamarla?»

«Sì, parecchie volte, ma ha spento il telefono o ha cambiato numero, perché non sono mai riuscito a parlarle. Mi aveva detto il nome di sua madre, per cui ho mandato una lettera a una certa Annabelle Sparks a Dallas, ma non so se Kendall l'abbia mai ricevuta. Non la trovo sui social. Non so che altro fare, non so neanche se vorrebbe vedermi, se la trovassi».

La dottoressa Lemmon prese degli appunti prima di

guardarmi di nuovo. «Mi dica che cosa è successo a quel bambino».

«Ero all'ospedale con Cass quando è nato. L'ha chiamato Aidan. Non sapevo neanche come mi sentissi, perché una parte di me non credeva che fosse mio. Ma allo stesso tempo mi sentivo in colpa perché non riuscivo a provare nient'altro».

«Ed è suo?»

«Due settimane dopo la nascita, finalmente abbiamo fatto il test di paternità. Aspettare i risultati è stata una tortura».

«E poi?»

«Non è mio figlio». Espirai a lungo. Ogni volta che rivivevo quel momento della verità sentivo lo stesso sollievo che avevo provato la prima volta.

La dottoressa Lemmon si mosse sulla sedia. «Wow».

«Già».

«E questa cosa come la fa sentire?»

«Un misto di rabbia e sollievo, perché mi assolve da ogni responsabilità per una situazione che non ho mai scelto, ma provo rabbia perché ho perso tutto a causa di ciò. E non potrò mai recuperare ciò che ho perso».

"La donna che non ritroverò mai più.

La famiglia che non ritroverò mai più.

La vita che non ritroverò mai più".

«E com'è stata la sua vita da quando ha scoperto la verità?»

«A essere onesto, non è cambiata molto. Lavoro più che posso. Vado avanti col pilota automatico, come ho sempre fatto».

«Usa il suo lavoro per nascondersi dai suoi demoni. Prima con Lucy, ora con Kendall».

«Cos'altro dovrei fare?»

“Ti pago per dirmi cosa cazzo dovrei fare!”.

«Finché non saprà che cosa è successo a Kendall, non troverà mai pace. Venire da me è stato un primo passo, ma non c’è niente che io possa fare per far sì che questo smetta di tormentarla».

«Gliel’ho detto, ho provato a contattarla. Non so dove sia».

«Mi ha detto che ha un indirizzo in Texas. Perché non va a cercarla e prova a scoprire che cosa è successo nella sua vita?».

Non riuscivo neanche a rispondere, anche se sapevo che stava dicendo la verità. Ero terrorizzato. Terrorizzato al pensiero di cosa le avevo fatto passare, terrorizzato di sconvolgerla di nuovo, terrorizzato da ciò che non conoscevo.

Una cosa sola sapevo per certo: se avesse voluto vedermi, sarei andato da lei in un attimo.

L’ora trascorsa con la psicologa mi aveva lasciato senza forze. Invece di farmi sentire meglio, era come se avesse aperto la diga che mi proteggeva dalle acque tempestose delle mie emozioni.

Quella sera, a casa mia a Boca, stavo appendendo le uniformi che avevo appena ritirato dalla lavanderia quando il mio sguardo cadde su una pelliccia bianca annidata in un angolo del mio guardaroba, esattamente dove l’avevo gettata mesi prima.

Avevo comprato un orsetto in Venezuela e volevo darlo a Kendall, se avesse accettato la mia offerta. Presi l’orsetto e lo fissai, sedendomi sul letto.

«Avrei dovuto buttarti via, così adesso non dovrei guardarti».

Fantastico, adesso parlavo con gli oggetti inanimati.

«Cosa ne pensi? Dovrei andare in Texas? Dovrei provare a cercarla?» .

"Sei pazzo, Carter. Che cosa ho da perdere? Ho perso tutto comunque, giusto?".

Portandomi l'oggetto al viso, dissi: «Lascio a te la decisione. Se continui a stare zitto, vuol dire che non hai obiezioni».

Lo misi su uno scaffale e feci un passo indietro, incrociando le braccia e fissandolo. «Parla adesso o taci per sempre», dissi, prima di stendermi sul letto e aprire il mio portatile.

Avevo tre giorni prima di volare a Rio. Usai le mille miglia aeree che avevo accumulato e prenotai un volo per Dallas.

Girandomi verso lo scaffale, indicai l'orsetto e dissi: «Se sarà un disastro, la colpa è tua».

Il ranch era enorme: almeno otto acri. C'erano alcuni cavalli che pascolavano ma sembrava abbastanza desolato e trascurato, viste le dimensioni della proprietà.

"Il famigerato ranch Sparks".

Avevo sempre voluto vedere dov'era cresciuta Kendall, ma non pensavo che avrei visitato quel posto senza di lei.

Una donna bionda che forse vent'anni prima era stata bella aprì la porta. Aveva una sigaretta in bocca e puzzava di alcol.

«Sì?»

«Lei vive qui?»

«Sì, questa è casa mia».

«Annabelle?»

«Sì. E tu chi sei?»

«Sto cercando sua figlia, Kendall. Mi chiamo Carter Clynes. La conoscevo».

Prese una lunga boccata dalla sigaretta e poi soffiò via il fumo, puntando un dito verso di me. «Oh, mio Dio. Sei tu. Il pilota».

«Sì. Le ha parlato di me?»

«Sì».

Quello mi fece piacere.

«È qui?»

«No, mia figlia non viene qui da mesi».

Avevo un brutto presentimento. «Dov'è?»

«Non ne ho idea. Kendall mi ha detto chiaramente che non vuole che lo sappia».

«Quand'è stata l'ultima volta che è stata qui?»

«È andata in Germania, e non mi ha detto che cosa sia successo. Il viaggio è durato circa due settimane. Ho solo scoperto che è stata in Germania dal biglietto sulla sua valigia, altrimenti non avrei neanche saputo quello».

«Quanto è rimasta qui dopo essere tornata dalla Germania?»

«Un paio di giorni. Ha detto che voleva solo prendere un po' di cose, e se ne sarebbe andata subito. Mi ha detto di non preoccuparmi per lei».

«Non ha detto se avrebbe fatto l'inseminazione?»

«No, mia figlia preferisce torturarmi, ha cambiato numero di telefono e ha reso impossibile trovarla. Preferisce lasciarmi qui a soffrire e a chiedermi se perderò tutto oppure no. Non abbiamo più molto tempo. Se non ha partorito un figlio maschio, perderemo tutto. Sarà la fine della mia vita».

Non potevo crederci. Dovetti fare un grosso sforzo per non mandare quella donna a quel paese. Ma avevo ancora bisogno di lei. «Mi sembra che stia esagerando, signora. Può sempre traslocare in una casa più piccola e trovare un lavoro. Non è la fine del mondo se non può mantenere questa proprietà o questo stile di vita. A questo punto, direi che dovrebbe essere più preoccupata per sua figlia».

Scelse di ignorare i miei commenti. «Ma tu cosa vuoi?»

«Devo trovarla».

Annabelle cercò un portacenere e spense la sigaretta. «Mi dispiace, come ti ho detto, non posso aiutarti».

Guardandomi in giro in quell'enorme casa, chiesi: «Kendall ha ancora una stanza, qui?»

«Sì».

«Posso dare un'occhiata per vedere se riesco a trovare un indizio su dove sia?». La donna sembrava esitare. «Sarebbe meglio per entrambi se riuscissimo a trovarla», dissi.

Si accese un'altra sigaretta, prese una boccata e scrollò le spalle.

«Vai pure. Secondo piano a sinistra».

Annuii e ringraziai.

La porta scricchiolò un poco quando entrai nella stanza di Kendall. Il sole brillava nella camera creando un'ombra sul suo letto dalla trapunta giallo chiaro. Tutto era così pulito, delicato e femminile, proprio come lei. Avevo il cuore pesante mentre toccavo le sue cose personali.

Mi fermai su un portafotografie con una foto di Kendall assieme a un uomo anziano che forse era suo nonno. Era una foto di qualche anno prima. Vedendo di nuovo il suo meraviglioso sorriso, mi sentii ancora più determinato a trovarla.

Esaminai la stanza, ma non trovai nulla che mi potesse dare un indizio. Mi sentii sconfitto. Aprii il suo armadio, che era mezzo vuoto, e presi alcuni vestiti, uno per uno, annusando ciascuno di loro, sperando di sentire il suo profumo.

Con la mano, sentii qualcosa di diverso e mi bloccai. Appeso nell'angolo sinistro dell'armadio c'era un piccolo completo da neonato. Era blu con delle strisce sui lati. Sembrava proprio una piccola uniforme da pilota. Guardai l'etichetta. Il nome della marca era Carter's.

"Santo cielo".

La presi, e in quel momento vidi che c'era una spilla a forma di ali di aereo attaccata al colletto. Pieno di doloroso desiderio, chiusi gli occhi e ricordai le sue parole in una delle ultime conversazioni che avevamo avuto prima che tutto cadesse a pezzi. "Ho comprato qualcosa che mi ha ricordato te".

Probabilmente era quello che voleva portarmi. Era la prova che avrebbe accettato la mia offerta... anche lei voleva il bambino, proprio come me. Abbracciai il completino.

Aveva mentito sulla sua decisione di andare in Germania, ma comunque era finita proprio lì. Dovevo sapere che cosa fosse successo, dove fosse. Dovevo dirle che l'amavo ancora e avrei accettato qualsiasi decisione avesse preso.

L'avrei ancora amata se avesse avuto un figlio di un altro uomo?

Sì.

Dannazione, sì.

Dovevo trovarla. "Pensa. Pensa. Pensa".

Forse avrei potuto contattare l'FBI? La polizia? Ma se era andata via di sua spontanea volontà, non avrebbero sprecato tempo a cercarla. Avrei potuto assumere un investigatore privato, ma forse si sarebbe arrabbiata se l'avessi cercata contro la sua volontà?

Improvvisamente, mi si accese una lampadina. Dopo due giorni sarei tornato a Rio. Se c'era qualcuno che avrebbe potuto aiutarmi a risolvere il mistero era quella pazza.

Quello non era un lavoro per la polizia.

Quello era un lavoro per Maria Rosa.

Capitolo ventitré

Carter

Era quasi mezzanotte quando il taxi arrivò a casa di Maria Rosa. Un inquilino aprì la porta e tornò nella sua stanza. Seguii il mio naso, che mi condusse direttamente in cucina. Maria stava mescolando un'enorme pentola con una mano, e con l'altra stava dando a Pedro una fetta di mango. Non si voltò e non le avevo detto che stavo arrivando, quindi pensai che fosse convinta si trattasse di qualcun altro.

«*Venha comer. Conversaremos, então*». Vieni a mangiare e parliamo.

«*È Carter, Maria*». Sono Carter, Maria.

Ancora non si girò, invece prese una ciotola da un mobile vicino a lei e la riempì di *feijoada*. Quando si voltò per mettere la ciotola sul tavolo, non sembrò affatto sorpresa di vedermi. Sapeva che sarei venuto.

«*Comer! Comer!*».

Dopotutto, era una medium. Ma nonostante ciò, rimase sorpresa quando lasciai andare le valigie e l'abbracciai. Per qualche motivo, essere lì mi fece provare una sensazione che non avevo sentito per quasi un anno – speranza. La strinsi a me per molto tempo e quando la lasciai andare mi prese il viso tra le mani e mi baciò entrambe le guance. Ci sedemmo e mangiammo assieme in amichevole silenzio. Dopo aver finito, cominciai a sentire una certa ansia riguardo a ciò di cui dovevo parlarle. Non le avevo mai chiesto nulla del mio futuro. Era sempre stata lei a dirmi qualcosa ogni tanto, quando mi guardava. Non ero neanche sicuro che *potesse* rispondere alle mie domande. Forse essere chiaroveggente era qualcosa che veniva a caso?

Dopo aver sparecchiato, cominciavo a farmi coraggio quando improvvisamente mi prese entrambe le mani nelle sue. Non dovetti fare alcuna domanda. Non era necessario, perché mi chiese di sedermi e cominciò a predirmi il mio futuro.

Tre ore dopo, ero nella mia stanza e mi girava la testa. Cercai di dormire, ma era praticamente impossibile perché l'unica stanza disponibile era quella che io e Kendall avevamo condiviso. Sentivo ancora il suo spirito, anche dopo undici mesi.

"Undici mesi".

Che aspetto aveva se era incinta? Le sue tette sode sarebbero state piene di latte e il suo posteriore sarebbe stato più pieno. Era sbagliato eccitarsi pensando a lei incinta? *Cazzo.* Era l'unica che poteva ancora farmi sentire così. Undici mesi di castità. Il periodo più lungo della mia vita da quando avevo sedici anni.

Avevo deciso sul volo per venire qui che non mi importava se fosse incinta di un altro uomo. Anzi, in un modo perverso quasi lo volevo. Se avesse ottenuto tutto quello che desiderava, questo avrebbe compensato almeno in parte i mesi che avevamo passato lontani. Perché pensare che entrambi avessimo sprecato gli ultimi undici mesi per nessun motivo al mondo era sufficiente a stringermi il cuore.

Ripensai molte volte a tutto quello che mi aveva detto

Maria. Come al solito, i suoi messaggi erano stati in codice, ed era difficile decifrare che cosa avesse cercato di dirmi, ma ero determinato ad ascoltare il suo consiglio, qualsiasi esso fosse. Il problema era che non ero così sicuro di cosa mi stesse consigliando.

"A resposta está no céu. A resposta está no céu".

Continuava a ripetere sempre la stessa frase.

La risposta è nel cielo. La risposta è nel cielo.

Visto che era ormai mattina quando mi addormentai, non mi svegliai che nel tardo pomeriggio. Non avevo voli fino alla mattina dopo, per cui avevo parecchio tempo per capire che cosa stesse cercando di dirmi Maria. La cercai, ma era andata al mercato, quindi andai a fare una passeggiata sulla spiaggia provando a schiarirmi le idee.

Dopo circa un chilometro sotto il sole cocente, arrivai ad una sedia solitaria sul bagnasciuga. Mi ricordai che l'ultima volta che ero stato su quella spiaggia ero con Kendall. Quasi in quello stesso punto, dove avevamo trovato *due* sedie. Speravo che non fosse un segno… che d'ora in poi avrei avuto bisogno di *una* sola sedia.

Sentendomi perso, mi sedetti per cercare di trovare un senso nella follia della mia vita. Gettai la testa indietro, chiusi gli occhi e lasciai che il sole brillasse sul mio viso, mentre ricordavo i momenti che avevo trascorso lì con Kendall.

Fu come un piccolo film. Eravamo seduti uno davanti all'altra e i nostri piedi si toccavano nella sabbia. Le avevo chiesto quale fosse lo scopo del suo viaggio ed era stata vaga… presto avrei scoperto che stava evitando di dirmi il suo segreto, perché si vergognava ad ammettere la verità. Pensava che l'avrei ritenuta superficiale e disperata.

Ma la verità era che, prima che la incontrassi, quello superficiale e disperato ero *io*. Passavo da una donna all'altra e non volevo mai restare in un posto per troppo tempo. La donna che credeva di essere disperata era colei che io volevo disperatamente trovare. L'amore vero.

Non solo Kendall mi aveva rivelato il suo segreto proprio lì, ma io le avevo raccontato di Lucy, ed era la prima volta che lo facevo. Non avevo neanche parlato con i miei genitori di ciò che era successo, eppure avevo condiviso i miei demoni con Kendall, e nonostante tutto lei mi aveva aperto il suo cuore. O almeno credevo che l'avesse fatto.

Il sole era meraviglioso e caldo sul mio viso. Il suono delle onde sul bagnasciuga mi cullò finché non mi rilassai un po'. Espirai profondamente e lasciai che la spiaggia lavasse via un po' del mio stress. A quel punto, era inutile tormentarmi sul passato. L'unica cosa che potevo fare era controllare il futuro.

Il mio futuro.

"A resposta está no céu. A resposta está no céu".

Le parole di Maria Rosa continuavano a girarmi in testa.

La risposta è nel cielo. La risposta è nel cielo.

Che cosa stava cercando di dirmi?

"La risposta è nel cielo. La risposta è nel cielo".

Riparandomi gli occhi dal sole con la mano, guardai verso il cielo. Improvvisamente, la risposta mi colpì in un momento di chiarezza.

"La risposta è nel cielo".

Lucy in the Sky with Diamonds.

Maria mi stava dicendo di andare a trovare Lucy. Come avevo potuto essere così stupido?

Mi organizzai per rendere il viaggio possibile. Considerando che negli ultimi cinque anni ero stato sempre pronto a coprire chiunque me lo chiedesse, non fu difficile trovare un sostituto per cinque giorni. Dopo essere tornato negli Stati Uniti, sarei andato in Michigan. Era da un anno che non tornavo a casa, ed era da ancora più tempo che non andavo a trovare Lucy. Infatti, l'ultima volta che ero andato alla sua tomba era... *mai*.

Era arrivato il momento.

Non sapevo come o perché, ma Maria lo sapeva. La risposta era nel cielo.

Era una tipica mattina di fine marzo in Michigan. C'era ancora la neve a terra, coperta da uno strato di ghiaccio. L'erba ghiacciata scricchiolava sotto i miei piedi mentre mi dirigevo verso la fila 68 della sezione Crestwood del cimitero Fairlawn.

Quando raggiunsi la fila giusta, mi guardai attorno e presi un respiro profondo. Per fortuna non c'era nessuno in giro. Ero sollevato perché non volevo incontrare la famiglia di Lucy. Non avrei potuto sopportare di vedere nessuno, quel giorno.

Nella fila di Lucy c'erano circa venti tombe. Camminai piano, leggendo i nomi su ogni lapide, finché raggiunsi la sua.

Lucy Langella
10 luglio 1986 - 7 settembre 2004

Una lama di dolore mi trafisse il petto. Presi un respiro doloroso, leggendo l'epitaffio sotto il suo nome.

A volte l'amore dura solo un momento
a volte dura tutta la vita
a volte un momento è tutta la vita
nostro solo per un istante
ali per l'eternità

Erano passati dodici anni, ma il tempo non aveva guarito la ferita che la morte di Lucy aveva aperto in me. Faceva ancora terribilmente male. Il dolore era fresco, ma invece di scacciarlo, lo accolsi in pieno.

Lessi l'epitaffio una seconda volta.

"A volte l'amore dura solo un momento.

A volte dura tutta la vita".

Forse era quello che Maria voleva che vedessi? Cercai di trovare il senso di quella parola. Forse Lucy era solo un momento per me e Kendall era tutta la mia vita?

"Ali per l'eternità".

Stava cercando di dirmi che non meritavo né l'una né l'altra? Che il mio destino era di girare il mondo e non trovare mai una casa?

Il dolore si fece più acuto. Socchiusi gli occhi e sentii il sapore delle lacrime. Quella era la mia punizione? Lucy aveva amato e perduto, ed ero io ad aver causato la sua perdita. Capii che la mia vita era stata più facile prima che Kendall comparisse in quel bar dell'aeroporto. Dicono che è meglio aver amato e perduto che non aver mai amato, ma in quel momento pensavo fosse solo un'idiozia. Sia io che lei saremmo stati meglio se non ci fossimo mai incontrati? Io non mi sarei reso conto che la mia vita faceva schifo prima di conoscere Kendall, e Lucy… sarebbe ancora stata viva.

Cominciai a tremare ancora prima che i singhiozzi cominciassero. Quando il dolore mi investì in pieno, dovetti sedermi nella neve o sarei caduto. Anche se cercavo di resistere non potevo più trattenermi; i singhiozzi vennero fuori dalla parte più profonda di me, e piansi per tutto ciò che avevo perduto. Per i genitori di Lucy, che non avevano mai vissuto le gioie che avevano vissuto i miei;

per Lucy e Kendall, perché le avevo deluse, perché non ero riuscito a tenerlo nei pantaloni. E per avere realizzato che…

"A volte un momento è tutta la vita".

Ed è tutto ciò che potrai avere.

Capitolo ventiquattro

Carter

Cinque giorni di riposo e relax non mi aiutarono per nulla. Decisi di non andare a trovare i miei genitori, anche se non ero lontano. Ero un disastro, e se mi avessero visto in quelle condizioni li avrei semplicemente fatti preoccupare.

Patetico, lo so, ma non vedevo l'ora di tornare al lavoro. Essere in volo era come essere a casa, e impazzivo ogni volta che ero a terra. Arrivai all'aeroporto di Detroit con tre ore e mezza di anticipo. Il check-in dell'equipaggio non era ancora aperto, quindi andai nella Sky Lounge per fare colazione mentre aspettavo. Avevo appena ordinato un panino al tacchino e un'omelette con il giornale aperto davanti a me quando una voce familiare chiamò il mio nome.

«Ehi, Trip».

Alexa Purdy non indossava certamente l'uniforme da pilota. Sembrava pronta per andare in spiaggia invece che per pilotare un aereo commerciale. Le sue gambe erano toniche e lunghe, ma i pantaloncini corti con i sandali a tacco alto la facevano sembrare una Rockette di New York.

Le feci un cenno di saluto.

«Dove vai oggi?»

«New York. Tu?».

Mi fece un sorriso che sembrava voler dire "Ti mangerei per cena" e fece le fusa. «New York».

«Sul piano di volo dice che il mio co-pilota è Ken Major».

«Oh, sono solo una passeggera. Dovevo incontrare un'amica in città per qualche giorno, ma ha disdetto all'ultimo momento». Sporse le labbra e si scostò i capelli, flirtando. «Ora sono tutta sola».

Mi schiarii la voce. «C'è tanto da fare in città. Sono sicuro che troverai compagnia».

Senza che l'avessi invitata, si sedette davanti a me e piegò la testa da un lato. «Hai ancora quella ragazza bionda, piccolina… come si chiamava? Kylie?».

Non mi presi la briga di correggerla, perché pronunciare il nome di Kendall faceva troppo male. «Con lei è finita».

Alexa non fece neanche finta di nascondere che la mia risposta la rendeva felice. «E per quanto tempo resterai a New York, Trip?»

«Solo per una notte. Volo a Copenaghen domani sera».

«Solo una notte, eh?».

Mi sentii sollevato quando il cameriere arrivò con la mia omelette; anche se non avevo veramente fame, ci detti dentro per tenermi occupata la bocca, così non avrei dovuto parlare ad Alexa.

Lei prese uno yogurt e un caffè nero. Con quel fisico alto e snello, i lunghi capelli neri e gli occhi grandi e marroni era veramente una bella donna, anche se era l'esatto contrario di Kendall. Se ricordavo bene, era l'esatto opposto di Kendall anche a letto. Kendall aveva un sano appetito sessuale, ma le piaceva lasciarmi dominare. Invece Alexa era aggressiva, e distruggeva ogni alone di mistero dicendo chiaramente ciò che voleva. Ai tempi mi piaceva, perché assicurava un epilogo veloce e soddisfacente per entrambi. Visto che stavamo insieme solamente per qualche giorno di permesso, desideravo soltanto sfogarmi e poi dormire profondamente.

Pensare ad Alexa in quel modo mi faceva arrabbiare con me stesso, ma mi faceva anche arrabbiare con Kendall, perché negli ultimi cinque giorni mi ero reso conto che anche se fosse stata incinta di un altro uomo, non sarebbe comunque stato sufficiente da lasciarla. Sapevo che sarei rimasto con lei anche se fosse stata incinta. Sarebbe stato difficile, ma nella mia testa avrebbe funzionato, non importava come. Eppure, lei mi aveva lasciato ancora prima di essere sicura che avessi effettivamente un figlio. Ero passato dalla tristezza alla rabbia e dalla rabbia alla tristezza più di un paio di volte negli ultimi giorni, e ora ero proprio arrabbiato.

Per un'ora, Alexa e io ricordammo i tempi passati, dove eravamo stati e quali nostri colleghi si erano ritirati dal lavoro. Parlare di lavoro mi confortava. Perché era tutto ciò che mi restava.

«Sai dove trascorrerai il tuo permesso a terra?», mi chiese. Non avevo prenotato nulla perché non avevo controllato i voli fino a quella mattina.

«Probabilmente starò al Radisson. Credo che ci facciano stare lì».

«Io ho una stanza al Plaza. Perché non vieni in città e non passi la notte con me? Possiamo andare a ballare? O se non ti va, possiamo evitare di uscire e andare direttamente a letto». Inarcai un sopracciglio. Alexa parlava sempre in modo esplicito.

Anche se non lo desideravo affatto, pensai di poter tornare alla mia vecchia vita, visto che era tutto ciò che mi rimaneva. Non ero stato con nessuna per undici mesi.

Se dovevo tornare in azione, almeno che fosse con una donna compatibile e che non si aspettava nient'altro a parte una notte di sesso. Che cazzo? Era meglio che restare solo.

«Certo. Perché no?».

Dopo l'atterraggio dovetti aspettare un meccanico della International Airlines, perché uno dei calibri dell'aereo si era bloccato a metà volo. Non era essenziale per la sicurezza, ma secondo le regole della nostra compagnia aerea dovevamo incontrare il tecnico in maniera da poter spiegare di persona quale fosse il problema. Dissi al mio co-pilota di andarsene e restai ad aspettare. A differenza mia, lui aveva una famiglia che l'attendeva a casa. Inoltre, Alexa mi tenne compagnia. Sembrava ci fosse un ritardo e che sarei stato in aereo ad aspettare per un'ora, ed Alexa mi raggiunse in cabina.

«Ti ricordi quella volta che quasi ci hanno beccato a Berlino mentre eravamo in ritardo a causa di una perturbazione? Ero a cavalcioni su di te, c'era la porta aperta e non abbiamo sentito l'annuncio che finalmente cominciavano a far salire i passeggeri?». Era seduta accanto a me e mi accarezzava con le dita mentre parlava.

Annuii, incapace di rispondere, perché sapevo che la mia voce sarebbe stata piena di disgusto. Mi ricordavo l'episodio di cui parlava, anche se il pensiero mi faceva sentire nauseato. Sesso senza amore. Che cosa mi era successo? Perché questo genere di cosa non mi interessava più? Sapevo che se le avessi chiesto di inginocchiarsi davanti a me lo avrebbe fatto volentieri. C'erano stati tempi in cui farmi fare del sesso orale in cabina era meglio di una droga. Sarei mai tornato a sentirmi così? Perché in quel momento non mi sembrava proprio.

«Abbiamo un'ora da passare qui. Possiamo alzare lo schermo e fare un po' di preliminari?»

«Preferisco risolvere questa cosa del calibro e andare in hotel».

Rimase silenziosa per un momento «Cosa ti succede? Non sembri tu».

«Niente. Sono stanco dopo il volo». Non volevo offenderla e dirle la verità: che era come se stessi aspettando di essere fucilato invece di attendere con ansia di essere dentro di lei. Non avevo motivo di ferirla. Lo schifo che stavo passando era un problema mio.

Ma si era accorta che avevo la testa da un'altra parte. «Comunque, che cosa è successo a te e alla biondina? I pettegolezzi dicevano che finalmente qualcuno aveva conquistato capitan Pisellone?».

Alzai le sopracciglia. «Capitan Pisellone?»

«Non fare finta di non sapere come ti chiamano le assistenti di volo. Non è un segreto che ti piace fare sesso e che sei ben equipaggiato».

Scossi la testa, disgustato da me stesso. Dio, ero veramente una testa di cazzo prima di conoscere Kendall.

Quando non risposi, insistette. «Cosa? Non eri per caso innamorato di lei?»

"Sì, ero pazzo di lei".

«Non voglio parlarne con te, Alexa».

«Sono stata sposata. Ero innamorata. Sai, potrei anche essere tua amica. Potrei essere qualcosa di più di qualcuno con cui fai sesso ogni tanto. Ma non hai mai avuto alcun interesse a conoscermi».

La fissai.

Aveva ragione. Prima di conoscere Kendall non l'avrei mai ammesso, ma ora capivo che era possibile aprirsi con qualcuno e andare oltre al semplice sesso. Ora vedevo le cose chiaramente: non le avevo mai dato una possibilità. «Mi dispiace, Alexa».

Per un momento la sua corazza mostrò uno spiraglio, e vidi un lato vulnerabile che non avevo mai visto prima. «Non importa. Da te ho preso quello che potevi dare».

Per fortuna, il meccanico arrivò più in fretta di quanto pensassimo e mise fine alla nostra conversazione. Dopo avergli mostrato il calibro rotto e dopo aver risposto alle sue domande, fui ufficialmente libero di andare. Alexa e io scendemmo dall'aereo, andammo al terminal e ci dirigemmo verso l'uscita.

Attraversando l'aeroporto, non riuscivo a smettere di pensare. Stavo facendo la cosa giusta, cercando di tornare alla mia vecchia vita? Sesso senza amore con una collega? Perché non mi sembrava giusto? Kendall era andata via, erano passati più di undici mesi e non c'era motivo di restare fedele ad un fantasma.

Superando un'edicola, pensai di aver veramente visto un fantasma. Una donna stava guardando dei giornali, girata di spalle, ma da dietro sembrava proprio Kendall. Il mio cuore cominciò a battere più forte di quanto non avesse fatto da tanto tempo. Il fantasma di Kendall mi aveva emozionato di più di quello che stavo per fare con Alexa. Fissai la donna. Mi accorsi che indossava l'uniforme di una linea aerea associata alla nostra, la National Elite, e, deluso, mi costrinsi a distogliere lo sguardo. Stavo veramente impazzendo.

La coscienza che non sapevo neanche di avere cominciò a darmi fastidio non appena raggiungemmo l'uscita. Non potevo andare fino in fondo con Alexa. Mi odiavo perché non riuscivo a lasciarmi tutto alle spalle, ma non ero pronto. C'era soltanto una persona che aspettava un taxi; ci mettemmo in fila e una macchina arrivò in fretta.

Quando il guidatore uscì e aprì il bagagliaio, aspettai che avesse preso la valigia di Alexa e poi parlai.

«Alexa, mi dispiace. Apprezzo il tuo invito, ma non posso farlo».

«Fare cosa?». Sembrava sinceramente perplessa.

«Venire con te in hotel. Non sono pronto».

«Non sei pronto? Vuoi dire fisicamente?»

«No, non intendo dire quello… non è un problema fisico… è solo che ho la testa da un'altra parte, e non è giusto nei tuoi confronti».

Fece un passo verso di me e mi prese il colletto dell'uniforme.

«Non mi dà fastidio».

Mi sforzai di sorridere, un sorriso triste. «Mi dispiace, sono io che non posso».

Sospirò profondamente. «C'è qualcosa che posso fare per farti cambiare idea?»

"Puoi trasformare un fantasma in realtà?".

«No, mi dispiace». Aprii la portiera del taxi e attesi che entrasse.

Salì sul taxi e mi sembrò triste, piuttosto che arrabbiata. «Se cambi idea, sai dove trovarmi».

«Grazie. Prenditi cura di te, Alexa».

Chiuse la portiera e battei le nocche sul tettuccio della macchina per dire al guidatore che poteva partire. Poi rimasi lì per dieci minuti, a fissare il marciapiede. Non sapevo cosa fare. Potevo cercare un hotel, ma quel pensiero mi rendeva più depresso di quanto mi avesse depresso la questione con Alexa, quindi feci l'unica cosa che sembrava mi confortasse negli ultimi tempi: tornai in aeroporto.

Il cibo della Sky Lounge non era male e avrei potuto trascorrervi del tempo prima di tornare al mio deprimente hotel da solo. Tornai ai controlli di sicurezza che avevo appena passato e mi diressi verso la National Airlines. Passando oltre al gate 32, scorsi quello che pensavo fosse il fantasma della bionda Kendall che camminava lungo il corridoio per salire sul suo volo. Sembrava proprio lei, da dietro. Muoveva le anche allo stesso modo. Mi fermai a guardarla camminare fino in fondo e non mi mossi finché non scomparve. Il mio cuore era di nuovo impazzito solo a vedere una donna che *somigliava* a Kendall.

Che cazzo c'era che non andava in me.

Scossi la testa, sbattei gli occhi un paio di volte e mi sforzai di procedere. Superai due o tre gate, ma all'improvviso mi voltai indietro. "Sto perdendo la testa", ringhiai a me stesso. Sapevo che era assurdo, ma il mio cuore non smetteva di correre e non sarei mai riuscito a dormire se non l'avessi almeno chiesto.

Aspettai in fila dietro a una donna che voleva cambiare posto. Quando arrivò il mio turno, mi assicurai di indossare il mio cappello da capitano. «Salve, solo Carter Clynes e volo con la International Airlines. Avrei giurato di aver visto una vecchia amica che lavorava con me».

«Intendi dire il capitano Reisher?»

«No, un'assistente di volo. Lavoravamo assieme».

«Vediamo, c'è Melissa Hansen, Nat Ditmar e...». La donna si girò verso la sua collega. «Come si chiama la nuova hostess? La bionda?».

Il cuore mi palpitava nell'attesa.

«Quella che ha finito il training la settimana scorsa?»

«Sì, è appena salita su questo volo».

«Oh, si chiama... Kendall».

Mi bloccai. Non poteva essere. «Hai detto Kendall?»

«Sì. Era lei che cercavi?».

Doveva essere una coincidenza enorme.

«Kendall? Il cognome è Sparks?»

«Sì. Lavora sullo shuttle da New York a Boston, adesso».

Stavo immaginando tutto? Avevo veramente perso la testa? Era possibile che Kendall fosse diventata un'assistente di volo e fosse proprio lì, alla fine di quel corridoio?

Il pensiero mi sembrava folle.

Guardai il tabellone dei voli. Diceva che il volo era per Boston, ma che era stato ritardato. «A che ora dovete partire?»

«Dovremmo partire fra quindici minuti, ma dicono che siamo in ritardo di circa un'ora a causa del vento».

«Il volo è pieno?.»

Controllò sul terminale. «Ci sono ancora alcuni posti liberi ».

«Tornerò». Me ne andai più velocemente che potevo e corsi al banco dove avrei potuto comprare un biglietto.

Visto che non era la mia compagnia aerea, dovetti aspettare con tutti gli altri e cominciai a sentirmi inquieto. Controllai l'ora sul telefono una dozzina di volte, nei quindici minuti in fila, e l'uomo davanti a me sembrò notarlo.

«Mi sembri preoccupato di perdere il volo, amico?». Aveva un accento australiano.

«Sto cercando di salire su un volo in ritardo, ma non ci sono molti posti».

«Sei un pilota, vero?».

Annuii.

«Ma non fanno passare prima il grande capo che guida l'aereo? Come mai fai la fila con noi formichine?»

«Non lavoro per questa compagnia aerea».

«Puoi passare prima di me, se vuoi. Ho tre ore di anticipo». L'uomo aveva con sé un cesto con un cane.

«Sei arrivato in anticipo per far salire il tuo cane o qualcosa del genere?»

«Qualcosa del genere». Rise. «Mia moglie e io eravamo in visita a New York. Non lasciamo mai Montone a casa da solo. L'animale viene con noi ovunque andiamo».

«Montone?».

Mi si avvicinò e sussurrò: «C'è una capra, là dentro». Poi si mise l'indice sulle labbra mostrando il segno universale per *silenzio*. «Non dirlo a nessuno dell'equipaggio. Mia moglie pensa che non lo noteranno».

Mi chinai verso il cesto. In effetti, si trattava di una capretta. «Non pensi che se ne accorgeranno?»

«Non conosci mia moglie, Aubrey. È andata in avanscoperta a dare un'occhiata, ma potrebbe vendere il ghiaccio agli eschimesi. Ora che ci penso, è meglio se passi davanti a me. Per cercare far volare quest'animale da fattoria, mi sa che ci vorrà un po'».

Scossi la testa, divertito. Quell'uomo era talmente carismatico e di bell'aspetto che mi aspettavo potesse convincere le fanciulle dietro al banco che la capra era un gattino, se avesse voluto. Chiacchierammo per qualche minuto, andando avanti nella fila un poco alla volta.

«Allora dove vai? All'avventura?»

«Lo spero», dissi.

Quando l'assistente di volo chiamò il prossimo, l'australiano mi fece segno di passare. Gli offrii la mano. «Grazie, e buona fortuna con il tuo cucciolo».

«Grazie, spero che trovi l'avventura che cerchi».

"Lo spero anch'io".

Capitolo venticinque

Carter

Era lei.

Mi si strinse il cuore.

Santo cielo, non era stata solo la mia immaginazione.

Prendendo posto in coda all'aereo, strizzai gli occhi per vedere ogni movimento che Kendall faceva, lavorando nella parte frontale del Boeing 737. Era surreale vederla lavorare come assistente di volo. Mi sembrava che i nostri mondi si fossero incontrati nella maniera più strana.

Non mi aveva visto salire. Era una benedizione, perché avevo bisogno di un po' di tempo per digerire quello che stava succedendo. Stava aiutando un anziano a mettere qualcosa sopra il sedile quando le passai accanto, incredulo.

Mi chiesi se parlarle subito, ma non era il momento né il luogo per affrontare la questione. Speravo solo che non facesse una scenata quando inevitabilmente si sarebbe accorta che ero proprio io.

Non volevo che la licenziassero per colpa mia. Sapevo bene che c'erano molte persone che volevano diventare assistenti di volo, visto che la maggior parte di quelli che passavano il corso non trovavano lavoro. Anche se non sapevo come fosse finita lì, doveva essere qualcosa che desiderava fare e non volevo portarle via anche quello.

Ero talmente confuso che mi sentivo il cervello intorpidito.

Aveva avuto il bambino oppure no?

Il training da assistente di volo durava solo due mesi; avrebbe potuto farlo mentre era incinta e poi volare fino a quando lo permettevano. Che cosa avesse fatto in quei mesi era un mistero.

Il volo verso Boston sarebbe durato soltanto un'ora, grazie a Dio. Non avrei potuto resistere di più bloccato lì senza poter avere alcuna risposta.

Perle di sudore cominciarono a formarsi sulla mia fronte, e il cuore mi batteva così forte che per la prima volta su un aereo mi venne quasi un attacco di panico. Non mi piaceva volare, a meno che non fossi il pilota e fossi io a controllare tutto.

Kendall si sedette davanti per la partenza. Una volta decollati, probabilmente sarebbe venuta verso di me, e non sarei riuscito a nascondermi fino alla fine del volo. Il pensiero di trovarmi faccia a faccia con lei davanti a tutte quelle persone mi faceva stare male.

Fare il pilota mi aveva preparato alla possibilità di trovarmi davanti a diversi disastri, ma nonostante ciò non mi sentivo pronto ad affrontare Kendall.

La osservai da lontano meglio che potevo. Aveva una gonna grigia attillata e una camicetta azzurra con le maniche a tre quarti, con una striscia blu davanti. I capelli, in genere spettinati, erano raccolti in uno chignon ordinato.

Sembrava riservata e meccanica nel servire i passeggeri. Il sorriso che un tempo era sufficiente a rischiarare una stanza ora sembrava quasi finto, con una certa oscurità nascosta. Ora Kendall mi ricordava me stesso prima di conoscerla. Non c'era lavoro migliore che volare per fuggire dai propri problemi.

Avevo paura di scoprire da *cosa* stesse fuggendo.

Forse aveva avuto il bambino e si sentiva in colpa per averlo ceduto?

"Cazzo".

Il bisogno di scoprire che cosa fosse successo era così forte che mi faceva venire la pelle d'oca.

Kendall finì di parlare con un passeggero e poi cominciò a venire verso la coda dell'aereo, camminando lungo il corridoio. Si rivolse a una delle altre assistenti. «Ho bisogno di un cerotto per il passeggero del 6C. Dove sono?»

«Vado a prenderne uno», disse la sua collega.

In quel momento, guardò verso di me.

I nostri occhi si incontrarono e non ci fu più la possibilità di tornare indietro. Con l'aria di aver visto un fantasma, Kendall si aggrappò a un sedile per restare in equilibrio. Ci fissammo a lungo e l'espressione sul suo viso mi diceva che se non fossimo stati in quota sarebbe fuggita *da* me e non *verso* di me. Anzi, sembrava quasi che si stesse chiedendo se non fosse il caso di saltare giù.

Anche se era proprio davanti a me, sembrava lontana chilometri e chilometri, e per nulla pronta ad affrontarmi. Forse pensava veramente che non mi avrebbe visto mai più. Anche io mi ero chiesto la stessa cosa.

«Dobbiamo parlare», le dissi piano prima di farle segno: *più tardi*.

Prima che potesse darmi una risposta, la sua collega tornò. «Ecco il cerotto».

Kendall non si mosse. Stava ancora guardando verso di me e sbattendo le palpebre, sconvolta.

La donna le sventolò il cerotto davanti agli occhi per attirare la sua attenzione. «Kendall...».

Smettendo di fissarmi, Kendall si schiarì la gola e lo prese. «Grazie».

Quasi barcollava, tornando indietro. Dovete tenersi ai sedili per percorrere l'intero corridoio. Sapevo che apparire così sarebbe stato uno shock per lei, ma non pensavo così tanto. Sudando profusamente, io non stavo tanto meglio di lei.

Non avemmo più alcun contatto fino all'atterraggio.

Sentii la sua voce dall'altoparlante che diceva: «I passeggeri sono pregati di ricordarsi di prendere tutti i loro effetti personali prima di scendere dall'aereo».

Aspettai che tutti i passeggeri fossero scesi dall'aereo prima di incamminarmi lentamente verso di lei. Stava riordinando. Mi fermai quando il capitano cominciò a parlarle.

«Kendall, hai voglia di venire a bere qualcosa con noi in città?».

Istintivamente, strinsi le mani a pugno. Sapevo bene che cosa voleva… era un serpente. Naturalmente, vedevo la pagliuzza nei suoi occhi invece della trave nei miei, visto che anch'io ero stato un serpente in passato.

«No, grazie. Sono stanca. Torno a casa».

"A casa?".

Viveva a Boston?

Evitò di guardarmi mentre scendeva dall'aereo. Visto che la guardavano tutti, non potevo rischiare di farle fare una scenata. Mi limitai a scendere con un groppo in gola e mi diressi verso il terminal. Quindi, aspettai.

Dieci minuti dopo arrivò Kendall, a fianco dei piloti e del resto dell'equipaggio, trascinandosi dietro una valigetta nera. Quando si fermò, il capitano si girò a parlarle.

«Sei sicura che non posso convincerti a venire?»

«Sono sicura. Ci vediamo la prossima settimana».

«Va bene».

Gli lanciai un'occhiata malefica. Quando furono finalmente lontani, Kendall si girò verso di me.

Ero a stento capace di respirare, figuriamoci di parlare. Teso come non mai, riuscii solo a dire: «Ciao, Soda».

Gli occhi le si riempirono di lacrime, che però non caddero. «Cosa fai qui?»

«Secondo te? Dovevo vederti».

«Avresti dovuto lasciarmi in pace».

Feci qualche passo verso di lei. «Dovevo assicurarmi che stessi bene».

Indietreggiò. «Sto bene».

«No, non stai bene».

«Come mi hai trovata?»

«Ho smesso di cercarti ed è successo».

Capivo che era confusa. C'era gente tutto attorno a noi, ma non ci muovemmo.

«Devo sapere che cosa ti è successo, Kendall».

Scosse la testa e gridò: «Be', io non voglio sapere che cosa è successo a *te*, perché non posso sopportarlo».

Alzai la voce. «Non puoi sopportare il pensiero che abbia un bambino con un'altra donna perché mi ami ancora». Ormai ero a pochi centimetri dal suo viso. «Detesto doverti dare questa notizia, ma te ne sei andata per nulla», dissi.

«Cosa intendi?»

«Non è mio figlio. Non è mio, Kendall! Un test del DNA l'ha confermato. Stava cercando di mettermi in trappola».

«E di chi è?»

«Che cazzo ne so».

Pensare a tutta quella situazione mi fece infuriare improvvisamente.

Lei si portò una mano alla bocca. «Oddio». Non parlammo per un minuto intero, mentre la voce di una donna all'altoparlante annunciava che qualcuno si era perso.

Appena smise, continuai. «Tutto questo tempo saremmo potuti stare insieme. Avrei potuto essere accanto a te. Dov'è?»

«Dov'è cosa?»

«Il bambino! L'hai fatto? Sei andata avanti con il piano?».

Scosse la testa piano e sussurrò: «No».

Un dolore improvviso mi prese la testa. «No?»

«No».

«Vuoi dirmi che tutto ciò...». Feci una pausa per riprendermi. «Vuoi dirmi che tutto ciò è successo per nulla?». Massaggiandomi le tempie, dissi: «Non so neanche che cosa dirti. Mi sento vuoto». Guardai il pavimento, incredulo, prima di cercare di nuovo i suoi occhi. «Non sei riuscita a restare incinta o hai deciso di non farlo?»

«Possiamo andare a parlarne da qualche altra parte, lontano da tutta questa gente?»

«Dove vuoi andare allora?»

«Ho una macchina nel parcheggio».

«Va bene». Afferrai la valigia e la seguii fino alla sua macchina, una vecchia Ford Explorer.

Entrammo e ci sedemmo in silenzio finché lei non cominciò a parlare.

«Dopo averti lasciato alla lounge dell'aeroporto, sono andata in Germania a trascorrere del tempo con Hans e Stephen. Dopodiché, dovevo tornare a casa a prendere delle cose e tornare in Germania. Tornai a Dallas e feci le valigie. Avevo un biglietto di ritorno per la Germania, ma mentre ero all'aeroporto decisi che non potevo farlo. Decisi che non potevo fare un bambino per le ragioni sbagliate e soprattutto non potevo poi abbandonarlo. Non mi importava più nulla dei soldi già da parecchio tempo, credo. L'eredità non voleva dire più nulla per me».

«Perché non sei venuta da me?»

«Avevo paura. Sapevo di non poter sopportare quello che pensavo stesse succedendo fra te e quella donna. Ero devastata».

Scelsi di non dire che ero stato nel suo ranch in Texas. Non volevo distrarla della questione che stavamo affrontando, e cioè scoprire che cosa avesse fatto negli ultimi undici mesi.

«Quindi non sei andata in Germania. Dove sei andata?»

«Mi sentivo perduta. È stato il momento più brutto della mia vita. L'unico posto in cui volevo tornare era quella spiaggia a Rio».

Il cuore cominciò a palpitarmi. «Sei andata a Rio?»

«Sì, sono andata da Maria Rosa».

"Cosa?".

«Cosa?»

«Sì».

«Non me l'ha detto».

«Lo so. Le ho fatto giurare di non dirti che ero stata lì. C'era un inquilino che parlava inglese e che mi ha fatto da interprete. Anche se mi spaventava moltissimo, ho chiesto a Maria di leggermi il futuro, per capire cosa dovessi fare col resto della mia vita».

«E che cosa ha detto?»

«Ha detto che la risposta è nel cielo».

"Oddio".

A bocca aperta, la lasciai continuare.

«A lungo mi sono chiesta che cosa potesse voler dire. La prima cosa a cui ho pensato era che mi stesse dicendo di tornare da te, ma non potevo farlo. Sul volo per l'America ho pensato al fatto che non mi sentivo a casa da nessuna parte. Ti invidiavo, perché il tuo lavoro faceva sì che non dovessi mai fermarti in un solo posto. Era proprio quello di cui avevo bisogno in quel momento della mia vita… avevo bisogno di volare, di viaggiare, di vivere. Ma avevo anche bisogno di guadagnare abbastanza da sopravvivere. E poi ho capito. Qualche giorno dopo, in una stanza d'hotel in Texas, ho cercato informazioni sulla scuola per assistenti di volo. Un mese dopo mi sono iscritta, e dopo sei settimane ho trovato un lavoro. Essendo nuova, mi hanno bloccata sullo shuttle da New York a Boston. Ho un appartamento qui a Everett, ma non ci passo tanto tempo. Volo di qua e di là per visitare altri posti. Fondamentalmente, vago».

"Wow".

«Perdonami, Kendall, ma per me è difficile accettare tutto questo. Mi hai lasciato nella lounge dell'aeroporto con il cuore a pezzi per vagare in giro, come un guscio vuoto che scappa dalla vita. Gesù. Ha un suono molto familiare».

«Praticamente sono *diventata* te».

«Hai fatto sesso con quel pilota?»

«No!».

Il pensiero di lei con chiunque altro mi faceva sentire capace di uccidere. Qualcosa cambiò nell'aria attorno a noi; mentre ci guardavamo, in quel momento, sentii il desiderio irresistibile di toccarla e sentire le sue labbra contro le mie prima di scambiare altre parole. Senza neanche pensarci, le misi una mano sul ginocchio e lo strinsi. A quel piccolo contatto, chiuse gli occhi e piegò la testa all'indietro. Respirò più in fretta, e le misi una mano sulla nuca, attirandola verso di me e divorando la sua bocca.

Il bacio fu fervente, disperato, diverso da tutti quelli che ci eravamo scambiati prima.

Sfogava quasi un anno di emozioni represse e digiuno dal sesso, almeno per me. Pregai che fosse lo stesso per lei, che non fosse stata con nessun altro.

Anche se ero ancora furioso, dovevo prenderla in quel momento o sarei morto. Spinsi il sedile più indietro possibile e la sollevai sopra di me. Troppo eccitato perfino per parlare, mi dissi che sarebbe stato il suo respiro, il suo corpo, a dirmi se avevo il permesso di fare quello che stavo per fare.

Quando Kendall cominciò a sfregarsi disperatamente sul mio pene, così duro da far male, sapevo che non ci sarebbe stato ritorno. Si alzò la gonna fino alla vita e io mi aprii i pantaloni; nel giro di un secondo, si abbassò su di me. La sensazione di affondare in lei, calda e bagnata, dopo tutto quel tempo era qualcosa che non avevo mai provato prima. Non ero mai stato così a lungo senza farlo e non ero mai stato separato da una donna che amavo veramente. La combinazione delle due cose rese quell'esperienza diversa da tutte le altre.

Fu frenetico.

Fu inarrestabile.

Fu una cosa completamente inappropriata da fare nel parcheggio di un aeroporto.

Fu terribilmente sexy.

Durò meno di un minuto.

Quando la sentii venire attorno a me, mi scaricai dentro di lei sperando che stesse prendendo la pillola, ma senza preoccuparmi troppo del rischio. Era troppo bello. Rimase sopra di me per un po' prima di tornare sul sedile del guidatore. Affannati ed esausti, appoggiammo la testa all'indietro e ci guardammo come per dire: "Che cosa cazzo è appena successo?".

Fu lei la prima a parlare dopo essersi sistemata i vestiti. «Dovevo capire chi ero, Carter, a parte la ricca stronza Kendall Sparks di Dallas, Texas. Non ero pronta per un bambino. Non ero pronta per nulla. Dovevo crescere.

Quando mi hai incontrata, ero talmente confusa. Anche solo prendere questo tempo per me mi ha aiutata a crescere. Sono stata così triste… e ho capito che questa *non* è la vita che voglio a lungo termine. Ma per ora mi è servita. Ho anche capito che non ho mai rimpianto di non aver ereditato quei soldi. Quell'eredità è andata in beneficenza proprio come mio nonno aveva promesso, e sai cosa? Non potrei essere più felice. I soldi non mi avrebbero dato la felicità, non avrebbero cambiato nulla. L'unica cosa che avrebbero fatto è mantenere mia madre a casa quando dovrebbe lavorare come tutti gli altri».

Avevo bisogno di sapere. «Sei stata con qualcun altro?»

«No, no». Deglutì. «E tu?»

«No, non potevo. Anche se sapevo che te n'eri andata per sempre, non potevo lo stesso… ma sono così dannatamente arrabbiato, Kendall. Sono arrabbiato perché mi hai lasciato, perché non ti sei fidata abbastanza di me da rimanermi accanto. Sono furioso perché gli ultimi undici mesi di inferno sono stati inutili. Ma ciò che mi fa infuriare più di tutto è che… ti capisco. E ti amo ancora».

Mettendole una mano sulla guancia, finalmente ammisi: «Sono andato da Maria Rosa, proprio come te. Ero disperato. E il messaggio che mi ha dato è stato: "*A resposta está no céu*". Sai cosa vuol dire?»

«No».

«La risposta sta nel cielo».

Spalancò gli occhi. «Stai scherzando?»

«No. Pensavo che avesse qualcosa a che fare con *Lucy in the Sky with Diamonds*. A causa di quel messaggio, sono andato alla tomba di Lucy, ho pianto come non avevo mai pianto prima. Non ero mai andato a visitare la sua tomba. È stato dolorosissimo, ma mi ha dato quel senso di chiusura di cui avevo disperatamente bisogno. Tornare in Michigan ha cambiato i miei turni, per cui mi sono trovato a New York nello stesso momento in cui tu eri all'aeroporto. Altrimenti non ti avrei mai vista».

«Entrambi abbiamo avuto lo stesso messaggio».

«Non saremmo qui se non fosse stato per quelle parole. Maria ci ha dato una mappa per tornare l'uno dall'altra. L'abbiamo interpretata ciascuno a modo nostro e abbiamo preso strade diverse, ma siamo finiti qui. Ora sta a noi decidere che cosa fare dopo, se restare insieme o separarci».

Capitolo ventisei

Kendall

Rimanemmo in silenzio per tutto il viaggio verso il mio appartamento. Erano solo quindici chilometri, ma il traffico ci diede mezz'ora di tempo per pensare. Carter guardava fuori dal finestrino, perso nei suoi pensieri. Dopo la frenesia nel parcheggio, gli avevo chiesto se voleva tornare a casa con me. Mi aveva sorpresa scoprire che la sua risposta non era stata subito un sì. Anzi, aveva detto che forse era meglio che andasse in un hotel per darci del tempo. Ma l'avevo convinto a passare la notte con me, e ora mi stavo rendendo conto che forse non era stata la cosa più saggia da fare. Mi girava la testa a forza di pensare a tutto quello che era successo nelle ultime due ore, specialmente pensando a cosa significasse per noi in questo momento.

Parcheggiai la macchina al mio posto e ruppi il silenzio. «Non è confortevole come Silver Shores, ma è casa mia».

Carter guardò il cartello sull'erba. «Appartamenti Caramelle Charleston? Sicuramente nessuno a Silver Shores potrebbe mangiare una di quelle caramelle. Sono terribili per i denti. Anzi, da bambino mi sono scheggiato un dente mangiandone una. Probabilmente ancora peggio se indossi una dentiera».

«Questo edificio è una vecchia fabbrica di caramelle. È

stato trasformato in appartamenti, ma ha ancora tanti dettagli originali della fabbrica, come le mura di mattoni e le travi di legno. Il mio appartamento è piccolo, solo una stanza, e riesco a stento a pagarlo, ora che lavoro... ma sul tetto c'è un bellissimo terrazzo dove passo molto tempo». Indicai il tetto. «Ho passato ore a guardare il cielo e a pensare negli ultimi mesi».

Il mio sguardo era rivolto al tetto, e quando mi voltai verso Carter mi resi conto che mi stava fissando «Che c'è?», chiesi.

Scosse la testa. «Nulla».

Carter prese le valigie e lo guidai verso il mio appartamento. Una volta nell'ascensore, sembrò quasi surreale stare accanto a lui. Nell'ultimo anno avevo spesso sognato di averlo con me, perciò non era strano che in quel momento mi sembrasse di vivere un sogno invece che la realtà. Probabilmente fu per quello che quando la porta dell'ascensore si aprì al terzo piano non mi mossi.

«È il tuo piano? Hai premuto il numero tre».

«Oh, sì, scusa».

Mi affannai con le chiavi e aprii la porta. Una volta dentro, feci una giravolta con le braccia aperte. «Il tour della casa è già finito. Da qui vedi tutto».

Carter posò le valigie a terra e si guardò attorno. «Molto carino. Moderno ma confortevole. Ti si addice».

«Grazie. I miei vicini sono nostri colleghi. Gabby vive nell'appartamento 310 e lavora alla Delta, mentre Max è un pilota dell'American Airlines. A volte facciamo un barbecue assieme, le rare volte che i nostri orari coincidono».

Notai che la mascella di Carter si era tesa. «Il tuo vicino di casa è un pilota?»

«Sì».

Annuì.

Il fatto che si stesse trattenendo dal fare commenti mi indusse a raccontargli qualcosa di più. «Ha cinquantatré anni e sta pensando di andare in pensione in Florida. Forse quando sarà più anziano potrà venire a vivere accanto a te».

«Furba».

Mi tolsi le scarpe e andai al frigo per prenderci qualcosa da bere. «A proposito della Florida, come stanno i tuoi amici? Muriel, Berta, Gordon?».

Carter cambiò espressione. «Gordon non sta tanto bene, a dire la verità. Ha avuto un ictus circa quattro mesi fa e la fisioterapia non sta funzionando come speravano. Ha perso l'uso di un braccio e non parla più bene».

«È terribile, mi dispiace tanto. Non ha parenti vicini?»

«Nessuno. Ho preso una settimana di vacanza dopo che è successo, ma quando vado via per quattro o cinque giorni non esce molto. Muriel e Berta fanno i turni per aiutarlo, ma non possono sollevarlo. Il fisioterapista va a trovarlo per fargli fare gli esercizi, ma le cose non sono facili per lui».

«È fortunato ad avere te».

«Vuoi dire Brucey». Carter sorrise.

«Sì, il suo meraviglioso figlio, Brucey». Esitai prima di continuare, incerta se spingermi tanto oltre, ma quello che volevo dire riguardava più Carter che noi due, quindi lo dissi. «Sai, l'ultima volta che siamo andati a trovare Gordon mi sono resa conto che non solo ti stavi prendendo cura di un uomo che era un estraneo per te, ma che gli permettevi di chiamarti Brucey e lo aiutavi a riempire il vuoto che suo figlio aveva lasciato. In quel momento, mi sono resa conto di essere innamorata di te, perché non eri solo un uomo bello e divertente, ma anche bello dentro».

«Come hai potuto lasciarmi, Kendall?».

Ero piena di vergogna e distolsi lo sguardo. «Non lo so».

«Lo rimpiangi, adesso?»

«L'ho rimpianto tutti i giorni da quando ti ho lasciato nel bar dell'aeroporto».

«Allora perché non hai fatto qualcosa per riparare? Sapevi dove trovarmi. Sapevi dove lavoravo e dove vivevo... in nome di Dio, sapevi tutto di me». Si passò le dita fra i capelli.

Anche se mi ero fatta quella domanda migliaia di volte nell'ultimo anno, non aveva ancora una risposta. «Non lo so. Mi dispiace, Carter».

Dopo qualche minuto di tensione, Carter parlò. «Hai fame? Vuoi ordinare qualcosa? O vuoi dormire? Ti devi svegliare presto per il tuo lavoro sullo shuttle».

«In effetti sono molto stanca».

«Allora andiamo a dormire».

Mi guardai attorno, incerta su come ci saremmo organizzati per dormire, nonostante quello che avevamo appena fatto in macchina. «Se vuoi dormo sul divano e tu puoi dormire sul letto».

Carter venne verso di me e mi sollevò il mento in maniera da guardarmi negli occhi. «Sono confuso su un sacco di cose, ma dormire con te non è una di quelle. Se a te va bene, sarei felice di dividere ancora una volta il letto».

«Ne sarei felice».

La mano sul mio mento si mosse fino alla mia guancia, e Carter si chinò su di me quasi fino a toccarmi il naso con il suo. «E un'altra cosa. Quando ci svegliamo, ho intenzione di fare sesso con te nel letto in cui avremo appena dormito assieme. Ma questa volta non durerà due minuti come nel parcheggio».

Deglutii. «Sarei felice anche di questo».

«Bene. Ora dormi, perché ne avrai bisogno».

Carter e io eravamo seduti sul terrazzo accanto a una stufetta che faceva anche luce. Era passata da poco mezzanotte ed ero stretta a lui sul divanetto di vimini, coperti da una trapuntina. Non stava scherzando quando aveva detto che la seconda volta sarebbe durato più di due minuti, visto che dopo un riposino di un'ora e mezza avevamo trascorso tre ore a fare sesso. Ero sazia e appagata mentre mi accarezzava i capelli e guardavamo le stelle.

«Ho incontrato tua madre».

Quello mi fece subito prestare attenzione. Non mi sarei mai aspettata quelle parole dalla bocca di Carter. Mi spinse leggermente indietro per guardarlo. «Hai appena detto che tu...».

«Ho conosciuto Annabelle».

«Dove? Come?»

«Sono andato a Dallas dopo aver scoperto che il bambino non era mio. Dovevo vederti».

«Come hai trovato l'indirizzo?»

«Non è difficile trovare la gente su internet, Kendall. Le ho scritto una lettera, ma non mi ha mai risposto. La mia psicologa mi aveva detto che avevo bisogno di mettere la parola fine a quella storia, quindi ho deciso di correre il rischio e sono venuto a cercarti».

C'era talmente tanto nella sua risposta che mi rendeva curiosa. Psicologa? Fine? Ma la cosa che mi intrigava di più era la questione di mia madre. «Che cosa ti ha detto?».

Scrollò le spalle. «Non tanto. Fondamentalmente mi ha detto che non sapeva dove fossi e ha insinuato che l'avevi lasciata in miseria».

«In un certo senso ha ragione. Non sono stata l'unica a

cambiare stile di vita a causa della decisione che ho preso. Sono stata egoista».

Carter si arrabbiò. «Ma cosa dici? Non sei stata tu a essere egoista. Non aveva il diritto di importi di obbedire alle folli istruzioni del testamento di tuo nonno. Quando ho creduto che ci fosse una chance che potessi essere padre, all'inizio ho pensato molto a che cosa avrebbe significato per me. Poi un giorno ero sull'aereo a salutare i passeggeri ed è salita una coppia con un bimbo. Non li conoscevo, ma ho guardato quel mostriciattolo dagli occhi azzurri che gridava e mi sono reso conto che non mi importava più delle conseguenze sulla mia vita. Non avrei molto da dare a un figlio, ma gli darei il meglio che posso, qualsiasi siano le circostanze. Chiunque può avere un bambino, ma un buon genitore mette i bisogni del figlio prima dei propri. Un genitore dovrebbe essere generoso e non egoista. Quello che tua madre si aspettava da te era egoista. Non avrebbe mai dovuto metterti sotto pressione».

«Wow. Eri veramente pronto ad avere quel bambino».

«Non sono sicuro di questo, ma di certo avevo deciso che se quella era la situazione, avrei dato tutto me stesso per lui».

«Lui. Cass ha avuto un maschio?»

«Sì».

Era buio, ma vidi il dolore negli occhi di Carter. «Ti ha ferito quando hai scoperto che non era tuo, vero?».

Annuì. «Non mi aspettavo di restarci male, ma è stato così. Anche se non volevo un figlio da lei, avevo cominciato ad affezionarmi a quel bambino».

Mi alzai in ginocchio per guardarlo negli occhi.

«Sei un uomo meraviglioso, Carter Clynes. E un giorno sarai un padre incredibile».

Il mattino giunse troppo in fretta. Anche se non dovevo essere al lavoro fino al giorno dopo, Carter aveva un volo nel pomeriggio e doveva ancora tornare a New York. Mi ritrovai a guardare l'ora ogni minuto mentre si faceva la doccia. Quando uscì con la camicia da pilota e i pantaloni invece che con un asciugamano come mi aspettavo, ne fui delusa.

«Speravo di vedere il tuo corpo bagnato dopo la doccia, sai».

Si sedette sul letto e si infilò i calzini. «Non posso girare mezzo nudo *vicino* a te, perché finirei mezzo nudo *dentro* di te, e devo andare in aeroporto per prendere l'aereo delle dieci per New York e arrivare in tempo al lavoro».

Non avevamo ancora parlato di cosa sarebbe successo tra di noi. Eravamo tornati insieme? Era una cosa solo fisica per lui? Sapevo che mi amava ancora, ma avevo la sensazione che non fosse più tanto sicuro di voler stare con me, sicuramente non quanto io fossi sicura di voler stare con lui. Mi faceva stare male che non volesse riprovarci, anche se probabilmente me lo meritavo, dopo essere fuggita quando aveva più bisogno di me.

Introdussi l'argomento, esitante. «Tornerai presto a Boston?».

Mi guardò e scosse la testa senza dire nulla. L'umore mi crollò all'istante.

«Forse a New York? Dovrai pure avere un permesso a New York prima o poi».

Si infilò una scarpa. «Non ho controllato». Finì di vestirsi e chiuse la valigia. «Dobbiamo andare, se per caso c'è traffico».

Annuii e riuscii in qualche modo a trattenere le lacrime. Le ingoiai tutte mentre mi vestivo e ciò mi formò un groppo in gola per l'intensità dell'emozione.

Proprio come il viaggio dall'aeroporto il giorno precedente, anche quello di ritorno trascorse in silenzio. Ogni minuto che passava avevo più difficoltà a concentrarmi sulla guida. Ci eravamo appena ritrovati e non potevo perderlo di nuovo. Non avevo bisogno che mi facesse promesse, ma avevo bisogno di sapere che almeno era l'inizio di qualcosa, che ci avremmo almeno provato. Eppure, quando uscimmo dall'autostrada in prossimità dell'aeroporto di Boston, cominciai ad avere la sensazione che tutto stesse finendo, invece di ricominciare.

"Oddio".

Forse era la fine? Forse era ciò di cui aveva parlato con il suo terapista? Per fortuna eravamo quasi al terminal, perché avevo la tachicardia e cominciavo ad avere il respiro affannoso tipico di un attacco di panico.

Parcheggiai e guardai dritto davanti a me. Sapevo che se lo avessi guardato in faccia avrei perso il controllo. Carter mi stava fissando intensamente, lo sentivo.

«Soda...».

Gli occhi mi si riempirono di lacrime e mi rifiutai di lasciarle cadere. Afferrai il volante così forte che le nocche mi diventarono bianche.

Carter continuò. «Sono stato benissimo».

Sentendo che stava cominciando a darmi il benservito, improvvisamente la mia tristezza si trasformò in rabbia. «Non ti azzardare a farlo, Carter. Lo so che ho fatto un casino, ma non osare passare la notte con me e poi darmi il benservito come fai con tutte le altre». Mi girai a guardarlo. «Ti amo, non ho mai smesso di farlo e so dentro di me che anche tu mi ami, per cui non umiliarmi trattandomi come una del tuo harem, una delle hostess con cui fai sesso. Dimmi che è finita, ma almeno rispettami».

Carter abbassò la testa. Quando parlò di nuovo, la sua

voce era dolce e piena di dolore. «Mi dispiace, non era mia intenzione».

In quel momento, una botta sul finestrino del passeggero mi fece sussultare. Era una guardia dell'aeroporto che ci diceva di spostarci. Carter rispose che ci saremmo mossi fra un minuto e mi prese la mano. «Ti chiamo, va bene, bellissima?»

«Quando?».

Ancora una volta distolse lo sguardo. «Non lo so».

Volevo godermi l'ultimo bacio che mi diede, ma non ci riuscii. Mi sentivo insensibile. Passò le labbra sulle mie e mi prese il viso fra le mani.

«*Yesterday*», disse.

Sorrisi e annuii. I Beatles riassumevano perfettamente la nostra situazione. Il fatto che il nostro amore fosse tornato rendeva il passato più sopportabile. Ma che cosa ci avrebbe portato il futuro?

Capitolo ventisette

Carter

«Questa è la sua seconda visita della settimana. È successo qualcosa?», chiese la dottoressa Lemmon.

«Non riesco a dormire».

«Il problema è addormentarsi o dormire?»

«Entrambi. Ho questa incredibile energia dentro di me e non riesco a liberarmene».

«In genere come usa la sua energia?»

«Quello non posso farlo».

La dottoressa Lemmon annuì come se avessi appena risposto, anche se non le avevo detto nulla. «Allora parliamo di quello. Ho ragione a dire che nel passato ha usato il sesso per rilassarsi e dormire?»

«Ha ragione».

«E quando dice che non può farlo, ne deduco che non sia in senso letterale, visto che è un pilota di bell'aspetto. Suppongo che non le manchino le possibilità».

«Non volevo dire che non ne ho la possibilità. Volevo dire che non posso approfittare di questa possibilità».

«Quindi è da una settimana che lei e Kendall avete passato la notte assieme?»

«Una settimana oggi».

«E non viene qui da tre giorni».

«Vuole che le faccia un disegnino?».

La dottoressa Lemmon sorrise. «No, credo di aver capito. Ha parlato con Kendall di recente?»

«Solo quella volta che le ho già detto, quando mi ha chiamato».

«Che giorno era?».

Come mai quella donna era ossessionata dalle date? Ci pensai. Ero appena atterrato in Florida da Dubai, quindi doveva essere un martedì. «Martedì».

«E avete chiacchierato per circa un'ora, se mi ricordo bene».

«Più o meno sì».

«E come ha dormito quella notte?»

"Vediamo". Kendall e io avevamo parlato durante tutto il viaggio a casa e mentre mi facevo un panino nel mio appartamento. Mi ero svegliato il giorno dopo alle dieci, indossando ancora la mia uniforme. «Quella è stata l'ultima notte in cui ho dormito. Ma ero stanco dopo un lungo volo».

«Ha volato ieri?»

«Sì».

«Per quante ore?»

«Nove».

«E quanto era durato il volo che l'aveva stancata prima della conversazione con Kendall, la notte in cui ha dormito bene?»

«Più o meno lo stesso».

La dottoressa Lemmon mi fissò.

«Quindi sta dicendo che non riesco a dormire se non parlo con Kendall?»

«Dico che le due cose sono strettamente collegate. Si sente ansioso, inquieto, nervoso, e per questi motivi non riesce a dormire. Ci sono altre ragioni per cui dovrebbe sentirsi così, a parte la situazione con Kendall?».

Il fatto che avesse ragione mi irritava moltissimo. «No».
«Allora è così».
«Che cosa dovrei fare? Chiamarla tutte le sere perché possa cantarmi una ninna nanna?»
«Lei sa cosa deve fare».
"E allora perché ti sto pagando, se conosco già tutte le risposte?". Sospirai, frustrato.
«Deve prendere una decisione: mettersi con Kendall o tagliare i ponti. Ne abbiamo parlato l'altro giorno. Posso aiutarla a mettere in ordine i suoi pensieri e programmare i prossimi passi, ma solo lei può decidere se stare con la donna che ama oppure no. Posso capire che non si fidi più di Kendall, visto che l'ha già lasciata una volta e ha paura che lo possa fare di nuovo se le cose si complicheranno». La dottoressa Lemmon si tolse gli occhiali e si sfregò gli occhi. «Carter, Lucy era malata».
«Lucy? Stiamo parlando di Kendall, dottoressa».
«Le due cose sono in stretta relazione. Nelle sessioni precedenti lei ha ammesso che pensava che Lucy avesse scelto la strada più facile suicidandosi. Questa è una cosa che si crede spesso con le persone che si sono suicidate, ma la verità è che loro ritengono non ci sia altra scelta. La depressione è una malattia come l'asma, gli orecchioni, la peste. Se non viene curata, peggiora e a un certo punto la malattia uccide».
Mi passai le dita tra i capelli. «Okay, ma non capisco che cosa abbia a che fare con Kendall».
«Ci sono state due donne speciali nella sua vita. Lucy, che secondo lei ha abbandonato quando le cose si sono fatte complicate, e Kendall, che ha fatto la stessa cosa. Ora ha paura che succeda di nuovo».
Non sapevo se aveva ragione, ma mi sentivo esausto, e volevo che la conversazione procedesse. «Quindi il punto

è che devo decidere se posso fidarmi di nuovo di Kendall o non dormirò mai più?».

La dottoressa Lemmon ridacchiò. «Posso prescriverle qualcosa che possa aiutarla a dormire a breve termine, ma a parte questo… muova il culo o saranno affari suoi».

"Muovi il culo o saranno affari miei?". Stavo pagando duecentocinquanta dollari all'ora per lo stesso consiglio che mio padre mi aveva dato in terza elementare.

Avevo paura di prendere i sonniferi. Anche se mi erano stati prescritti, l'etichetta diceva che non si potevano guidare macchinari pesanti per ventiquattro ore dopo averli presi. Direi che il mio Boeing 747 era decisamente un macchinario pesante, e siccome dovevo pilotarlo l'indomani, dovevo trovare qualche altro modo di sfinirmi e dormire.

Dopo aver corso per dieci chilometri nel comprensorio dove vivevo, decisi di andare a controllare Gordon. Sfortunatamente, andare a trovarlo mi fece sentire ancora peggio. Non ero un esperto, ma sembrava che si stesse spegnendo un giorno alla volta. Aveva le caviglie sempre gonfie e sembrava quasi che non riuscisse a muovere le dita di un piede. Anche se era tardi, chiamai il suo medico per informarlo. Mi disse che potevo solo assicurarmi che Gordon avesse tutto ciò di cui aveva bisogno, perché non potevo fare più molto per lui data la sua età e la sua salute.

Quando tornai nel mio appartamento, era già tardi. Ero molto triste per la situazione di Gordon; volevo chiamare Kendall, perché a parte la dottoressa Lemmon era l'unica persona con cui mi fossi mai confidato. Sapevo che avrebbe capito come mi sentivo, ma non era giusto farle questo. Dovevo capire se c'era un futuro per noi prima di sfogare su di lei la mia tristezza.

Il problema era che non sapevo se vedessi un futuro *con* lei, ma sicuramente non vedevo un futuro *senza* di lei. Ero in purgatorio. "La storia della mia vita".

A mezzanotte, decisi di fare le valigie per la mattina dopo. Muriel mi aveva lavato e inamidato tutte le uniformi, anche se le avevo detto un milione di volte che non era necessario che lo facesse. Un'altra cosa che amavo dei residenti di Silver Shores era che anche se sapevano di avere bisogno del mio aiuto non volevano mai prenderlo senza dare nulla in cambio, e ricambiare li rendeva felici. Erano brave persone.

Il mio armadio era pieno di camicie stirate. Ne presi tre e le misi nella valigia. Ero dimagrito un po' in quegli ultimi mesi, per cui spinsi via le giacche XL e cercai una giacca L che tenevo in fondo.

Trovai una giacca più piccola, questo era sicuro, ma più piccola di circa quaranta taglie. In mano stringevo la piccola uniforme da pilota che avevo trovato nell'armadio di Kendall quando ero andato a cercare degli indizi in camera sua. L'avevo infilata sotto la camicia e me l'ero portata via, senza sapere perché. Tornato a casa, mi aveva fatto rabbia vederla tutti i giorni, così alla fine l'avevo infilata in fondo all'armadio, dove non potevo vederla. Ma non ero mai riuscito a darla via.

Fissai la piccola uniforme per un po'. Vedevo chiaramente un bimbo con i capelli a caschetto che correva attorno a sua madre, ridendo. Il piccolo aveva gli occhi azzurri di sua madre, e Kendall era più bella che mai. Chiusi gli occhi e sorrisi, godendomi la scena che avevo creato.

Quella notte dormii come un ghiro. Sognai quel bimbo e sua madre, ed era un sogno talmente vivido e reale che quando mi svegliai mi sentivo confuso. Per un attimo mi sembrò che dovessero correre nella mia stanza.

Ma non lo fecero.

E questo fece sì che un dolore mi divorasse il petto.

Era tutta colpa mia.

Mentre mi affrettavo per prepararmi, la minuscola uniforme da pilota era ancora sul cassettone. Passai le dita sulla spilla a forma di ali e mi ricordai il viso del bambino del mio sogno. Tolsi la spilla dalla giacchetta e la scambiai con la spilla della mia uniforme. Erano quasi uguali, ma per me c'era una grande differenza.

Vedevo il mio futuro.

Vedevo la mia famiglia.

Vedevo la donna che amavo.

Ora dovevo solo capire come sistemare le cose.

Decisi di andare a controllare Gordon prima di partire, visto che non sarei tornato prima di qualche giorno.

In genere, una delle infermiere andava da lui all'ora di pranzo e restava fino a che non arrivava il fisioterapista, ma a quell'ora non doveva esserci nessuno.

Sapendo che probabilmente stava dormendo, aprii delicatamente la porta.

«Papà?», chiamai a voce bassa.

Non ci fu risposta.

Gordon russava, perciò rimasi stupito del fatto che la stanza da letto fosse silenziosa.

Era supino e completamente immobile.

«Papà?».

Non rispose.

Seduto sul bordo del letto, ripetei ad alta voce, scuotendogli una spalla: «Papà, sono Brucey. Svegliati».

Gli misi due dita sul collo e controllai che il suo cuore battesse.

Non batteva più.

Abbassai la testa sul suo petto e cercai di trovare un battito che non c'era più.

Abbandonai la guancia sul suo petto e piansi. Non era il mio vero padre, ma le lacrime che cadevano dai miei occhi erano sicuramente vere.

Capitolo ventotto

Kendall

Un semplice messaggio telefonico stava per cambiare tutto. Trascinando la valigia per l'aeroporto di Londra, vidi che avevo perso una chiamata di Carter. Probabilmente mi aveva chiamata mentre ero in macchina con la musica accesa.

Ascoltai il messaggio.

"Ehi, Kendall, sto per salire a bordo. Volevo sentirti, ma non ci sei. È stata una brutta mattina...".

Una pausa.

"È morto Gordon. L'ho trovato a letto. Non respirava. È morto mentre dormiva. Da solo".

Mi sentii stringere il cuore.

«Oh, no».

Sospirò. "È morto da solo, senza nessuno che gli tenesse la mano. È così triste. Nessuno dovrebbe morire da solo".

Una lacrima mi rigò il viso mentre ascoltavo il resto del messaggio.

"Comunque. Mi ha fatto capire cosa conta davvero. Mi manchi. Vorrei sentire la tua voce prima di addormentarmi...".

Ci fu un momento di silenzio, e poi disse: "Merda, devo andare. Ti chiamo quando arrivo a Rio".

Là, nel bel mezzo dell'aeroporto, mi sentii completamente fuori luogo, e cominciai a sudare nella mia uniforme. Non potevo continuare così. Cosa stavo facendo? Dovevo stare con lui.

Stava a me sistemare le cose. Ero io che me n'ero andata, ero io che dovevo riportare lui e me assieme. Ci aveva fatto bene stare un po' separati, avevamo avuto tempo per riflettere. Ma non potevo continuare a fare la hostess se volevo una relazione con lui. Fra i miei orari e i suoi, era impossibile. Bisognava rinunciare a qualcosa, e toccava a me.

Maria Rosa mi fece entrare senza domande; sapeva come mai ero lì.

«*Obrigada*», dissi. Ormai avevo imparato come si diceva grazie in portoghese.

Pedro mi saltò sulla spalla, e non mi urinò addosso. Forse, dopo tre visite, avevamo fatto amicizia.

Maria mi condusse nella stanza di Carter e si mise un dito sulle labbra; stava dormendo. Aprii pian piano la porta, e lo vidi. Era bellissimo, e non so cosa stesse sognando, ma il suo pene era dritto e bagnato. Era completamente nudo, in tutta la sua gloria. Ero talmente stanca dopo il viaggio che volevo solo infilarmi nel letto con lui. Mi spogliai e mi misi a quattro zampe sul materasso. Carter aprì gli occhi e sussultò, prima di accorgersi che ero io.

«Soda?»

«Sì?»

«Oddio, credevo fosse un sogno».

«Non è un sogno».

«Cosa ci fai qui?»

«Ssst» dissi, e glielo presi in bocca. Non era più in grado di parlare, e piegò la testa all'indietro, posandomi una mano sulla testa per guidare i miei movimenti. Adoravo sentirlo gemere, e a un certo punto mi prese e mi fece mettere a cavalcioni su di lui. Il letto tremò, e sapevo che stavamo disturbando gli altri ospiti che stavano ancora dormendo o facendo colazione, ma non mi importava. Ne avevamo bisogno. Venimmo assieme dopo qualche minuto; eravamo stati separati così a lungo.

Sazia e felice, risposi finalmente alla sua domanda.

«Ho ricevuto il tuo messaggio. Ho detto che avevo problemi in famiglia, e appena arrivata a New York ho preso un volo per Rio».

«Hai mentito per me?»

«Non era una menzogna. Sei la sola famiglia che ho. E dovevo vederti… per me, era un'emergenza».

Eravamo nudi e allacciati assieme. «Quanto ti fermi?»

«Quanto vuoi».

«Per sempre, allora?»

«Okay».

Studiò il mio viso. «Okay?»

«Sì».

«Non torni al lavoro?»

«Non volevo veramente volare, Carter. Era un modo di fuggire, e allo stesso tempo di restare connessa con te. È stato bello, mi è servito, ma voglio vederti quando sei a casa».

«Che farai?»

«Mi farò… te». Risi. «Mi farò te finché mi dirai di smettere».

Si passò le dita fra i capelli. «Ho un lavoro per te. A tempo pieno».

«No, sul serio, troverò qualcosa che mi piace. Per ora, mi piaci solo tu. Ti devo così tanto… non mi hai abbandonata, anche se io ho abbandonato te. Ho smesso di fuggire. E il posto migliore per fermarsi è il posto dove è cominciato tutto».

«Abbiamo due giorni a Rio. Poi torno in Florida per il funerale di Gordon».

«*Torniamo* in Florida».

«Sul serio?»

«Se Silver Shores mi accetterà!».

«Sto sognando».

«No. Se mi vuoi, sono tua. Voglio cantarti una ninna nanna ogni volta che sei a casa».

«È il giorno più felice della mia vita, Soda. Voglio che tu lo sappia».

Più tardi, eravamo sulla spiaggia a sorseggiare una caipirinha, come avevamo fatto quando era iniziato tutto. Quelli erano stati tempi bruttissimi, non come la pace che sentivo adesso.

«L'ultima volta che sono stata qui, non sapevo chi fossi. Ero una ragazza accanto a un pilota sexy, che beveva su una spiaggia a Rio. Ero confusa, pronta a vendermi l'anima… e il mio bambino».

«E ora?»

«Ora sono amata. Non voglio nient'altro che stare qui, sulla spiaggia. Con il pilota che è innamorato di me. Allora avevo tutto quello di cui avevo bisogno, ma non lo sapevo. E i miei figli avranno non solo me, ma te, come padre. Sono fortunati».

«Vuoi fare un figlio con me, Soda?»

«Un giorno, sì. Ma per ora sono felice di stare con te».

Mi guardò a lungo e poi disse: «L'ho tenuto».

Piegai la testa da un lato. «Cosa hai tenuto?»

«Il piccolo completo che hai comprato da Carter's, quello che sembrava un'uniforme da pilota».

«Come sapevi di quel completino?»

«Era nel tuo armadio in Texas. Quando l'ho visto, ho capito».

«Hai capito che ti avrei detto che volevo avere un figlio da te, che avevo mentito nella lounge dell'aeroporto quando ti avevo detto che volevo procedere con l'inseminazione».

«Ho tenuto quel completino per darmi speranza».

«Quando l'ho visto nel negozio che portava il tuo nome, ho sentito che era un segno».

«Lo era. Siamo solo stati un po' sviati».

«Ci sono segni dappertutto, vero?».

Sentimmo il rumore di un aereo sopra di noi.

Carter lo indicò: «Eccone uno».

Entrambi guardammo in su. L'aereo aveva uno striscione attaccato dietro con una scritta.

Carter sbuffò. «Cazzo, quei cretini hanno rovinato tutto. Doveva dire "La risposta è nel cielo. Kendall ama Carter". Lo sapevo che non mi avevano capito!».

Diceva: "La risposta è incomprensibile, la bambola Ken ama scorreggiare".

Carter e io eravamo tornati a Silver Shores dopo il funerale di Gordon. Pioveva; il tempo adatto a ciò che stavamo per fare. Dovevamo sistemare il suo appartamento e decidere cosa dare via e cosa donare.

«Non posso buttare via queste foto di lui con suo figlio. Le conserverò finché vivo, è il minimo che possa fare».

Gordon non aveva altri parenti, per cui se Carter non avesse tenuto le sue cose, sarebbero state buttate via.

Risi nel vedere i pantaloni che Carter aveva preso in prestito quella sera che gli avevano rubato i vestiti al lago.

«Ti ricordi di questi, capitano?»

«Come potrei dimenticarlo? A proposito, hai notato che George era al funerale con una delle mie uniformi. Non so come se le procura. Ha raccontato alle ragazze che faceva il pilota. Le fa alterare da un sarto. È fortunato che non lo smaschero».

«Lascialo sognare, è un vecchio Casanova innocente».

Il campanello interruppe le nostre risate. Alla porta c'era un uomo in un completo grigio, con una cartellina in mano.

«Come posso aiutarla?»

«Cerco Carter Clynes».

«Sono io. Cosa posso fare?», disse Carter, posando lo scatolone che stava esaminando.

«Sono Gary Steinberg, l'avvocato di Gordon Reitman».

«Avvocato? Aveva un avvocato? Non possedeva neppure un cellulare!».

«Sì, rappresento Gordy da anni».

«Di cosa ha bisogno?»

«Mi ha dato istruzioni di darle questa lettera. La legga, e poi possiamo guardare insieme il testamento».

«Testamento?»

«Sì. Il signor Reitman aveva un patrimonio ingente, e lei ha ereditato tutto».

«No, non capisce. Gordon aveva perso la testa, credeva fossi suo figlio… intendeva lasciare tutto a Brucey. Non posso accettare, sapendo che voleva lasciare tutto a suo figlio».

«Ma lei è Carter Clynes?»

«Sì».

«Ha nominato lei, non Bruce Reitman».

«Non capisco».

«Forse la spiegazione è nella lettera».

L'avvocato gli diede una busta bianca. Carter l'aprì e spiegò il foglio con cura. Dopo averla letta, sembrava scioccato.

So tutto.
Grazie per avermi permesso di fingere che fosse vero.
Non potrò mai ricambiare, ma ci proverò.
Cordiali saluti,
Gordon C. Reitman, III

"Wow.
No, veramente, wow".
Carter scosse la testa, incredulo. «Non capisco. Tutto questo tempo sapeva che non ero suo figlio?»
«Sembra di sì».
Inginocchiandomi accanto a Carter, gli misi una mano sulla spalla.
«Oddio».
L'avvocato continuò. «Come le ho detto, il signor Reitman aveva accumulato un ingente patrimonio durante la sua vita, e non avendo altri parenti stretti ha nominato lei come unico beneficiario. Si tratta di circa venti milioni di dollari».
Mi sentii svenire.
"Cosa ha appena detto?".
Gli occhi di Carter sembrarono uscirgli dalle orbite. «Scusi?»
«Gordon ha investito parecchio in diverse proprietà, da giovane, e le ha vendute negli ultimi quindici anni. Quella di vivere umilmente era una sua scelta».
Carter rimase a bocca aperta. «Quando mi ha... nominato lì?»
«Circa un anno fa è venuto da me. Aveva lasciato tutto a un nipote acquisito, ma disse che quel *figlio di puttana*, per usare parole sue, non lo andava mai a trovare. Sapeva che lei era ignaro della sua ricchezza e che lo aiutava solo per gentilezza, e quindi ha voluto fare questo per lei».

«Ma cosa vuol dire?»
«Vuol dire che presto riceverà venti milioni di dollari sul suo conto bancario. Ci rincontreremo in modo da assicurarci che tutti i soldi dai diversi conti vengano trasferiti secondo la volontà di Gordon».
Rimasi lì in piedi, senza parole.
Carter guardò me e poi l'avvocato. «Non so cosa dire. Non me lo merito».
«Se lo merita o no, non importa. I soldi sono suoi».

Ci volle qualche mese prima di rendersi conto di cosa era veramente successo. Carter donò parte dei soldi in beneficenza e fondò una borsa di studio a nome di Bruce Reitman. Ne rimanevano abbastanza da sistemarci per la vita. Non ci sentimmo in colpa a tenere il resto, perché Gordon aveva voluto così. Era ironico che non appena avevamo smesso di pensare ai soldi e di far girare tutto attorno a quello ci eravamo ritrovati con più di quanto avremmo mai avuto bisogno.
Carter continuò a lavorare come pilota, e io mi trasferii nel suo appartamento in Florida. Disse che quando era il momento di smettere, lo avrebbe saputo. Era felice di non dover lavorare, ma di poter volare solo perché lo desiderava. Aveva capito di voler veramente essere un pilota. Avremmo avuto dei figli, un giorno, e allora sarebbe stato il momento di smettere. Ma avremmo deciso quando il momento sarebbe arrivato.
Quanto a me, sfidai le signore qui a Silver Shores. Dissi agli Angeli di Carter, come le avevo chiamate, che potevano diminuire la quantità di Tupperware che gli portavano, perché mi dava immenso piacere imparare a cucinare i piatti preferiti di Carter.
La Florida era casa mia, adesso. Perfino Matilda aveva

smesso di cercare di scacciarmi, una volta capito che non me ne sarei andata.

Ero immensamente grata della vita che Carter mi aveva offerto, e cominciai a pensare a come ricambiare. Mia nonna diceva che se vuoi cambiare il mondo o fare la differenza, non devi andare lontano, basta guardarti attorno. Carter era un ottimo esempio. Un giorno, pensando a cosa aveva fatto per Gordon, pensai a tutto ciò che gli anziani non potevano fare da soli, cose che noi diamo per scontate, come chinarci e tagliarci le unghie.

Mi iscrissi a un corso e decisi di offrire i miei servizi gratis agli abitanti di Silver Shores. Donavo il mio tempo, e in cambio loro mi raccontavano storie e mi davano consigli. Alcune signore diventarono come madri surrogate per me, e non avendo alcun rapporto con mia madre, per me era una cosa preziosa.

Le giornate migliori erano quelle in cui Carter tornava a casa. A volte lo accoglievo nuda in cucina, con in mano una caipirinha, come benvenuto dal suo lungo viaggio.

Un giorno, però, mi chiese di incontrarlo all'aeroporto. Mi disse di preparare una valigia e il passaporto; ci saremmo trovati nella lounge dove ci eravamo conosciuti la prima volta. Indossava perfino la stessa giacca con la spilla alata, e aveva ordinato le stesse cose di quando ci eravamo conosciuti: mozzarella fritta, alette di pollo e panini all'uovo.

Avevo una forte sensazione di déjà-vu.

Mi fece segno di sedere.

«Sai che giorno è, oggi, Soda?».

Mi spremetti le meningi. «No».

«Non lo sai?»

«No».

«Due anni fa, Kendall».

«È il nostro anniversario? Di quando ci siamo conosciuti? Come ho potuto dimenticarlo?»

«Io non lo dimentico mai. 28 luglio».

«Quante cose possono capitare in due anni».

«Sì. Ma alcune cose non cambiano mai. Sono sempre innamorato perso di una bionda bellissima e senza reggiseno».

«Dimmi, dove andiamo?»

«Secondo la tradizione, decidi tu». Mi mostrò le partenze sul telefono e disse: «Il mondo intero a tua disposizione».

«Sul serio? Posso scegliere?»

«Sì. Andremo dove vuoi. Ma scegli bene, è un viaggio importante e te lo ricorderai per sempre».

Sentii l'adrenalina scorrermi nelle vene.

"Oddio".

Mi avrebbe chiesto di sposarlo?

«Davvero?»

«Sì. Fidati di me».

«Non so se è il caso. L'ultima volta che mi sono fidata di te, una scimmia mi ha pisciato addosso, sono stata arrestata e mi sono trasformata in una prostituta di Amsterdam».

Chiuse gli occhi. «Quella sera ad Amsterdam eri così sexy. Mi hai scioccato». Riprendendosi, disse: «Allora, dove andiamo?».

Leggendo la lista, proposi: «Australia?».

Sorrise. «Questo mi ricorda di una tipa che diceva di chiamarsi Sydney Opera House. Aveva delle tette fantasticamente morbide».

Gli tirai uno scappellotto. «Okay, allora Sydney?».

Prese il telefono. «Sì, volo Qantas 853, in partenza fra due ore. Andiamo».

Dovevo saperlo che con il capitano Carter Clynes nulla era prevedibile. Eravamo in prima classe, mentre l'aereo volava in quota. Era notte e le luci erano spente. Mi ero addormentata, e quando aprii gli occhi Carter mi guardava.

«Mi stavi guardando dormire?»

«Sì».

«E cosa stavi pensando?»

«Che sarebbe stato facile metterti questo anello al dito».

Il mio cuore fece una capriola. Mi sedetti e, quando mi guardai la mano, vidi che c'era un enorme diamante al mio anulare. Coprendomi la bocca con la mano, mormorai: «Oddio».

«Kendall Sparks, mi fai l'onore di sposarmi durante questo viaggio in Australia?», mormorò per non farsi sentire. Era un momento privato, solo fra noi due.

«Sì! Sì!». Scossi la testa. «Non mi aspettavo succedesse così!».

«Lo so». Mi baciò la mano. «Ti piace l'anello?»

«È meraviglioso».

«È Carter, ma con una i in mezzo». Mi strizzò l'occhio. Ci misi un po' a capire. "Oh! Cartier".

Ci abbracciammo forte. «Ti amo da morire, Carter!».

«Ti amo anch'io, signora Clynes. Posso chiederti una cosa?», chiese e sorrise.

«Sì, certo».

«Mi amerai ancora quando avrò sessantaquattro anni?»

«Come mai sessantaquattro?».

Mi fece l'occhiolino. «È una canzone dei Beatles. *When I'm Sixty-four*. Quando avrò sessantaquattro anni».

«Avrei dovuto immaginarlo. Non cambiare mai, pazzerello!». Baciandolo, con le mie labbra sulle sue, dissi: «Ti adoro, non vedo l'ora di sposarti in Australia, ed esplorarla con te».

Ci baciammo per un po'; la gente attorno a noi non notò nulla di quel momento così importante per noi. Fu Carter a parlare per primo. «A proposito… non mi dispiacerebbe esplorare te. Improvvisamente devo andare in bagno. Vieni?»

«Come mai è la prima volta che ci viene in mente? Tu sei un pilota e io ero una hostess!».

Gli occhi gli brillarono. «Non è mai troppo tardi».

Epilogo

Cinque anni dopo

«Dai, corri! Non vuoi fare vincere me, vero?». Mi girai a guardare mio figlio, che correva dietro di me. Avevamo elmetti uguali; io ero su uno scooter, e lui in bicicletta. Non avrei mai potuto rimpiangere queste giornate, non avrei mai potuto perdermi questi momenti magici con Brucey.

Quel giorno l'avevo portato in visita a Silver Shores, a vedere la nostra vecchia casa; ci eravamo trasferiti in una casa nuova a un paio di chilometri di distanza, ma tornavamo spesso a trovare i nostri amici. Indicai il mio vecchio appartamento.

«Quando eri un bebè, vivevamo qui».

«Mi avete fatto qui?»

«Be', ti abbiamo fatto in Australia, ma sei nato qui».

«In Australia?»

«Sì».

«Come un koala?»

«Esatto!». Risi.

Kendall aveva scoperto di essere incinta di Brucey di ritorno dall'Australia – ci eravamo sposati al tramonto, fuori dalla Sydney Opera House. Vivevamo in una casetta con tre camere da letto a Boca. Kendall non voleva che nostro figlio crescesse nella ricchezza, ossessionato dalle cose materiali. Lei adorava stare a casa con lui. E io lavoravo per una compagnia privata, per cui potevo scegliere dove e quando. Volavo, ma come volevo io: era perfetto.

Mentre Brucey pedalava, controllai che non ci fossero macchine. Indicai la casa dove abitava Gordon. «La vedi quella casa?»

«Sì».

«Là viveva il nonno Gordon».

«Come il Gordon dei cartoni animati che mi piace guardare?»

«Sì, ma tuo nonno era grandioso, molto più dei cartoni animati. Un giorno ti racconterò di lui e di come mai ti chiami Bruce».

«Okay».

«Sei stanco?», chiesi, rallentando. «Vuoi la merenda?».

Bruce annuì. Ci sistemammo all'ombra e tirammo fuori la merenda che Kendall ci aveva preparato.

«Papà, raccontami una storia!», disse. Aveva i miei capelli scuri e gli occhi azzurri di Kendall.

«Quale?»

«Lucy».

Sorrisi e gli accarezzai i capelli. Da quando aveva due anni, gli raccontavo storie inventate da me, prima di andare a letto e a volte anche di giorno. *Lucy in the Sky with Diamonds* era la sua preferita, in parte perché Lucy faceva rima con Brucey.

«Okay. *Lucy in the Sky with Diamonds*».

Presi un profondo respiro, gli passai un braccio attorno alle spalle e cominciai: «C'era una volta una ragazza di nome Lucy, che abitava in cielo...».

Indice

Penelope Ward
Vi Keeland

BASTARDO FINO IN FONDO

Volume rilegato di 288 pagine, € 4,90

Un australiano sexy e arrogante di nome Chance. Era davvero l'ultima persona in cui mi aspettavo di imbattermi nel mio viaggio attraverso il Paese. Quando la mia macchina si è rotta, abbiamo fatto un accordo: niente programmi, saremmo andati avanti per miglia e miglia passando notti sfrenate in motel sconosciuti senza limiti e senza una meta precisa. E così quello che doveva essere un normale viaggio si è trasformato nell'avventura della vita. Ed è stato tutto davvero incredibile finché le cose non sono diventate serie. Lo desideravo, ma Chance non si esponeva. Pensavo che mi volesse anche lui, invece qualcosa sembrava trattenerlo. Non avevo intenzione di perdere la testa per quel bastardo arrogante, soprattutto da quando avevo saputo che le nostre strade stavano per dividersi. D'altra parte si dice che tutte le cose belle prima o poi finiscono, o no? Forse è così, o forse ero io che non volevo vedere la fine della nostra storia...

Vi Keeland
Penelope Ward

UN PERFETTO BASTARDO

Volume rilegato di 352 pagine, € 9,90

Era una mattina qualunque, il treno era affollato e tutto sembrava noiosamente normale. A un certo punto sono stata come ipnotizzata dal ragazzo seduto vicino al corridoio. Urlava contro qualcuno al telefono come se avesse il diritto di governare il mondo. Ma chi credeva di essere con quel suo completo costoso? In effetti, gli conferiva un'aria da leader, ma non è questo il punto. Non appena il treno si è fermato, è saltato giù così in fretta da dimenticarsi il telefono, e io... potrei averlo raccolto. Potrei anche aver spiato tutte le sue foto e chiamato alcuni dei suoi numeri. Okay, potrei persino aver tenuto il telefono dell'uomo misterioso fino a che non ho trovato il coraggio di restituirlo. Così ho raggiunto il suo ufficio da snob... e lui si è rifiutato di vedermi. Ho consegnato il cellulare alla reception dell'ufficio di quel bastardo arrogante. Ma potrei, diciamo per ipotesi, avergli lasciato qualche foto sul telefono. Foto non esattamente angeliche.

NEWTON COMPTON EDITORI